AI ZAI CHUN BI AN

爱在春彼岸

苏意然 著

广西人民出版社

图书在版编目（CIP）数据

爱在春彼岸／苏意然著.—南宁：广西人民出版社，2014.2

ISBN 978-7-219-08536-3

Ⅰ.①爱… Ⅱ.①苏… Ⅲ.①长篇小说-中国-当代 Ⅳ.①I247.5

中国版本图书馆CIP数据核字（2013）第210381号

监　　制　白竹林
责任编辑　田　珅
责任校对　唐柳娜
印前制作　麦林书装

出版发行　广西人民出版社
社　　址　广西南宁市桂春路6号
邮　　编　530028
印　　刷　广西大一迪美印刷有限公司
开　　本　880mm×1230mm　1/32
印　　张　9
字　　数　190千字
版　　次　2014年2月　第1版
印　　次　2014年2月　第1次印刷
书　　号　ISBN 978-7-219-08536-3/I·1678
定　　价　24.80元

目录 MULU

楔子 / 001

因为爱 / 001

第一章 / 006

1. 荷塘偶遇 / 006
2. 猜　疑 / 009
3. 小风波 / 012
4. 快乐活宝 / 015
5. 一起看流云 / 020

第二章 / 025

1. 旧爱新恨 / 025
2. 雨夜搜寻 / 032
3. 海岸琴声 / 035
4. 探　心 / 039

5. 流　言 / 044
6. 铃兰之殇 / 050
7. 离别的念头 / 056

第三章 / 062
1. 圆　舞 / 062
2. 牵　手 / 066
3. 爱错了 / 071

第四章 / 077
1. 心底事 / 077
2. 死　结 / 080
3. 压抑的痛 / 085

第五章 / 090
1. 手　段 / 090
2. 泪的告别 / 094
3. 失　落 / 101

第六章 / 106
1. 心　灵 / 106
2. 双面人 / 112
3. 搏　斗 / 116
4. 纷　争 / 122

第七章 / 131

1. 人间蒸发 / 131

2. 落井下石 / 136

3. 铤而走险 / 141

第八章 / 149

1. 世界那么小 / 149

2. 各有图谋 / 155

3. 告别时刻 / 161

4. 阴谋与叛变 / 166

第九章 / 171

1. 困　境 / 171

2. 趁火打劫 / 177

3. 沦丧的城 / 182

第十章 / 188

1. 被逼无奈 / 188

2. 最煎熬的日子 / 194

3. 绝望深渊 / 200

4. 无力的抗争 / 204

第十一章 / 211

1. 弹　劾 / 211

2. 宿命的沉沦 / 217

3. 狭路相逢 / 220
4. 告　白 / 224

第十二章 / 231
1. 患难真情 / 231
2. 幸福时刻 / 235
3. 水深火热 / 240

第十三章 / 245
1. 捍卫家园 / 245
2. 贪　欲 / 251
3. 赎　罪 / 255
4. 决　斗 / 260

第十四章 / 264
1. 逃亡之路 / 264
2. 灭顶之灾 / 270
3. 最后一刻 / 274

楔子

因为爱

金秋十月，文静大婚，她的大学同学蓝水悦带贺礼独自前往。

在婚宴现场，正在门口迎宾的新娘子一见到蓝水悦，心里就犯嘀咕，一阵寒暄后，文静拉住蓝水悦转到角落去盘问：“怎么，就一个人来？”

蓝水悦责备地白了她一眼，“不一个，你还想几个，难不成把公司的员工全叫上？”

“哎呀，你还不懂我的意思啊，”文静讨厌地拍了她一下，“别等了，我的蓝总，趁早找个合适的人嫁了吧。十二年啊，等他从大牢里出来，你都熬成黄脸婆了。”

“我老他也老，不正好合适吗？”蓝水悦微笑着问。

“拉倒吧！”文静打住她的玩笑，拉住她的手认真地说，“我想介绍个人给你，海归博士，刚在上海成立自己的研究实验室，前途无量，保证比你的黎景明帅气很多倍。”

“怎么?”蓝水悦开玩笑道，“刚把自己搞定，就开始当起红娘来了?”

“我跟你说认真的，你别自己不长进。”

“我没想法，真的，现在生活很好，不愿被打搅。”

“你别以为现在帮他经营‘彩纳艺术’，就应该傻等他下去啊。”文静焦急地劝，“十二年啊，你这才等几年，皱纹都出来了，女人不经老，快考虑自己吧，别到时后悔!”

见文静一脸严肃，蓝水悦便哄她说，“今天大喜的日子，你就别为我操心了，赶紧生大胖儿子去吧!”

文静又气又笑，拌嘴输了就举手想打人，她实在拿蓝水悦没办法。蓝水悦始终面带微笑，挥挥手与她道别，说自己先到席位那去休息，也为了逃避她无法权衡的现实。

文静有些不服气，即使蓝水悦不答应，她还是会偷偷将蓝水悦介绍给那海归博士，并坚信这个男人肯定能取代黎景明。

其实，被文静这么一搅和，蓝水悦的心情变得晦涩起来，置身于婚礼的浪漫氛围中，看满世界全是象征着爱情与幸福的信物，让她特别想念正在服刑的黎景明，不禁勾起几年前的回忆。

回忆起那段往事，蓝水悦永远忘不了自己是如何从泰国逃出来的。登上飞机那一刻的感受，她感觉人生无比戏剧，这个看似平凡的世界，竟然会出现那么多形形色色的离奇事。上天让她与黎景明相识相恋，又阴差阳错地让竞争对手将她利用，竟会被迫到泰国工作。在那个陌生的国度里，她过着毫无自由和隐私的生活，整天被女翻译监视、软禁，结果，却是她协助自己逃走。

回到上海时，黎景明已以故意伤害罪被警方拘捕，他的公司彩纳艺术因债务问题，濒临破产，欲将被操作的公司推向拍卖会。为保全公司，蓝水悦四处奔走，即便与罗捷有不共戴天之仇，她仍不计前嫌地去找他，希望他能出手相助。

可惜，这时候的罗捷已变得让人不可理喻，他不再是她所认识的阳光男孩。他坐在堆满红木家具的办公室里，身穿意大利原单黑色西服，手戴瑞士名表，啫喱水将头发打理得一丝不苟，见秘书带着一脸严肃的蓝水悦进来，他愣了一下，面色稍有变化，但依旧保持着经理人该有的镇定，待秘书出去后，他才浮出并不明朗的笑意，“你怎么回来了？”

“这还用问吗？”蓝水悦瞪了他一眼，“你是不是希望我死在泰国？”

“哪有？”他圆滑地说，“我觉得，你该提前打声招呼，我好去机场接你。”

“算了吧，罗捷，”蓝水悦没空与他胡侃，直奔主题道，“彩纳艺术要变卖了，我可没心思跟你浪费时间。”

“真令人失望，你来这里不是因为想我。”他失落地低下头，给自己点烟，“没关系，能不花力气地见上你一面，也值得。”

“都这种时候了，你还有心思儿女情长吗？”蓝水悦藐视地瞟他一眼，激动地说，“罗捷，请你救救公司，现在景明他有可能会深陷牢狱，情况不明，关键时刻你该出手相助才对，而且，这家公司曾是你们一手营造起来的啊！”

“那些过去，我已经忘了。”罗捷冷酷地说。

“你无耻！”蓝水悦悲愤地吐出这三个字。

罗捷一脸不屑，狡笑着解释道，“我一个职业经理人，所有的资产就一套小三居和一辆破奥迪，哪有能耐购买一家公司？再说，那些有钱人家的恩怨，也不是我们这等人插手的。”

“我知道你肯定有办法，”蓝水悦依旧任性地说，“而且，你的股权并没抽离，只要你出面阻止，至少能够拖延时间，只要我们找到钱还掉银行贷款，公司就不至于沦落于拍卖场。”

“我无能为力，”他固执地说，“再说，我早和黎景明分家了，我们只是对手，不是朋友，如我出面相求，谁能不怀疑我是在做戏？”

蓝水悦气红了脸，压抑住情绪说，“算我把你看错了。”

“商业社会讲的是利益，不讲感情，”他说，“说实话，我们真不该站在这里对话，每说一句都很俗。”他伸手扶住蓝水悦的肩膀，“水悦，晚点我请你吃饭，我有心里话对你讲。”

蓝水悦果断地推开他的手，倔强地抬起下巴，傲慢地说：“我知道，你还在嫉妒景明，你做的那些事，我都知道。罗捷，不管你曾做过什么，我们都过往不究，但我希望你此刻别丧失理智！”说完，走出他的办公室，转到外面时，委屈的眼泪哗哗下淌。

她感到无比迷茫，面对罗捷的卑鄙，她声声拷问，说不准是他人性本有的丑恶，还是受商业社会的污染。作为黎景明当初的好战友，好伙伴，罗捷竟然落井下石，不仅将她的恳求拒之门外，连旧情都不认了，这是她万万想不到的。

“怎么办，我还能去找谁？”蓝水悦对天长叹，她多么想保住这家公司，不论如何，它是黎景明的命脉，是灵魂！可是，她不过是个手无寸铁的女子，拿什么去拯救一家濒临灭亡的公司。她好恨，好怨，多后悔当初去了泰国，待她逃回来，时局已落到了这般不堪的地步，黎景明入狱，公司面临破产变卖，梦毁人流离，仅剩昔日妙美光阴惹人追忆了。

第一章

1. 荷塘偶遇

回忆最初，蓝水悦觉得，那时的阳光清透如新，万象生机勃勃，现世美好。

黎景明与罗捷不仅是高中同学，还是一对患难与共的好兄弟。两人共同经营着彩纳艺术，凭借两人特色各异的才华，这家连年亏空的室内装潢设计公司在五年时间内，还掉债务，扭亏为盈，迎来全方位的扩张。

那年5月，公司收入创下新高，订单已排到了下半年的11月。罗捷借着向黎景明汇报工作的机会，提出人才扩招的想法。“赶快招人吧，”他说，“现在的订单像纸片一样飞来，就按我们现在这22个人的团队，加班到吐血都忙不过来。”

“这些我清楚，”黎景明一边审批材料一边说，“已让人力部门去发招聘信息了，周五的人才招聘会你也去。”

“这就算了吧，”罗捷为难地说，“周末我要去测量，都和客户约好了。反正我相信你的眼光。”

“那，工程部的人你打算怎么招?”黎景明抬头问他。

“去大学里招，”他说，“我和几个建筑学院的师兄联系好了，这周末就过去。”

“也行，”黎景明说，“到时候有空，我陪你一块去。”

周末的早晨，刚下过阵雨的天空碧蓝如海，流云轻淡，空气清雅。建筑学院中央的荷塘里一派丰盛，大过脸盆的荷叶芸芸灼灼，粉青色的花苞暗藏其中，在清风的吹拂下摇头晃脑，仿佛是在与人捉迷藏。靠岸的一朵白色荷花开了，阳光将它映衬得分外圣洁，摄影爱好者众多的镜头把它炒作得格外高雅，就连绘画者都愿在附近挤上一个角落，用他们灵秀的心灵和画笔去诠释这初夏最动人的花朵。

爱热闹的罗捷只要见人多，都爱上前看个究竟，然而，他最先看到的不是万众瞩目的荷花，而是一个女孩的画作。罗捷觉得奇怪，这周围哪里有这样的景色?虽然她画的是一池荷花，却是由紫蓝色系组成，有几分毕加索的味道，色彩又如佛教唐卡一般艳丽，远远看，确实美。于是他忘却了礼貌，直接问：“你怎么把荷塘画成这个样子啊?”

那作画的女孩突然停住画笔，厌烦地瞪了他一眼，不作应答，若无其事地看了看远方，继续在画纸上描绘。

女孩的冷漠令罗捷惊奇，不禁扭头打量她，这女孩身穿白色长裙，留一头飘逸长发，白皙的脸犹如白荷一般清秀。女孩的美丽让罗捷心生敬意，意识到冒犯，为挽回颜面而赶紧道歉，“别误会，只是我弄不清你是在写生呢，还是在此纳凉顺便画画，因为你画的东西与这周围的景色不相似呀。”

“我所看到的就是这样。”女孩答，那声音像一串风铃。

罗捷又认真地四处巡视，疑惑地说：“我怎么没看到一片紫蓝色?”

女孩忍不住扑哧一声笑了。

黎景明从容地走过来，拍了一下罗捷的后背，用冷清的声音说，“姑娘正用心灵作画，岂是你这等俗人能够理解的?”

那女孩掩面偷乐，笑出声来，悄悄打量身材高挑的黎景明，觉得他的神情冷峻得像一尊冰雕，面部轮廓俊美，线条锋利，仿佛国画里的山峦，深邃而耐人寻味。

罗捷做作地撇了一下刘海，还不服气，“我知道她这是模仿莫奈的睡莲，一看就眼熟，好歹我也是这所学校毕业出去的，虽学的是土木工程，多少也知道一些。”

“说是模仿，不如说是延伸呢，”黎景明对着那画作指点道，“你的灰色调处理得很好，绿色本来就是中间色，而且很切合主题，明调不够亮，与主体色的反差不大，这跟颜料的厚度无关，哪怕你用刀子将颜料堆砌在上面，也不会有多亮。”

“那我该怎么办?”女孩拧了一下眉头问。

“选用对比色，”黎景明说，“对比越强烈，就越明亮出彩。所谓对比就是反差，好比黑与白的对比。你可以从色彩的反差度去筛选。”

女孩心有所悟地点点头，微笑着说了声谢谢。

黎景明语气郑重地说，“不必客气，你有色彩天赋，悟性好，将来肯定是个人才。”

“既然是人才，那就招入门下吧，”罗捷插嘴道，“我叫罗捷，欢迎了解彩纳艺术，”他递上名片，“明天你按这个地址来我们公司，我们的设计部在扩招，很需要你这样的人才。”

“真的?”女孩惊讶地问，有点不敢相信地看着这两位男子。

黎景明点点头，“有空你可以来我们公司了解一下，但愿能有机会合作。”

“可是我才大四呢。”她说。

罗捷急忙说：“那没关系，既然我们黎总都点头了，一切都不是问题。”

“请问同学贵姓，在哪个专业就读?”黎景明彬彬有礼地问。

“我姓蓝，蓝水悦，”她答，“室内装潢设计。”

“很好很好，”罗捷当即下定论，“专业对口。”

黎景明也表露出赞同的神色。

蓝水悦感到不可思议，仿佛天上掉下了馅饼，让她既兴奋又怀疑，想欢呼又不禁担心。

2. 猜　疑

晚上，蓝水悦将白天的奇遇告诉她的舍友文静，文静的反应先是惊呼，然后是愕然，最后做出一副令人担忧的神情，像想到了什么恐怖的事件一样，用阴仄仄的口吻说：“水悦，我怎么感觉不对劲啊。”

蓝水悦也跟着紧张起来，“我就觉得有点不对劲，你说是不是骗子啊，我前阵子就听说有学生被骗到夜总会去的。”

“我就担心这个，”文静说，“我们没有社会经验，万一晕乎乎地签了什么协议，我们这寒窗苦读十六年就白费了。”

蓝水悦细细回忆那两个男子的面目，分析白天偶遇的情节，有些不敢肯定地说：“我看他们也不像是那种人，而且，其中一个仪表堂堂的，说话非常有礼貌。”

“哎呀，有谁在额头写着‘我是骗子’的？”文静说，“算了算了，好东西都轮不到咱，你就当是一场玩笑吧。”

经文静这么提醒，蓝水悦第二天没去应聘，很快就把那天的事情忘在脑后。

在外监工的罗捷回到公司，转进黎景明的办公室，如往常一样先汇报情况，然后顺口问蓝水悦的情况。正在核对账务的黎景明白了他一眼说：“没人来。”

罗捷很惊讶，“不会吧，是不是你把人家给得罪了。”见黎景明不理睬，他用手指着黎景明说：“肯定是，否则你的设计师不会来一个就辞一个。我说黎总，你能不能别那么苛刻啊？”

“我不苛刻，能让你这么忙吗？”黎景明不服气地说，“那女孩儿根本就没来。”

罗捷才意识到是自己误会了黎景明。

罗捷决定去学校找她，因为怀念着她的美，所以即使机会看似渺茫，他也不愿放弃。

在教学楼附近的林荫下，蓝水悦坐在长椅上背诵英文，突然一个男声从身后传来：“蓝同学，你好啊？”

蓝水悦被吓坏了，盯着罗捷，紧张地说：“你，你怎么又来了。”

罗捷笑得很神秘，潇洒地坐在长椅上，蓝水悦赶紧站起来，刻意与他保持距离。

罗捷见状，不禁摇头叹息，“无奈这烈日炎炎把我照成这虎狼样，想找个人聊天都难。”

蓝水悦不好意思地笑了笑，赶紧道歉：“对不起，我不是那意思。”

“我问你，”坐在长椅上的罗捷歪着脑袋仰望她，“前几天说好到我们公司报到的，怎么没见人？”

“我，我这段时间功课忙，”她吞吞吐吐地说，“然后……就，就把这件事忘了。”

“你知不知道我们老板很看重你，”罗捷咄咄逼人地训斥道，“你知不知道到我们老板是法国留学回来的设计精英。有那么好的机会你不珍惜，今后我看你还怎么混啊？”

蓝水悦被他这么一说，非常愧疚，神情怯怯地说：“那，我明天过去还行吗？”

罗捷故意刁难她，假装无奈叹气，说：“我去跟黎总求情吧，如果你不信我，就上网去了解一下我们彩纳艺术，有多少设计师在我们公司门口排队呢。”

蓝水悦抿着嘴拼命点头。

罗捷见事情办妥了，便大摇大摆地起身离开，走时还叮嘱她说：“早上九点，别早到，也别迟到。”

“好的，我一定按时。”她在他身后说，目送他离开。

晚上，蓝水悦在网上查“彩纳艺术”，发现信息和罗捷说的基本一致，原来，彩纳艺术是大名鼎鼎的MC集团旗下的一家著名企业。她心安了，决定去一趟公司。

文静听说罗捷又来找她后，便不再怀疑，而是支持蓝水悦，说她交了好运，还没毕业就被这么知名的公司相中，飞黄腾达指日可待了。

蓝水悦没这么想，很不自信地说，“谁知道是不是骗子公司呢，去看了再说。”

“你说的也对，”文静老谋深算地说，“骗子神通广大，借知名企业的头衔去行骗，也是有的。”

“所以说，我就是不安心，”蓝水悦祈求地望着文静说，“不如，你陪我去吧。”

“行，反正明天没课。”文静爽快地答。

3. 小风波

文静是个有着男孩般性格的短发女孩，行事冲动直接，说话口无遮拦，就在她陪蓝水悦到公司报到时，因为一句话就惹出了麻烦事。

次日，两个女孩相伴来到公司门口，被前台拦下。前台询问她们的来意，蓝水悦直言“找罗捷”。前台回答她：“罗经理在外面监工，这两天都不在，你改天再来拜访吧。”

“那你们的老板呢?”蓝水悦问。

“老板?”前台不耐烦地说，“老板是谁我也没见过，要不，你打电话跟他联系吧。”

蓝水悦失落地低下头，文静在一旁怂恿，“找不到就算了，简直就是骗子公司。”

这话被前台听到了，不敢相信地质问道："什么，你说我们是骗子公司？"

文静不仅不加收敛，还加了一句："就是骗子！"

原本就心情不好的前台当即火冒三丈，大呼保安将她们轰走。

文静当即也火冒三丈地与前台对骂，说她没素质，蓝水悦怎么拉她也不肯走。

这时从外面进来一个人，前台当即正襟危坐，恭敬地打招呼："黎总，早上好。"

蓝水悦扭头看，是那天点评自己画作的男子，当即惭愧得脸红到脖子根，低头向他问好，赶紧说明来意，"是罗捷让我来的。"

"我知道，"他用干巴无味的声音说，"你跟我来吧。"然后对前台命令道："你让设计部安排位置，今天有新员工入职。"

前台本能地大声说"好"，不可思议地看了看这两个小女孩。文静则一改窘样，故意把下巴抬得高高的，走时，还得意地对前台扮鬼脸。

蓝水悦未经过面试，就直接拥有了属于自己的格子间。对此，文静非常羡慕，很希望能像自己的女伴一样，在大公司里工作，提早告别整天物质匮乏的生活。

一天，文静想到了一个好办法，她来到彩纳艺术，鼓足勇气走进了黎景明的办公室。

黎景明像对待贵客一样，热情地接待她，邀请她到会客区去交谈。

不知为何，面对这英俊而冷静的年轻男子，她竟然心情紧张，说话也变得结巴起来，因为他看上去似乎心情不是太好，线条俊美的脸有点紧绷。

“我和水悦是同学，不过，她画画确实比我好。”她说得有些语无伦次，“但我英语比她好，还有，我练跆拳道，胆子大，当然，专业课也不差。”

黎景明洗耳恭听，却不知她的来意，便忍不住问：“文同学对今后有什么打算？”

“今后？”她努力往深处想，“有份好工作，有钱好生活。”

“这是肯定的，”黎景明的声音很深沉，“只要努力，每个人都能实现。”

文静深呼吸，“说实话，我是想问问你，公司还缺人吗？”

“公司在扩大，每个部门都缺人，文同学是希望从事哪方面的工作？”

“这个……”文静犹豫了一会儿说，“我和水悦同专业又同宿舍，当然还希望能和她在一起。但是，我又担心我不够格。”

“你等等，”黎景明礼貌地示意，转到办公桌旁拨座机电话，不一会儿就进来一个矮个子的胖男人，黎景明对文静说，“你跟我们的设计部主管过去，他会给你答复。”

通过面试，文静被安排去做设计部的测量员，如愿和蓝水悦在同一家公司上班。办理好入职手续出来，两个女孩欢天喜地，拉着手到附近的一家面馆去庆祝。两人填饱肚子后，各自给家里报信。

蓝水悦给小她一岁的弟弟打电话，告诉他她有工作了，在一家老牌装潢设计公司干事，很快就有收入，并叮嘱他要专心学习，别有杂念，一定要报考研究生。没有给母亲报信，因为她认为还不是时候，早年丧夫的母亲独自在家生活，给了她太高的期望，这点小成绩，估计不会让母亲高兴，只会担心她过早地工作后会耽误学业。

母亲一生喜爱绘画，因为家境和命运，最终放弃了梦想，在一家工厂里当工人，整天铲煤块烧锅炉，灵巧的手脚都变麻木了。见女儿学习绘画，她虽感到欣慰，却为昂贵的学费而担忧，因此，在报考大学时，蓝水悦考虑到家庭负担而放弃了纯艺术专业，报考了装潢设计专业。

在银行工作的父亲，在蓝水悦才 12 岁大时，因车祸离开人世。说实话，弟弟才是母亲的希望，是她生命中的星光，因此，蓝水悦做什么事都想着弟弟，每走一步，都要顾及母亲的感受，弟弟的未来。

4. 快乐活宝

为了上班方便，她俩在公司附近合租了一个十平米小单间，虽然环境拥挤，洗手间和厨房都在过道外共用，但她们仍然高高兴兴地住了下来，并对此引以为豪。入住当晚，两个女孩分别躺在自己一米宽的小床上，仰望着布满水痕的天花板，欣喜覆盖了生活的困苦，每个人都沉浸在对未来生活的无限向往里。

文静感叹：“没想到现在就有工作了，感觉像做梦一样。”

蓝水悦却提醒她道：“你别高兴得太早，我听说黎总很严格的，曾气跑不少人。”

“有吗？”文静惊讶地问，“我看他文质彬彬的，很有修养啊，他怎么会是那种人？”

“反正确有此事，”蓝水悦说，“那些老员工都这么说。”

“哦，我明白了，”文静醒悟道，“这说明，能留下来的都是精英。”她扭头望着蓝水悦说：“水悦，那你可要加油了，我们打赌，谁要是先被劝退，谁就请客吃饭。”

“我不赌了，”蓝水悦泄气地说，“早上我刚被他一顿教训，看样子前途不保，你看黎总那人整天板着脸，只要他一说话我就怕。”一想到早上黎景明对她的设计稿的评价，自信心一下就没了，虽然他指点得没错，但对于一直受老师褒奖的她来说，还是出现了心理上的巨大落差。

文静也深有同感，无奈地叹道：“看他人不老，就是爱把自己装得很古板似的。”

“或许他有我们不知道的难处吧，”蓝水悦说，“能干几时是几时吧，现在的工作，都别指望天长地久。”

午间，黎景明将蓝水悦叫到办公室点评设计稿。好几天都没到过公司的罗捷走到设计部大门，往里面探头望，小声喊了一句：“蓝水悦！”

密密麻麻的格子间里，文静探出头来，好奇地打量他，还以为是领导来找蓝水悦麻烦，便斜眼觑他，用不友好的口吻问：“你找蓝水悦干吗？”

罗捷愣住了，很诧异一个陌生面孔怎么用这样的口气跟自己说话，便问：“你谁啊？”

“我，文静!”她桀骜不驯地答。

“来这干什么的?”

“测量师。”

“哦，”罗捷急中生智，板着脸说，“我正找你呢，下午跟我下工地测量。”

“啊?”文静大吃一惊，很没礼貌地问，“你是谁呀?”

罗捷没回答，往门口一闪而过。

文静莫名其妙地坐下来，旁边才有人悄悄告诉她，那是工程部的罗经理，是这家公司的合伙人。

文静坐在罗捷的车里，为上午的事感到不好意思，羞答答地低着头。

罗捷故意逗她，一边开车一边说：“之前杀气腾腾的美少女战士怎么就成了蔫黄瓜了，是不是上海的天气太热啊?”说着他就把冷气开到最大。

文静穿着通勤短裤，冷风一股股地喷在大腿上，没几分钟她就忍不住了，皮笑肉不笑地扭头对罗捷说：“你在报一箭之仇啊?”

他操控着方向盘，反口道：“我可没那么小气，只是我不喜欢有人对我臭着一张脸。”

文静无奈，对着他的耳朵“哈哈哈”地冷笑几声。

罗捷吓了一跳，差点撞上了前面的车。罗捷生气地警告她：“喂，别在车上玩这种游戏，万一撞上前面那辆凯迪拉克，我们这个月都要喝西北风去。”

“是我在玩吗?”不服气的文静叫道，“是你惹我跟你说话的!”

“同学，你能不能温柔点，”罗捷又忍不住继续贫嘴，“一个女孩子，好歹对得起你的名字，还‘文静’呢，我看啊，叫‘武动’好了!”

“我就烦我妈给我取这名字，”她说，“偏偏我爸就姓文，我妈的名字里就有个静字，结果他们还指望着能生儿子。这事情能怨我吗，要怨就怨那计生办不给生二胎，你敢叫我武动，小心我把你捶成猪头!”

“好好好，”罗捷假装投降，“都怨我，怨我倒霉，偏偏碰上你这个测量员。”

文静觉得好笑又不好意思笑，低头强忍着。

罗捷察言观色，继续耍贫嘴道：“这下开心了吧?”

“少说话，给我认真开车，”文静开玩笑似地耍威风，“出了事我就让你一辈子喝西北风去!”

罗捷也配合地说：“卑职遵命!”

文静看他一副太监相，忍不住笑了。

罗捷和文静需要对还没拆脚手架的大楼一至四层进行实地测量，好赶在下周开工。

他们俩从一楼开始，一层层地往上转，上到三楼时，夕阳隐没，天色已暗下来。罗捷催促文静动作快些，今天必须完工，否则就赶不上工期了。文静又累又饿，心里略有抵触，但仍然打起精神硬撑着干活。

等他们上到四楼时，天完全黑了，将近一千平米的空间只有两盏昏黄的电灯，照着那些到处裸露着钢筋、石块、凹槽的世界。

疲惫不堪的文静拿着卷尺的一头，恍惚地往前走。

她突然惊叫一声，从罗捷的视野里消失不见了。罗捷赶紧扔下手里的本子，跑去看个究竟，他感到有风从下面吹来，意识到文静肯定是掉下去了，大惊失色，连忙叫道：“文静，文静，你还好吗？”

“快救我，猪头！”

罗捷低头看，发现文静正吊在空中，手抓住脚手架。他赶紧伸手，试图将她拉上来，可是够不着，文静眼看就要支撑不住了，拼命大喊：“快救救我，我快不行了！”

“你别慌，我就来。”情急之下，罗捷脱掉上衣，把一只衣袖扎在皮带上，纵身跳到脚手架上，慢慢地往文静靠近，然后把衣服另一头递给文静，说：“你快抓住我的衣服，用牙齿咬住，然后把手给我。”

文静照做，咬住了扎在罗捷腰带上的衣服，拼命地向他伸手，却还差那么两寸的距离。

罗捷只好改变策略，以防护网为支点，让自己再靠近文静，两只手终于抓在一起，可防护网却支撑不住两人的重量，一下子被撕下了一大片，他们俩双双坠入横在下面的安全网上。

也不知过了多久，文静在浑噩中醒来，看到自己面朝星空，以为是做梦，伸手揉揉眼睛，激动得大哭起来，她四处望，大喊“罗捷，你在哪里，罗捷，你……”这时候，有一只大手伸过来，她意识到是他，伸手去和他紧紧相握，十指紧扣，泪流满面的文静庆幸地笑了。

5. 一起看流云

晚上九点后，蓝水悦还在那份已经修改得满目疮痍的设计稿上奋斗。

设计部人去房空，办公室里仅有蓝水悦的格子间里亮着台灯，在偌大的空间里，那灯光就像昏暗空谷中娇艳的月光花，让从外面回来的黎景明心生一份奇异感受，他的神态变得柔和起来。他轻轻地步入办公室，像是不愿惊扰林中的鸟儿一般，留恋于那种来自内心的美好。

蓝水悦发现他时，吓了一跳，赶紧起身，低头打招呼："黎总好！"

旁人的过分崇敬，让黎景明觉得不是滋味，他很快恢复了平日的严肃，神情冷漠地往里走，进入里间的小办公室，然后又转出来，站在门口对蓝水悦说："如果有人来找我，就说不在，你没看到。"然后就走了。

大约过了十分钟，一串清脆的高跟鞋叩击地板的声音打破了办公室的寂静。凭声音去判断，对方似乎很了解公司的格局，到处走动四处找，然后缓缓向设计部靠近，在门口停留。

"请问，黎总在吗？"

蓝水悦循声望去，只见一个妆容精美的女人站在门口，蓄着栗色的长卷发，身穿粉绿色雪纺连衣裙，挽着一只奢侈品包装袋的手拿着新款智能手机，一双水晶高跟鞋与手包呼应得体，脖子上的首饰和腕表让她贵气十足。

蓝水悦迟疑了一下，执行起了黎景明的命令，对她摇头，“很抱歉，他很早就下班了。”

女人脸上闪过一丝失落，但依旧保持着得体的笑容，“能否麻烦你将这东西转交给他?”

蓝水悦离开自己的格子间，走过去接过她的纸袋。近距离看，这女子相貌姣好，气质端庄，绝非一般人物，只是那双眼睛像刚掉过眼泪似的。

“请问你怎么称呼?”那女人很和气地问。

“蓝水悦。”她答，低头看到纸袋里有一只精美的长条锦盒，猜测可能是领带，不禁问：“我该如何对黎总交代呢?”

“你就说是姚小姐留的。”

蓝水悦欣然答应，还很讲礼节地送她出门，在大门口与她挥手道别。

待客人走后，蓝水悦有些想不通，这女人如此温婉美丽，还给黎总购买昂贵的礼物，为何他还要故意躲避。

回到设计部，黎景明已经从里间办公室出来了，坐在她的格子间里的椅子上，动手在电脑上修改她的设计稿。蓝水悦不敢打搅他的思路，就站在他身后看。

半小时后，黎景明直起腰，远距离欣赏自己修改出来的设计图，欣慰地说：“好了，就是这个样子，明天见客户，不会有大问题。”

“我感觉这个家真美，”蓝水悦陶醉地说，“住在里面的人真幸福。”

“还行吧，大众品味。”黎景明说。

“我觉得能拥有这样的家，已经很不错了。”蓝水悦说，想起那留下的纸袋，转身将它提过来，“这是姚小姐送给你的礼物。”

“你先放着吧。”黎景明看都不看，并不关心是什么东西，专注地操作鼠标键盘，为她做扫尾工作，转换好图片格式，然后关闭电脑。完成工作后，他转过来抬头望着蓝水悦说：“你要学会劳逸结合，注意休息，这才刚开始，今后的路还很长。你看你，才来几天都憔悴了。”

“有些不适应，”她用手背抹了一下眼角，羞怯地说，“慢慢会好的。”

“嗯，做设计就是辛苦，”他叮咛道，“你自己要把心态摆好。”那说话的语调宛如一位长辈。然后他站起来往外走，并没记得自己还有礼物。

蓝水悦放松地坐回自己的位置。

黎景明突然又转回来，蓝水悦紧张地站起来待命，很紧张地听他说话。

“该下班了，水悦，”黎景明说，“我送你回去。”

“我就住在附近，”她客气说，“不必了。”

“时间太晚了，”他说，“我怎么放心你一个小女生自己回去。走吧，就算陪我走路。”

因为他够真诚，蓝水悦无法拒绝，可还是怯怯的，心里时刻保持警惕，他是一个严肃而刻板的人，她生怕自己稍有不慎，惹他介意。

他俩一起走出写字楼，一直没有对话，氛围有些尴尬，蓝水悦看出他似乎有心事。

走到开阔处，天空鲜红明亮，如火山喷发般妖娆惊人，星辰隐没，万象深沉，苍穹深处的一抹抹流云清楚可见，仿佛是流动在翡玉上的瑕絮。

蓝水悦故意找话题，希望此刻的氛围不要那么僵，她难以忍受自己和一个尸体般沉默的男子行走。她细细观察天上的景象，指着一朵形状奇特的云朵高兴地说："你看，那像不像大鸵鸟，这是尾部，这是头，它蹲下来了，所以腿才那么短。"

黎景明跟着抬头望了一眼，什么都没说，无动于衷的样子。

蓝水悦又说："它在动，慢慢地就会变成大鲸鱼了。"

他这才接着说："我觉得应该会变成夏花一朵。"

"夏花?"蓝水悦不解地看看，评价道，"我猜它会变成一只凤凰，有九条美丽的尾巴，能让看到它的人许九个心愿。"

"如果你真的看到九尾凤，"黎景明也微微扬着下巴，望着天空的云朵，"你要许下的第一个心愿是什么?"

蓝水悦想了片刻，古灵精怪地说："我想好了，但不能告诉你。"她冲他天真地笑。然后又问："你的心愿是什么?"

黎景明随便答："这还用说吗，你知道的。"

蓝水悦发懵地赶紧摇摇头。

他爽朗地呵呵笑，"当然是发大财啊!"

"不可能，"蓝水悦说，"我相信你的愿望绝对不是这个。"

"也许吧，"黎景明说，"人在江湖久了，很多事情也就迷糊了。"

“迷失是暂时的，虽然你此刻看不到远方，但人间总有星光。”

“可惜，在这座不夜城里很难看到星星。”

“看不见，不代表不拥有。”

……

第二章

1. 旧爱新恨

因为那场事故，罗捷和文静一个左臂扭伤，一个右臂脱臼，两人在医院度过了一天两夜，并同时在公司出现，被众人问去，二人还嘻嘻哈哈地自诩为“独臂侠侣”。

之后，他们俩变得特别亲密，不管在什么场合，都不拘礼节地互称绰号，文静叫罗捷“猪头”，罗捷唤她“武动”，一旦见面，就斗嘴不停。并且，罗捷时常去文静的宿舍喝骨头汤，嘴上说这是给他的补偿，倒不是说他去为文静做饭。自从文静左手一指甲被切掉三分之一后，他不再让她碰刀具，就连买菜的杂活儿也包揽了，隔三差五就做出四菜一汤犒劳那两位女孩。

蓝水悦天天加班，每天都是不断地修改设计稿，几乎很少能在宿舍里吃晚饭。黎景明有意训练她，要求非常严格，并拿出他在国外的教材来给她学习，看不懂法文，就拿中法字典一个个地查阅，实在看不懂就问他。

那段时间，蓝水悦与黎景明往来频繁，几乎每隔一会儿就要到他的办公室接受指导。

那天下午，就在蓝水悦坐在黎景明身边，观看他修改自己的设计稿时，有人闯进来。蓝水悦一看，是上次来办公室送礼物的姚小姐。

黎景明慌了，当即站起来，有些责备地问她："琳希，你怎么不敲门就进来了？"这时，前台才跟着进来，看到这般尴尬局面，非常抱歉地说："黎总，我……"

黎景明挥手打住前台，让她退下，蓝水悦也识相地赶紧溜走，关上门时，她疲惫地呼出一口气。

前台拍着胸口说："真把我吓死了，我没想到你在里面，就见姚小姐想疯了似的直往里冲，怎么唤她都停不下来。"

"姚小姐和黎总关系很好吗？"

"你是真不知道，还是假不知道啊，"前台惊慌地说，"她是黎总的未婚妻！"

无人打搅的办公室里，空气像凝冰一般，黎景明和姚琳希对峙着，良久无言，两人都有喘不过气来的窒息感。

最终是姚琳希先妥协，她失落地坐在沙发上，对黎景明说："今天是妈妈的生日，她希望我们能一起回家吃饭。"

黎景明不做声，回到电脑前继续工作，想借此摆脱她。

"妈妈希望我们年底结婚，父亲也同意了。景明，你不要再闹了，好吗？"姚琳希又说，"常言好事多磨，或许我们的姻缘就如此吧，你也不要太过责怪我的父亲，他自有苦衷，也不能说他冷酷无情，见死不救。既然事情都过去，我们也不要再去计较了。妈妈过生日，你多少也要尽一份心。”

见黎景明还是久久没有应答，姚琳希大失所望，生气地提高音量：“你到底有没有在听我说话呐！”

黎景明这才从电脑液晶屏前探出头来，扔下手里的打印件，沉重地叹气，“很抱歉琳希，请你回去转告伯母，我很忙，一大堆工作急需处理。等会儿我派人去购买礼物，你希望我送她什么就买什么。”

“忙？”姚琳希讽刺地笑，“你就忙着和下属勾结起来搪塞我，也不愿抽一分钟时间来听我说一句心里话。”

“住口！”黎景明大声喝道。

“难道不是吗？”姚琳希喊道，“那天晚上你明明在办公室，可那女孩却对我说没看到你。而且，你俩还一起走出办公室。这让我如何去看待你？”

黎景明非常生气，“琳希，你竟然监视我！”

“我本不愿去管这些，是你太天真，低估了我的真情，没想到我会在写字楼大堂一直等你。”姚琳希哭了，难过地说，“我这么做，只希望我们能回到过去，好像我们一起去法国读书时那样，谁找不到谁，就在原地等待。回想那时多美好，你读你的建筑设计，我学我的文化产业课程。我们相互鼓励，同甘共苦，说好未来一起走。”

“别提那些了，琳希，”黎景明紧紧凝眉，“你请回吧，我等下要去见客户，如果有时间，我定会过来。”见姚琳希还有些不敢相信，他便立下承诺：“下班高峰期路堵，琳希，你先走，晚些我肯定到。”

送走姚琳希，黎景明变得很消沉，那些一直在逃避的往事浮上心头，他难以保持镇定。想到父亲在族人之中受到的排挤，浑身上下有种身在炼狱的感觉，无法承受的疼痛令他爆发，抓起摆放在桌面上的根雕往门板上砸。

正巧秘书敲门进来送报表，看到黎景明那副受伤猛兽般的神情，立刻大惊失色，不敢做声。

黎景明冷静下来，努力恢复理智，“麻烦你替我办一件事。”秘书都不敢出声，惊愕地点点头，他说：“到商场去为老太太选一件生日礼物，一个小时内回来。”

姚琳希的那番肺腑之言确实牵动了黎景明的心，但他信守承诺，依旧还是要去面对那些他无法相对的人们。他清楚此次见面的重要性，也知道要他过去的意图。

曾经，他信奉着爱的誓约，却被一种无缘由而起的力量给毁灭了。他承认爱过姚琳希，就在他还相信爱情的年纪里，天真地认为不放弃，就绝不会抛弃。可是，命运却对他开了个大玩笑，将他的家庭摧毁，再依次夺走他的亲人，直到他孑然一身，无依无靠。而他所在的家族，却将他当成威胁者撵走，不认亲缘，不论情理，只为争得利益。

小时候的他，天真地以为，那些亲戚会看在他是黎凤媛唯一孩子的份上，给予善良的关怀和慷慨的帮助，不会斩尽杀绝。可是，自从母亲去世后，他和父亲一直在众亲戚的排挤里讨生活，听够了他们的冷语薄讥。19 岁那年，他去法国读书，对人间冷暖尚有幻想，沉浸在姚琳希带来的新鲜爱情里，意气风发地规划着人生，对未来抱有无限期待。

可是，在异乡的一个宁静的早晨，父亲自杀的消息传来。

回国办完丧事，他惨遭族人驱赶，幸好外祖母站出来说话，才留得这家被父亲败得一塌糊涂的装潢公司。那年，他刚好 20 岁。

23 岁，他提前结束学业，回国经营负债累累的彩纳艺术。那一年，唯一可以依靠的外祖母去世，他变成弱不禁风的独木，却在五年后将公司经营得枝繁叶茂，长势喜人。然而，没有人知道，他为这家公司付出了常人无法想象的心血和代价。同时，庆幸有老同学的协助，公司才有了今天的景象。他很清楚，此番成功让所有人惊叹，对他刮目相看，姚家愿意重提结婚，想必也看中了这点。

可是，他们的这种转变来得太晚了。这些年，他看破了人性，适应了孤独，学会冷暖自知，也懂得了独立的重要性，并将父亲所受的屈辱引以为戒，誓死不再复制他的悲剧，再娶一个豪门小姐为妻，为了钱财利益，让自己的儿女像他那样，随母姓。

黎景明远离家族越久，就越不肯再归队，再巨大的威胁和诱惑都无济于事。他之所以这么努力，就是想与他们脱离关系，获得绝对的自由，为此，他甚至想改随父亲姓周，而不是随母亲姓黎，虽然他尤其热爱自己早逝的妈妈。

黎景明独自驱车前往姚家，一路上他做足心理准备，将要说的话都预先打好腹稿。

傍晚的天空泛起奇异的蓝，像一碧千里的平静海面，在火烧云逐渐退去的天边散发出丝绒般的色泽，越往苍穹中央，越亮得动人心魄。

姚琳希守在自家的院门口，满怀惆怅地倚靠在墙上，心事重重地望着那逐渐发暗的天空，担忧随时间的流逝而增加。眼看客人到齐，寿宴已开始，她担心黎景明又在敷衍，缺席于父母的期望里。

天色全暗下来，姚家大院的围墙全亮起灯，光辉打在姚琳希精美的礼服上，将她的失落映衬得特别凄凉。家仆来请她回去给寿星祝寿，她依旧恋恋不舍地望着大路的尽头，希望此刻能盼到惊喜——黎景明的车浮现眼前。遗憾的是，黎景明在祝寿仪式将要散时才到来，怀抱一大捧粉色康乃馨和礼物，落落大方地给姚母请安。

那一刻，站在母亲身边的姚琳希分外欢喜，激动得眼睛都湿了。姚母对他的到来倍感欣慰，邀他和家中最亲的人坐一块，并将刚从美国读金融博士归来的彦真介绍给他认识，在所有人面前夸奖他能干懂事。

姚琳希坐在他身旁，满面春风，暗暗欢喜。

姚父略显沉重，极少发言，只是举杯向他敬酒。

黎景明当即站起来，双手举杯，不请自饮。姚父对他的表现较为满意，舒心地微微点头。

彦真也凑热闹地站起来敬酒，“我做表姐的也敬你们，祝你早日成婚，白头到老。”姚琳希跟着站起来，向彦真举杯，娇羞地说：“谢谢表姐。”

黎景明并不配合，没任何表示，直接喝完杯中酒就坐下。

这让姚琳希有些难为情，看了他一眼，赶紧坐下。

吃饭的氛围变得沉闷了起来，大家各怀心思。

姚母先开口：“小琳和景明年纪不小了，该成家了，本来我早该抱外孙的，这一拖就拖了这么多年。这样吧，改天我挑个吉日，先把婚订上，景明父母都不在了，这件事就由我老太婆办，保证不再委屈你俩。”

姚琳希自责地低下头，心里很难受，悄悄看了一眼身边的黎景明。

姚父也发话了，“公司进入正轨，也该是为终身大事考虑的时候了。名门之家，还是要按老规矩办事的，这显得郑重。”姚父扭头对自己的妻子说：“改天你安排人去黎家提亲。”

这时，黎景明站了起来，很诚恳地说：“不必了，谢谢二老关心，婚姻大事我一人能做主，再说，我现在还没有结婚的打算。”

“现在不结婚，你还想拖到几时，”姚母急了，“小琳年纪也大了，再过两年就过了生育的好时光了。”

“琳希可以找到比我更好的人家，”他认真地说，“我并不适合做她的丈夫，也给不了她想要的幸福，各位，原谅我无能，实在对不起。”

场面一下死寂。

“你不是不能，是不愿。”片刻，静默的姚母声音大起来。

姚琳希眉头紧锁地扭头看黎景明，伤心欲绝，想不到他竟当着众亲的面拒绝这桩婚事。

面对众人惊愕的眼神，黎景明脸上似乎掠过一丝犹豫，不过，他最终仍果断地说：“布匹剪短了，就没法连起来了，就好比我死去的父母和外祖母，他们不再回来一样。而且，我是个孤儿，能给琳希多少幸福，大家是看得见的。”

在座的人全部陷入静默里，无人作声，气氛异常紧张。

姚琳希再也受不了，猛然起身哭着跑出去。

姚母连忙站起来，试图叫住她。

彦真担心她会出事，赶紧追出去。

对此局面，姚父深深叹息，用沉重的声音对黎景明命令道：“你也跟去看看，别出乱子。”

2. 雨夜搜寻

因为领导不在，无所事事的蓝水悦很早就下班了。

回到租房楼下，听到罗捷叫自己的声音，原来罗捷、文静正打算去超市。

文静发现蓝水悦精神不是很好，问她怎么回事，是不是身体不舒服。

蓝水悦说没事，就是太累了。

罗捷这时就借机装好人了，体贴地安慰道：“感到压力大了是吧，没事，今晚周末，好好地玩一把，再睡个好觉就没事了！”并突然提议，不做晚饭了，他开车带她们去外滩吃海鲜。

他们开车来到黄浦江边，来到一艘由报废回收的游轮改造成的餐厅。

这艘轮船餐厅在原有的游轮构造上进行设计，上下共有五层，底层是慢摇吧，二层是酒吧，与船板平行的一层被建造成海鲜自助餐厅，自助餐厅的上一层是观光餐厅，顶层是一家时尚会所。置身于此，总让人与电影里的航海故事毗连，周围人事亦真亦幻，非真非虚。

他们三人在自助餐厅入座，文静显得很兴奋，上下走，四处看，被这新奇的世界深深吸引。

蓝水悦饿坏了，专心吃饭，罗捷忠诚地陪在她身边，以老常客的姿态指引她怎么做，事事关照。

趁文静不在身边，罗捷问蓝水悦的感觉如何？她不清楚他这么问的意图，懵懂地反问他："什么感觉怎么样？"

罗捷有些不好意思，"我是说，今晚这感觉怎么样？"

"挺好的。"蓝水悦认真用筷子去捣鼓碟子里的牡蛎，不曾看他一眼，"这段时间都快把我累死了，整天都在改稿，这不好，那也不对的，真够压抑的。"

"你这算好的了，"罗捷呵呵笑，"老黎那家伙都不知骂哭多少人，气跑多少设计师了。"

"他很严格，"蓝水悦说，"但是，他的想法很独特，功底深厚，是个好老师。"

"你就别夸他了，好歹他也是个法国留学生，"罗捷连忙掉转话题，"我是说，等哪天有空了，我带你去海口去转转，那里的农家乐比这破船要有风味许多。"

"什么时候去啊？"文静突然冒出来，罗捷才发现她就站在自己身边，脸突然红了。

文静没把他的话放心上，把自己的盘子放在他旁边，挤着坐，动作很随意，然后大大咧咧地扭头对他说："哎，猪头，下回你别做肉菜了，多买点海鲜吧。"

“你就知道吃，”罗捷不依不饶地说，“就你那点工资，保准吃个十天就要上街讨饭了。”

“你这也太小看人了吧，”她白了他一眼说，“我的工资吃完了，不还有水悦的吗？”接着向水悦征求援助，“你说是不是，水悦，你下个月争取拿提成，我就不信咱吃不起海鲜。”

罗捷不想和她争，双手作揖甘拜下风，蓝水悦忍不住笑。

这时，一串手机铃声打破了这融融气氛。

罗捷不敢相信地对电话大喊一声：“什么……这么大个上海去哪里找……你那边下雨了？”他探头看窗外，发现东边有闪电浮现，江风带着浓重的水汽而来，“好的，我知道，我这就把手上的事情收尾了。”

然而，他们刚下舷梯，硕大的雨点就像筛豆子般落下来。等罗捷开车过来接她们时，雨水像天上飞瀑一般，垂直往下浇灌，整个世界苍茫一片。

罗捷把车辆雨刮器开到最大，还是推不开一片朦胧的视野，道路能见度非常低，只见不少车辆打着双向红灯在道路旁停靠，这彻底让罗捷失去了方向，甚至无法在暴雨中辨清自己究竟把车开到了哪里。

黎景明在这时打来电话，罗捷一接听就大声抱怨：“雨太大，我都迷路了，你现在那边情况怎么样？”他停顿了一会又说：“我还没离开外滩，打算去陆家嘴的酒吧转转，兴许有收获。”

情况紧迫，罗捷已没空送两个女孩回家，她们从他打电话的语气中听出了些什么，连话都不敢插一句，陷入了紧张的寻找里，大家出谋献策，猜测姚琳希可能会去哪里。

他们整整忙到了凌晨三点，最后锁定浦东新区的酒吧街。罗捷将车开了过去。

在湿漉漉的酒吧街口看到黎景明的车。罗捷尾随其后泊车，他们一间间酒吧地找。

终于，在一家法国人开的酒吧里，黎景明抱着一个醉醺醺的女人走了出来。

见到他们三人，黎景明只是缄默地眨了眨眼，面无表情地从他们面前走过。罗捷冲过去问他怎么样了，他淡淡地答："还行。"于是他步履疲惫地走进大雨刚至的街道里，那失落的背影让蓝水悦不由一丝心痛。

3. 海岸琴声

那夜过后，黎景明变得异常消沉，这是姚琳希给予他的前所未有的打击。许多天，他都把自己闷在办公室里，不愿与人接触，更无心再去指导蓝水悦的设计工作。所有人都在替他担忧，秘书整天提心吊胆，说话做事都怕触怒他。

可是，黎景明并不是在生气，而是有些厌世。

罗捷见势不妙，便特意来安慰他，给他出些减压的好办法，比如去 K 歌蹦迪一夜，或者短途旅行两天，要不去租个小场踢球，更有效的办法是赶紧找个女朋友。

不管罗捷怎么劝慰，都没法化解黎景明的愁绪，他清楚任何办法都不奏效，他也不需要谁来安慰。说实话，看到姚琳希那么痛苦地爱他，他感到非常罪恶；想拯救她，又不愿违背自己发的誓，也不愿在父亲的婚姻案例上重蹈覆辙，虽然她非常爱他。

见黎景明还是怏怏不乐，罗捷就没耐心了，焦急地说："我说你怎么变得婆婆妈妈的了？爱就爱，不爱就趁早分，别整天为这种事愁眉苦脸的，你再这样，这整家公司都跟着你哭丧了。"

"你少多嘴，"黎景明瞟了他一眼，"我这不是在为公司运转而埋头苦干吗?"

"你别装了，老兄，"罗捷说，"现在就连保洁阿姨都知道老总心情不好，大家都看在眼里呢，而且你说，有多少天不管设计部那些事了?"

黎景明扔下手中的笔，愤愤不平地说："把设计主管叫进来。"

"你想干吗?"罗捷赶紧拦住，"别动不动炒鱿鱼，土皇帝都没你这般恶毒，这时你再动手，我看别人怎么说你。"

"我是叫他来汇报工作进度!"黎景明瞪了他一眼，像是在说"你都把我想成什么样了"。

罗捷撇嘴抬了一下眉毛，不再吭声。

为了排解黎景明的苦闷，罗捷没少费心思。他又为黎景明安排了节目，当然，叫上了他喜欢的蓝水悦，同时也少不了文静，周末傍晚，硬将黎景明拖出来，四人开一辆车，从长江隧桥直往崇明岛，选择远离市区的农家乐。

他们所选的农家乐临海而建，低矮的三进砖瓦房面朝大海，围着面积广大的竹篱笆。店主是一个身材肥胖的妇女，她和一个十三岁左右的男孩生活，据说男主人外出打鱼至今未归。

黄昏，他们在退潮后的平滑沙滩上支起烧烤箱，上面烤着女主人端来的各式各样的海产品，以及她亲手烹制的自家种的蔬菜。小男孩从退潮的沙滩上拾来小螃蟹和七彩海螺，以低廉的价格出售给他们。

天色渐晚时，罗捷和文静还在沙滩里努力自力更生地寻找海味。女主人搬来粗陋的照明设施，小男孩在不远处的树桩上弹起吉他，海风徐徐，吹来青涩的音乐，黎景明远眺海平面那抹恋恋不舍的余晖，有种心旷神怡的惬意。

蓝水悦坐在烧烤箱旁的矮凳上，全神贯注地照料正在火炭里吱吱发响的食物，烤得一只黄澄澄的秋刀鱼，就举着对黎景明大喊：“黎总，烤鱼熟了！”

黎景明扭头，看她的长发被海风吹得有点凌乱，被火炭烘着的脸满是汗水，红红的皮肤上还粘着一些或白或黑的炭灰，他觉得面前这女孩异常可爱，好像白荷一般纯净，是人间难得的美好事物。他记得，最初和姚琳希见面时，也曾有过这样的感受，却不知为何，如今她为他发狂为他哭泣时，却怎么也找不回当年的感觉了。

见黎景明坐在远处不动，蓝水悦就走过去，把食物递到他跟前，微笑着不说话。黎景明感激地接过她手里的竹签，觉得有些不自在，甚至不敢看她，而是问：“你吃过了吗？”

“都烤了一小碟了，只惜无人问津。”蓝水悦用轻快的声音说，谨记罗捷的叮嘱，今晚所做的一切，就是希望黎景明能心情愉悦。

他明白她的话意，觉得自己该给点面子。他直起身往烧烤箱的方向走，查看烧烤宴的进程，打算帮忙。

蓝水悦看到他总算愿意活动了，不禁偷笑，跑到院门口去向小男孩借来吉他，坐在篱笆的木桩上，弹唱起父亲最喜欢的《外婆的澎湖湾》。

黎景明惊讶不已，扭头看蓝水悦，见她随着音乐摇头晃脑，悠闲自在，昏黄的灯光映照在她白皙的皮肤上，仿佛晚霞留在陶瓷上的痕迹，那么纯真无瑕，令他的心泛起层层浪涛。他觉得她出奇的美，好比天上蹁跹而来的精灵，他露出了少见的微笑。

“没想到你还会弹这个。”黎景明的声音很轻。

“我爸爸教的，”她一边侧耳倾听自己拨出的音乐一边说，“好多年没弹了，手指好无力啊。”

“为何不坚持下来？”

“因为失望，”她说，“爸爸去世后，我妈处理掉关于他的一切，我们俩孩子谁也不敢提他，更别说弹琴，吉他也被转送给别人了。”

“我很能理解你母亲的做法。”黎景明说。

“现在我也许能，可小时候不能，”蓝水悦拨动琴弦的手停止了，“我不知道妈妈为何要那样做，毕竟，爸爸是真实地存在过的，他教我弹琴，陪弟弟玩耍，毫无疑问，爸爸的死亡和我妈的做法太残酷了。”

“我的母亲走时，我没这么想过，”他说，“我只是觉得奇怪，为何没有她的世界变得如此不同，而且是在她离世的那一瞬间完全改变的。父亲走之后，更不用说了，很多事都变得很离奇，令人难以理解，至今我也无法理解。”

这下，蓝水悦才知道这个从来都没有笑容的男子双亲皆失，是一个孤立无援的人，即使他变得强大，却始终逃不掉那些生离死别留下的阴影。蓝水悦意识到自己或许触动了他心灵中最弱势的软肋，既窃喜又惭愧，赶紧低头道歉：“很抱歉黎总，我不该让你想起这些。”

“我没事。”他表现出一副无所谓的样子。

此刻，文静的笑声从远处传来，她正兴奋地对蓝水悦大喊：“水悦，我捉到鲍鱼啦，快来帮忙！”接着是罗捷的声音，他俩仿佛这世上甜蜜的伴侣，从爱情海洋中踏浪而来，浑身洋溢着天然的快乐。而敏感的蓝水悦从文静的肢体语言和笑声中知道，她全身心地爱上了那个被她天天唤做“猪头”的男子，似乎，已爱得无条件。

4. 探　心

农家乐行之后才过几天，蓝水悦独自在办公室加班时，又撞见了姚琳希。

当时已是晚上十点，公司大门已反锁，整个办公室就她一个人挑灯夜战，就为在次日早上能向客户提交设计效果图。突然，总机发出一串清脆的铃声，打断了她的思路，无奈下，她只好扔下手中的活儿，心烦气躁地去接电话。

电话那头是一个柔软的女声，恳求她打开公司大门，接收一份东西，代交给黎景明。

蓝水悦猜到是姚琳希，开门一看，果真是她。她看上去脸色不是很好，面容憔悴，身上披着一件不合时宜的披肩，像是生病了，手里提着一只特大纸袋。看见是蓝水悦，她多了几分亲近，露出了温婉的笑容。

见此状况，蓝水悦倍感同情，非常热情地请她进办公室休息，为她端来温开水。姚琳希把那只特大纸袋提上茶几，用柔柔的声音说："真凑巧，这回又要麻烦你把这外套转交给黎总了。"

"不麻烦，这是我们做下属的应该帮忙的。"蓝水悦小心回答。

姚琳希含笑道："他那天在我家吃饭，走得忙，把衣服落下了。我让人送到干洗店清洗好了，让他直接穿就行。"

"明白，我一定会传达到位。"蓝水悦毫不犹豫地说。

姚琳希满意地点点头，脸上流露出欣慰的神情。虽然交代完事情，却没立刻离开的意思，而是怀疑地往里望，生怕还和上次那样被蓝水悦给骗了。蓝水悦顺着她的目光扭头望，连忙解释道："黎总今天都没来办公室，听说去苏州出差了，有几个楼盘项目需要洽谈。"

"哦，是吗?"姚琳希恍然大悟，"他自己去的。"

"我不是很清楚。"蓝水悦有意回避，生怕自己说得太多被人质疑。

姚琳希理解地笑笑，再把衣服的事交代一遍后便离开。蓝水悦把她送到电梯口，她很客气地拒绝了，说她对这里很熟悉。

待人走后，蓝水悦生怕她拿自己的话与现实对照，第一时间给黎景明打电话，借汇报情况来暗探他是否真的在苏州。

电话一接通，在另一头的黎景明看到公司的座机号码，不敢相信地问，“都这个时候了，你怎么还在公司？”

蓝水悦先跳过这个无足轻重的问题，急着提问：“黎总，你现在哪里？”

“还在苏州，怎么了？”

“哦，没事，”蓝水悦舒了一口气，“刚才姚小姐给你送衣服来了，我以为你在上海，所以打电话问问。”

“明天我就回去了，”黎景明很关切地问，“公司没什么事吧，这几天你过得怎么样？”

“我挺好，公司没什么大事。”他的关怀让蓝水悦感动。

“那就好，”黎景明说话的尾音拉长了，看似有些重要的话要说，结果却是一句“你该下班了，早点休息，我们明天见”。

“明天见。”收线时，蓝水悦觉得他的言辞中有种异样的味道，又说不准，似乎不像一般的上司对下属的关照，但又一时找不出有何不同，却实实在在地感觉到那种捉摸不透的温柔。但是，鉴于姚琳希对他的追索，蓝水悦是半点妄想都不敢有，在她看来，黎景明没理由不选择姚琳希，更不会看上这样的自己。

次日上午，黎景明来到办公室的第一件事就是召见蓝水悦，将一单生意交给她负责，并告诉她，下午一起去见该楼盘的投资人，亲自教她如何带项目。“由于现在的订单太多，设计师不够，你得快速学会独自带项目，”他说，“别紧张，这一期我会亲自带你做，下次就有经验了。”

蓝水悦在彩纳艺术任职已有两个月，初次得到黎景明的认可，虽然未有半句夸奖，但她还是为自己被提拔为项目设计师而暗自高兴。她认为，至少今后不用做些打杂似的琐事了，能够像其他两位设计师那样，每日都在做着有思想、有主见的工作。

中午吃过午饭，他俩一起出发，直奔“盛天城”工地。该项目的开发商刘总曾与彩纳艺术合作过两次，一次是和黎景明的父亲周志和；一次是前年黎景明为他完成一个别墅院的样板间设计，效果喜人。因此他很信任地将现在这片坐落于市中心的楼盘交给黎景明，这次，不仅是要设计售楼部的装潢，还包括整座写字楼的基础装修设计。

这就是黎景明带上蓝水悦的原因。因为一是因为老顾客，二是这么庞大的工程，他需要助手。

从刘总办公室里沟通出来，已是下午五点，黎景明建议一起找个地方吃饭，也算是出师告捷的庆贺。蓝水悦清楚，其实这只算是恶战之前的提前犒劳，今天那些活儿，够他俩加班半个月的了，不过她却偷偷地希望，这是他特意安排的私人聚会。

黎景明往浦东方向开，一路上蓝水悦既紧张又兴奋，因为对他请吃饭的用意充满遐想。

车辆在一家餐厅前停下，黎景明轻声说“就这里”。她几乎变得恍惚起来，对往下的事不敢乱想，只觉得心脏跳得厉害，脸火辣辣的。

然而，进到餐厅里，看到罗捷挥手打招呼，她那颗悸动不安的心一下子就如冷水泼火炭，瞬间冷却。

又是四个人的晚餐，气氛就和上一周在海边农家乐没两样。

文静和罗捷有说有笑，打打闹闹，是一对不打折扣的快乐活宝。蓝水悦只是埋头吃东西，小心暗探黎景明的言行举止，设法从中猜到他那颗隐秘心灵之中的日月星辰，或许她想获知的不仅是自己在他心目中的位置，还有他记忆中的山峦与森林。

黎景明不断地接打电话，完全没将周围的事物放在心里。蓝水悦似乎能从他说话的语气，猜测到他正和什么人通话，乃至对方的性别和他的交情。他似乎意识到这点，突然起身到邻桌去聊电话。从他的神色中，蓝水悦还是发觉了一丝温情，想必对方与他的关系密切。

罗捷发现了蓝水悦的心思，频频给她夹菜，故意爆料，“看来我们黎总要出国一趟了。”

“是吗！”文静八卦地追问道，“去哪里？”

“那你去不去？”文静眼睛亮闪闪的。

“你瞎乐去吧，”他夸张地用手指自己的鼻子，“人家是去蜜月旅行，再带我去那就乱套了。”

“难道是和那位姚家大小姐去？”文静惊讶地问，“那么闹一次就和好啦？”

“八九不离十吧，”罗捷意味深长地笑，给自己倒酒，“他们两家是世交，我听说黎总的母亲还是姚老爷的青梅竹马，虽然之前发生了些不愉快，但缘分就摆在那儿了，我看最多也只是闹闹。”

“原来这样……”文静大悟，突然鄙夷地白他一眼，“既然没你的份儿，还在那瞎吹什么牛哟，真没劲!”

罗捷无所谓地笑笑，拿起啤酒杯自饮，有意识地瞥了蓝水悦一眼，很明显，这话是故意说给她听的，只为让她明白，那个男子尽管有多温柔，多体贴，给予她多少关照，不过是一些为人处世的客套，没有什么特殊的感情。他并不属于她，他们是完全不同世界里的两个人，有缘交集，其中却注定有很多禁忌。至少他是老板，她是公司发展中一颗渺小的棋子，彼此间仅限于纯粹的劳动力交易。

其实，聪慧的蓝水悦早意识到这点，表现出波澜不惊的样子，只顾低头吃饭。不过，她倒是很情愿为他付出自己全部的光与热，不管多苦，不管对他来说自己是什么，她都愿留在他的世界里，为他分担辛劳，排忧解难。因为，她打心里承认他是入门师父，她对他有着一种至高无上的尊敬。

5. 流 言

因为工作需要，蓝水悦与黎景明往来密切，几乎达到了形影不离的程度，一起加班、外出、吃饭，时常关照对方，相互帮助。

渐渐地，公司里有闲言碎语传出，同事们暗中的猜测，被文静听到了。于是，她不问青红皂白地向蓝水悦求证。

那天晚上，蓝水悦凌晨一点多才回出租房，疲惫得连澡都不想洗，先倒在床上休息。文静还没睡，正靠在床头看家装杂志，冷不丁地问：“是黎总送你回来的？”

“是啊，怎么了？”蓝水悦很警觉，不明白她为何关心这个问题。

“没什么，”文静爱理不理地盯着手里的杂志说，“就是想提醒你，最好和你的老大保持一定的距离，下回你加班太晚，不敢回家，叫我也去接你也好，别再给人说闲话了。”

“谁说什么了？”蓝水悦皱紧眉头，非常疑惑。

文静无奈叹息，“看来你真还蒙在鼓里啊，那些闲话我就不重复给你听了。总之，我就提醒你一句，黎总就是黎总，别在心里换了他的身份，而且，他有豪门娇妻，更轮不上我们这些凡夫俗子去鸡蛋碰石头！”

蓝水悦算是明白了，长长地泄了一口气，“你放心，我没对他有非分之想，他就是老师，我的顶头上司。”

“你倒是光明磊落，可别人怎么看你？”文静说，“要注意影响，我的老同学！”

文静这话就像针刺一样，给蓝水悦很大的触动，回顾自己和黎景明在一起的情景，两人的确走得太近了，但又不知该如何去调整。

从那之后，她无形中对黎景明有了一种特殊的畏惧。蓝水悦不敢再主动问黎景明午餐想吃什么，晚餐是否需要订外卖，也不敢随便去办公室请教他，有事宁可打电话，或者通过MSN，有几次，害得黎景明干脆冲出办公室找她，或者是打座机电话请她进办公室。

那天早上，他们一起外出去“盛天城”进行提案。这一路上，两个人没有对话，气氛异常沉闷。蓝水悦失去了昔日的活跃，身体紧绷，双眼直视远方，也不敢看身边的黎景明一眼，有着做贼心虚般的神情，心里想的，全是外人如何看待他们这次外出。到了顾客面前，她变得更加拘谨，总是刻意与黎景明拉开距离，不再和过去那样，贴切地站在左右。

黎景明把一切都看在眼里，早就觉得她这些天总是神色不对劲，仿佛心事重重，又抑郁不言。

回来的路上，借等红灯的空隙，黎景明很直接地问她说：“水悦，你心里是不是有看法？”

“啊？”陷入沉默深渊的她突然反应过来，像溺水者冲出湖面一样，有些恍惚，非常紧张，还是不敢看他，而是惊慌地埋下头，“没，我只是在发呆而已。”

“你是第一次带大项目，”他一边操作方向盘一边说，“开始肯定感到吃不消，如果有难处，你完全可以提出来，不必闷在心里。”

“我没事，”蓝水悦保证道，“黎总，你放心吧，我不觉得累。”

“你这话我不信。”黎景明瞥了一眼她，“你的心事都写在脸上了。”

蓝水悦赶紧用双手捂住脸蛋，心绷得紧紧的，不知道他指的是哪些。

黎景明接着说：“你是我见过的进步最快的学生。我能预见到你的未来，希望你不要中途有杂念，好好学，不久你就是一只迷人的九尾凤了。”

“明白，我会谨记教诲。”蓝水悦谦虚地低头笑。

黎景明的嘴角微微上扬，像办成了一件大快人心的事，心里多了几分明朗。

可是，他并没有任何预感，这些舒心的欢颜很快就会被现实泯灭，因为备受冷落的姚琳希是多么不甘，她还在妄想、挣扎，爱到执迷不悟的女人，她既然拥有显赫的家世，同样地，她也会有一颗高贵而傲慢的心。

他俩回到公司，在写字楼一楼大堂，黎景明被人叫住，回头一看是姚琳希。她像是在等人，神色不是很好，眼睛浮肿，显然刚痛哭过。

黎景明脸色马上阴了，而她却强打起精神，满面笑容地走过来问好，目光一直停留在蓝水悦身上。

蓝水悦知趣而退，尴尬地说“我先走了”急忙逃上楼，止不住的惊慌。她在转角处不禁偷偷探望，看到黎景明拉姚琳希往外走，她才稍微松了一口气，背后却冷汗淋漓。

黎景明原本就和姚琳希约法三章，不许她再私下来公司。此次见她突袭般地出现在公司楼下，他非常生气，脸阴得难看，拉她到外面方便说话的地方去。

“我不是说过了吗?”他紧皱眉毛，很厌烦地说，“别私自来公司找我，有事就打电话。”

“我和你之间，还有什么见不得人的吗?”姚琳希愤愤不平地强调，“我们是有过婚姻之约的!”

“作为一个总经理，毫无保留地把私事都让那些员工知道，你认为我还能坐稳这个位置吗?”黎景明瞪了她一眼，担忧地看了看周围，赶紧拉她到隐蔽处。

姚琳希知错，却不肯嘴软，质问他：“你在电话里敷衍我多少次了？你说！我不是不给你时间和空间，是你的一些做法太过分了。”

“我很忙，实在没时间应付儿女私情。”他说。

“不要说忙，只是你不想！”

黎景明不还口，默认了她的定论，不惜美人黯然神伤。

姚琳希难过地说：“有时候也在想，我姚琳希何苦爱上你，何苦这样用眼泪折磨彼此。可是，我们相识了八年，抗争了五年，终于得到了家人的祝福，你怎么却掉队了？”

“琳希，花开花谢，斗转星移，”黎景明沉重地叹道，“难道你还会相信这个世界有永垂不朽……”

“可是没有你，”姚琳希急忙打断他的话，抢先表达，“我的天空将不会有色彩，景明，我无法面对今后的一切将与你没关系。”

“这个地球不是没有了谁就不转动，”他突然变得很冷漠，“幸福，也未必只有谁才能给。而且，我已不再是你理想中的男子，至少你所认识的黎景明已在 20 岁那年死了。”

“你又在用那些事来狡辩了。”姚琳希的音量突然拔高，懊恼地扭过头去，不听他给出的这些陈词滥调般的理由。

“你回去吧，琳希，”他说，“我希望你幸福，也相信你的生命里会有更好的人到来，说实话，除了那些不切实际的过去，我再也给不了你什么。”

“你还是要与我分手？”姚琳希自悟地说出他的心里话。

“我在祝福你。”黎景明虔诚地微微低下头。

“你以为我会接受吗?”姚琳希苦笑起来，“你记好了，在我的心里，你是唯一的爱人，永远不会改变，哪怕是死!”说完这话，她哭着甩头就走，留下一个决绝的背影。

黎景明有些忐忑不安，接着就是特别腻烦。他不愿再像过去那样追她而去，因为他觉得她总像个孩子一样，总是用伤害自己的方式，不管得到的是爱，还是怜悯。他真的腻烦了，看透了她的做法，不愿再在这种小伎俩里浪费时间，宁可看她痛苦离去，也不想去哄，然后在虚情假意的抚慰中相互欺骗。虽然他甚是了解这个固执的女子，18 岁成人礼上相识至今，她曾以女友的身份与他共同出国，在异乡有过短暂的同居生活。

自从父亲去世后，订婚一直拖延，后来因为在债务赔偿问题上无法谈拢，姚琳希的父亲一气之下，就决定拿他们的婚事做要挟，一拖再拖。深陷于上辈人恩怨纠结的黎景明，也看清了自己的婚姻不过是他们手里用于图谋利益、达成协议的隐形工具，为此，对这联姻相当反感，并报以抵制态度。从那时起，他就对姚琳希换了看法，甚至把她的爱看成了一种企图。而后涉身商海，黎景明更是看透了人性的狡猾与残忍，逐渐不再相信爱。

这些年，黎景明变得孤僻寡言，感情一片苍白，只是专心做事业，将公司做强、做大当成了人生的终极目的。如今，黎景明满足于这孤立的生活，事业上的成功让他更加傲慢、自信、目中无人，这才使得他看淡了父亲和家族里的事，以及他们对他的驱赶。

可是，黎景明怎么也无法原谅，当初姚家见父亲的公司日显颓势，而一致反悔了他们的婚约，甚至将姚琳希关在家中，不让他们见面。当年，为了爱情，他和她共同反抗，结果是姚琳希主动放弃，说为了减轻对他的伤害。可是，在他的心里，却将此当成了对婚约的戏弄，并为此感到深深的耻辱。

现在，他已完全继承了母亲的孤傲血液，成了无人能召回的离群雁，甘愿折翅于人间的尘网，也不愿在弱肉强食的家族里敛羽驻足。在他眼里，豪门望族只是虚幌，里面到处是一副副没有人情味的面孔，全部是血淋淋的掠杀和无情的抢夺。

面对姚琳希的愤怒而去，他毫不动容，仿佛是面对一个无聊的陌生人，只是漠然地看着她的背影消失于纷乱的人海中。

6. 铃兰之殇

又一次遭到拒绝的姚琳希回到家里，冲到宅子后面的小花园，亲手将一盆又一盆的铃兰全摔在地板上。

花盆砸碎的声音引来了保姆，把她吓坏了，生怕惊动其他人，赶紧上去阻拦，“哎呀，琳小姐，别摔了，多好的花，栽培了五年多才有这么多盆的啊……”

这些铃兰是姚琳希从法国带回来的，当初就种在他们同居小屋的窗台上。她自己回国时，不惜变卖掉其他行李，却将这些铃兰带了回来。历经五年的精心培育和繁殖，这些铃兰由三株发展到了二十多盆，全摆放在后花园观光阳台的围栏上，每到五月就开出或白或紫或粉红的花朵。每当看到铃兰盛开，姚琳希就会想起初到法国的那个五月。

那个五月，黎景明带她去小镇上游逛，从卖花人手里买来了三株铃兰，分别开着三种颜色。送到她手里时，黎景明告诉她，三种颜色的花朵代表着“幸福、纯真、爱恋”。

回到住所，她则将铃兰种入花盆，为纪念那一瞬的幸福时刻。之所以千里迢迢地带回铃兰，就是希望幸福回归，纯爱永恒。

可是，现在的姚琳希绝望了，就在她苦苦地等了五年，眼看是该步入婚姻殿堂之时，突然发觉爱情却偷偷溜走了，她曾坚信的誓约变成谎言，深爱的人不愿再回归，只留得这满园的铃兰在岁月中暗喻遥不可及的幸福。

姚琳希不顾劝说，奋力摔掉了剩余的几盆铃兰，站在这曾代表着恋爱信物的废墟上，她双手掩面，无力地跪下去。

她已没了眼泪，欲哭欲笑地想起了那年在法国度过的五一节……

当时，他们一起参加学校里组织的“铃兰舞会”，她和一群白衣袅袅的女孩子站成排，男孩子则会在纽扣处插上一枝铃兰，黎景明就在其中，他面带诚恳的笑容，牵起她的小手，在上面留下温暖的亲吻……

迷人的回忆让姚琳希悲喜交加，回想起之前黎景明说的话，她悲愤异常，抓起一块花盆的碎瓦直接往墙壁上砸，不想那些破碎的瓦砾却反弹到脸上，她发出了惊人的叫声，盲目后退，没注意到后面的小台阶，整个人翻了下去，倒在青翠的草地上。

姚琳希的反常举动引来了家里人的高度重视，姚父本不爱管家务事，对孩子们的感情事亦束手无奈。他让姚母去劝劝女儿，别在这婚事上太过失颜面，强扭的瓜不甜，自从黎景明被家族扫地出门后，他就不大赞成这桩婚姻，要不是看在黎景明这些年有能力让公司起死回生，他才不会勉强同意。

姚母却非常心疼女儿，对黎景明也非常看重，认定他就是心目中理想的女婿，只要他们能在一起，她不反对，当然，她也不愿自己的女儿去受这种屈辱，闹别扭总有个度。她派人去把黎景明叫来，却被前来探望的彦真拦下。凭借彦真的直觉，现在不宜打扰黎景明。“商场上的男人个个都有骨气，”她对姚母说，“这时候你把他叫来，不但解决不了问题，他还以为我们这是怪罪他，弄不好，他最终连面子也不给你。景明这人虽是生在大家族，毕竟这几年他自力更生，脾气和思想都会有点特殊，所以，现在还是多安慰小琳，只要她想开了就好。”

姚母无可奈何地叹道：“这闺女就是倔，说不听，从小被惯坏了。”

“姨母消消气，”彦真扶着姚母撒娇道，“您去休息吧，年轻人的事就该由年轻人自己解决，你们就别操心了。”

“我不管，真不想管了，”姚母不厌其烦地说，很信任地拍拍彦真的手背，“你去跟小琳说，再这么闹下去，我做母亲的也不答应了，这孩子从小就是想要什么就得什么，她再拿自己的性命开玩笑，我可就不客气了。”

“你真舍得把她送到加拿大的分公司去啊?”彦真惊讶地问。

“我也不舍得啊。”姚母拍拍心口说，“这孩子转眼就要三十岁了，宁可她在这里拿性命当儿戏，还不如送她到外面去享清静，要是当初老周不出那些事，这天下就太平许多了。”

“姨母，你别再想那些过去的事儿了，你再不走，剧院的戏就不等您了。”彦真扶姚母往楼下走，将她送到大院上车。

彦真多少听说过姨母与黎景明的父亲周志和的事情，为安定大局，她可不愿这年过五旬的老太太再去扯旧情，以免越扯越遭，最后谁也无法收拾干净。

送走了姚母，彦真整理了一下心情，直上三楼，敲开姚琳希的房门。

受伤的姚琳希卧在床上，神情呆滞，脸蛋上那道被瓦片划伤的疤痕非常醒目。

彦真不禁一阵心疼。她坐到床沿上，慢慢地抓起姚琳希的手，轻抚手背，温柔地说：“在爱情的博弈里，瞎吵胡闹是最没用的，只会伤人害己。男人行大志，女人讲小节，要得到一个男人的心，单靠身世和美貌还不够，需要靠这里，”彦真指着自己的脑门，“智慧。”

姚琳希苦笑摇头，“表姐，我承认没你聪明，可女有大志有何用？结果还是男人和爱情的阶下囚。”她这话分明是在嘲笑表姐那极不光彩的马拉松恋爱。

彦真并不生气，反而引以为荣地感叹：“女人的幸福与金钱地位无关，只与男人有关。得一良人，那你就蓬荜生辉；痛失所爱，那就是红颜祸水苦凄凉。曾经我远走海外，希望西方的自由思想能解开女人的这个心结，后来我才发现，五千年遗留下来的这种观念自有道理。女人为爱而生，爱才是女人的终极奋斗目标。”

“所以你又回来找黎光泽了。”姚琳希替表姐说出了答案。

说实话，姚琳希曾经很理解表姐的痴情。表姐高中时的初恋情人无情将她抛弃，成了他人夫君。她在英国读了那么多书，结果非要回国，进他所在的集团，为他卖命，做他的情妇。如今轮到自己，就在此刻她才明白，在这些几乎要以命相抵的执拗和追逐之中，有一部分不是出于爱，而是女子天生的傲慢和不服输。

“你和他就这样下去吗?”姚琳希有些担忧地问。

“不可能，”彦真踌躇满志地说，“我可不是那种无私付出的傻女人，必定要得到一个圆满的结局，否则，这不公平。”

“难道他会离婚?”姚琳希满脸震惊，她清楚，黎景明的表兄黎光泽，其岳父沈家家世显赫，他们的联姻就是一场家族大合作，事实确实如此，就在他们完婚的第三天，沈家就与黎家签订项目协议，对黎家注人资金 3 个亿。MC 集团就是从那个时候咸鱼翻生，逐渐成为这座城市里的十强企业的。

“我的事你就别管了，”彦真调转话题，“先管好你自己吧。总之，我就一个要求，别再制造什么危险事故来了，为男人去死没用，争取爱情不是靠这种手法。”

姚琳希羞赧，撅起小嘴白了彦真一眼，“我又不是故意的，当时确实很生气，就想砸东西。”

“你呀你，再怎么生气也要爱护自己，”彦真说，“这样吧，我改天去公司找黎景明谈，看他是怎么想的。”

“别，”姚琳希的反应很大，见彦真一脸疑惑，她才缓和下来，小心解释，“表姐，你别去找他，否则回头他又怪我了。他这个人你不了解……”她想了想又说，“我也需要认真地想想，心里好乱，我知道这其中肯定存在问题，但我不确定。”

彦真拿她没办法，爱莫能助地说："有问题就要及时解决，否则越拖越麻烦。还有就是，你别动念去加拿大，男人就要守着，一刻也不能离开，你也别说累，坚持到最后的，就是笑得最甜的。好男人总是机会多，念头多，所以你要挺住，别为一点小吵闹就拿自己的生命开玩笑，明白吗？"

姚琳希讪笑着点头，全盘接受彦真的教诲。

次日，姚琳希完全恢复活力，叫人买回陶瓷盆，将铃兰全部全种上，摆在原来的位置。只惜铃兰花叶伤残，难掩曾经的痛，在阳光下奄奄一息。姚琳希并不为此沮丧，就像她又一次原谅了黎景明的无情那样，相信那些受伤的铃兰必定还会枝繁叶茂，开出花朵。

就在她监督家仆栽种铃兰的时候，有电话打进来，是彦真的，问她在干什么，心情可好。姚琳希转到草坪的长椅上坐着，用轻快的声音说："正在种花，心情一般，想通了，也就没事了。"

彦真坐在自己的办公室里，一手拿着电话听筒，一手抵在桌子上，签字的钢笔在手指间轮番转，她说："你不要太过担心，我已派人去清扫门户了，你那些眼中钉都会很快消失。"

"啊，真的？"姚琳希不敢相信表姐的动作这样快，昨天她只是随意地吐了些苦水，没想到彦真一大早就来报信了。为此，她有些心虚和后怕，惶惶不安地问："你究竟想怎么清扫？"

"这些你就别问了，"彦真知道姚琳希心软，安抚地保证道，"我自有办法。这事就这么过去了，恋人之间闹情绪不奇怪，你也别太沮丧。至于景明那边，你也别由着他的性子来，以免把男人宠坏了。”

“这些我懂。”

“那就好。”彦真像办妥了一件大事似的，非常心安地说，“那我先挂了，等会还有会议。”

接完电话后，姚琳希内心顿时放晴，仿佛雨后阳光一般明亮。虽然彦真没说清她的手段，姚琳希还是非常相信她的智慧，接下来，她只需要等黎景明消气，然后再慢慢重拾感情。她相信他们注定要在一起的，其间虽有波澜，但姻缘绝不会了断。

“事在人为，人间总有花好月圆时。”她这样想，信心满满地双手伸展在长椅靠背上，惬意地仰望蓝天，在她眼里，看到的不仅仅是云朵与天空的偶遇，还有事关未来的某种肯定。

7. 离别的念头

日夜加班的蓝水悦未曾意识到，自己会遭到个人作风整顿。

那天早上，蓝水悦刚到办公室，桌面上的座机电话就响起，对方是个女声，自称是MC集团纪检处的，劈头盖脑地对她进行个人通报批评，告诫她注意个人言行，千万别搞办公室恋情，阻碍公司有序管理，污染企业文化风气……

蓝水悦被说得满头雾水，不知道自己究竟犯了什么错误，为何会接到这样的电话。

“为了不扩大影响，所以才给你打这个私人电话，”那女声用一种言之凿凿的官腔说，“我现在是个别通报，希望你们加以重视，如果再无悔改，那集团纪检会就会以书面形式通报到你们的公司办公室，到那时候，你可就不止劝退那么简单了。”

听她这话，蓝水悦顿时明白了其中的利害性，如果被管理集团书面通报批评，她肯定颜面大失，在自己的就业档案里也是个难堪的败笔，个人荣誉和职场品行评估上，都会受到牵连，今后再去其他公司面试，一见到这样的污点，招聘方肯定会斟酌三分。

此事绝非儿戏，蓝水悦顿时提高警惕，自己细细回顾了一番，到底在什么地方做了哪些出格的事。她想起前段时间文静的提醒，认定是那些流言传到集团那里去了。这让她更加沮丧，不可想象公司里的同事是怎么样看待她的。

蓝水悦是非常注重声誉的人，这一点也许是她妈妈灌输的。妈妈守寡很多年了，非常在意别人的眼光，受不了被人指指点点，说三道四。所以，妈妈时常检查自己的言行举止，也会很严厉地要求子女，为了避免闲言碎语，她极少让儿女们去小朋友家玩耍、吃食，更别说互赠礼物、在同学家过夜了。

“如果被妈妈知道了，她肯定会又哭又骂，用棍子把我赶出门的。”面对集团纪检会的电话，她这么想，心理压力随之剧增，言行举止变得局促，与人沟通时诚惶诚恐，不敢在办公室里说话，也拒绝与男同事交流。

而每当黎景明请她去办公室，她就心情紧张，好像是要上刑场一般。可越是这样，黎景明请她进办公室的次数就更多了，一是项目到了扫尾阶段，什么都在赶，问题也更多，修改的频率大过之前。还有就是，蓝水悦突然变得这么腼腆沉默，黎景明生怕沟通不到位，有时她刚离开自己的办公室，电话就追来了。

每次当着同事的面接他的电话，她都像见鬼似的喘不过气来，怎么努力都没法保持冷静，说话吞吐不清，想表达的话绕了半天都说不清。

“你别紧张，水悦，”黎景明安慰她说，“我没指责你的意思，而是想与你核对几个修改问题。”

“我，我知道，”蓝水悦急促地深呼吸，“我都记好了，都知道了，没事您请挂吧。”

等挂上电话后，她还会特别望了望周围，看有没有人在盯着她，只觉得比看恐怖片还瘆得慌。

如此过了几天，蓝水悦被无形的恐慌彻底压垮了。

她不敢告诉黎景明，以免他想歪了，反过来不但怪她多心，还会去找人追责，他是个做事很认真的上司，见不得瑕疵。她也不敢告诉文静集团纪检会的人打来电话，以免她会乱猜乱想，结果就以假乱真了。面对无法解围的现实，她有了辞职的心，但对离开又顾虑重重，不是担忧自己的去向，而是担心给部门和黎景明带来不便。

几番斟酌后，她还是把辞职的想法告诉了文静，希望她提前有个心理准备。

对此，文静并不感冒，双手在键盘上啪啪敲字，与网友聊天，心不在焉地说：“水悦，你快去洗澡吧，等清醒些后，你再跟我谈这个问题。”

深夜，蓝水悦翻来覆去睡不着，不服气，非要叫文静起来谈心。她坐在床头，双手抱腿，不停地唤文静醒醒。

文静不耐烦地说：“有话明天再说好吗，困死人了。”翻身过去又睡着了。

蓝水悦也不好再勉强，便自己坐在床上望窗外的月亮。既然人间无人听她的心事，也只有对月相诉，但愿月能懂，风明白，也好告诉她该何去何从。

然而，在这个寂静的晚上，云淡风轻，唯有皎洁的月光洒满她一床的白。

文静不愿谈论蓝水悦想辞职的事，因为她太了解蓝水悦的秉性。作为最好的朋友，她本该尊重蓝水悦的想法，不管是去还是留，都以她开心为本。而且她现在的工作干得好好的，真说到放弃，那肯定是遇到了什么难过而绝望的事。她想帮蓝水悦，如果还有挽回的余地，可是，她清楚，鉴于自己在公司里没有影响力，就算知道原因，那也很难有效找到解决办法。

她私下找罗捷反映情况，希望他去了解一下蓝水悦想离去的原因，能劝就劝。

罗捷的表现很冲动，当即呱呱大叫：“什么，她想走？”

“你小声点，”文静把手放在嘴边，命他噤声，左右望望，生怕被公司里的人听到。她拉他到角落后，小声说，“她昨晚跟我提的，具体原因没问，你看着办吧。”

“我知道，”罗捷突然变得很沉重，“此事就交给我，晚点我会找她谈谈。”

为了找到个说话的好机会，一向很少在公司出现的罗捷到设计部去晃了很久，大胆地约蓝水悦下班后去吃饭。

蓝水悦没见文静在公司，就很提防地问她怎么没来。

罗捷见她一直没开口答应，便低头闷声说：“要不，你来我的办公室，我有话对你说。”

蓝水悦很谨慎，望望周围，才跟他进办公室去。可一旦大门关上，她就开始紧张，拘谨地站着，双手放在小腹上，仿佛头等舱里谦卑的空姐。

罗捷挥手让她随便坐，她便坐在距离他最远的沙发区，肢体像雕像一般僵硬，等候罗捷将要抛出的话题。

她严肃的模样让罗捷紧张起来，忍不住在女孩子面前点烟，这是他平常绝不会有的举动。

“我听说你要走?”罗捷狠吸一口烟，努力让自己的手别颤抖，那刻，他偷偷瞟了一眼面前的女孩，心跳加快，突然间有种莫名的冲动和热情直奔脑门。

蓝水悦猛然抬起头，脸上泛起一丝惊讶，但她很快平静下来，因为她知道，这肯定是文静说出去的。

“没错，”她淡淡地说，“我想专攻学业，暂时还不想出来工作这么快。”

“这么说，老黎都不够格当你的老师了?”罗捷不快地问。

“他是一位出色的经理，也是一个优秀的设计师，”蓝水悦答，“人各有志，我的未来自有打算。能在彩纳艺术工作，我感到万分荣幸，但这里真的不是我的终极目标，因此，离开总有时候。”

听她这么说，罗捷有些气馁了，便不再与她端架子，他坐她对面的沙发上，亲切地说，“水悦，我说老实话吧，我舍不得你走，文静也舍不得。虽然我一天到晚也没个时间来公司看看，可是，我心里总是在惦记。”

“罗经理，谢谢你的关照，”蓝水悦有些感动了，“说心里话，我能与你们共事，真的很开心。但是，我有我不得已的苦衷，也不想给大家带来太多麻烦，所以，我希望你能理解。”

界于理解与不舍之间，罗捷很无奈，“老黎他知道你要走的事吗？”

“没有，我暂时没敢告诉他，怕他工作分心。”她说，“盛天城的项目完毕我就走。”

“那也只有几天的工期了。”罗捷一阵怅然，“难道我们真的只能说再见了？”

“你好好照顾文静，算我对你最后的请求，行吗？”

“水悦，其实我想说……”此刻，他的手机响起一串铃声，是文静打来的，她在那头叫喊，说自己煲汤被烫到手了，命令他立刻买烧伤药回来，十万火急，赶快出现。

尚有怜香惜玉之心的罗捷很无奈，答应她马上就来，连连对蓝水悦说：“对不起，这丫头又闯祸了，改天我请你吃饭，我再对你好好说。”说完，他操起衣服赶紧出门，一溜烟就没了人影，蓝水悦看得出来，他已将文静装进心里。

第三章

1. 圆舞

蓝水悦打算离职的消息很快传到黎景明的耳里，他并不慌张，耐心地处理好工作，快下班时，他叫蓝水悦进办公室，借布置工作的机会询问她原因。

面对当事人，若要说出实情，蓝水悦可是满心顾虑，她不敢直说原因就出在他身上，也深知自己这么做，完全是为他好，至少公司没有了流言，他的事业和爱情都会变得稳如泰山。

也许，就在她为他着想的那一刻，她发现自己竟然爱上了这个冷酷到不曾有笑颜的男子，那种爱超越了师徒崇拜，已不仅是简单的思念。自从十六岁暗恋过大院里考上清华美院的大哥哥之外，她突然发现自己在恋爱，又在单恋着一个遥而不实的人物。

也是在那一刻，她为自己这不切实际的爱感到了深深的耻辱和讽刺。

于是她非常果决地回答："盛天城项目结束后我就走，如造成的不便，还请黎总谅解。"

黎景明眨了眨眼，表面波澜不惊，其实内心如潮澎湃，"既然已决定，那就有始有终。不过，我尚有一事相求，希望你能出手相助。"

"请说。"蓝水悦的声音清亮起来。

"有两件事，"黎景明说，"一是盛天城的样板房，假如他们决定让我们做，那我还是希望你能坚持到底；还有就是我们公司的新办公室，由于人手不够，我也信不过做外单的设计师，所以，设计装修图之事还是想有劳你。你看，我是不是耽搁了你的前程大事了?"

"不会，"蓝水悦像打了兴奋剂似的，连忙答应，"这些事我很愿意效劳，当然，也是我的荣幸。"

"劳有所获，我会给你项目提成，"黎景明爽快地说，"并且，不许你再整夜加班了。"

蓝水悦极有成就感地笑了，羞涩地低下头。她为自己能留下而高兴，更为黎景明给予的认可而兴奋不已。

就在这时，罗捷突然门也不敲地开门进来，贼贼地看了看黎景明，然后问蓝水悦："你们谈得怎么样了，要不先出来参加我们的庆祝会吧?"

蓝水悦没听明白他的意思，有点不知所措。

在一旁的黎景明解释道："今天才拿到新办公室的钥匙，他们打算在公司庆贺一番。"

"应该说是为双喜临门而庆贺吧，"罗捷向她伸出邀请之手，恭维地说，"蓝水悦同学，欢迎你继续加盟彩纳艺术!"

沉浸于欢喜里的蓝水悦没多想，就伸手接受了，被他牵着走出黎景明的办公室，听见浪漫的音乐从集体办公区的大厅里传来，蓝水悦心里一阵疑惑，非常迫切地想知道外面都发生了什么。

小厅已被同事们布置成舞池，原有的的沙发和坐椅被推开，周围摆上了水果、点心、香槟酒。当节奏明快的圆舞曲响起，男女同事便自主地站成两排，整齐地做动作，相对拍手，交换舞步和位置，步伐井井有条。

蓝水悦看呆了，难以置信这些人竟然在跳只有在外国影片中才会见到的舞蹈。

罗捷告诉他，这舞蹈是黎景明从法国带回来的，用于公司的员工素质训练或者是聚会庆典，每次集团下来视察，都会以圆舞接待，也算是一种企业文化展示。

蓝水悦难以置信，同时无限钦佩，这种舞蹈非常能体现这家公司的气质。

罗捷邀她入场，向女同事们学习动作，他就站在她对面当她的舞伴，并教她跳舞的规则。“跳这种圆舞，就是要记得自己的动作，自己该做什么，在哪个位置，”他说，“但是，别管是谁转到你跟前，和谁跳，你都会遇到你最初的同伴或者是对手。”说完，罗捷华丽地转到了下一个舞伴面前，与她做着同样的动作。如此循环下去，大家都在同样的舞步里不断旋转，面对着各种各样的舞伴，感受因他们而带来的快乐与遗憾，所有人都在兜着一个看不见的圈。

在舞蹈之中，蓝水悦都记不清轮换过多少个舞伴了。突然，黎景明出现在她面前，她吓得脸色大变，不知道他何时插进来的，心扑扑直跳。黎景明的神色淡定，神情率真，做着与旁人无异的动作，虔诚地对她挥手，做邀请的动作，再扶住她的左肩，绕着她迈着骑马步旋转，旋转的瞬间，对她回眸，露出了一丝清淡的笑容。

蓝水悦也笑了，紧张的心慢慢放松，小心翼翼地扶住他的右肩，为他而转，四目相交之间，她屏住呼吸，与他相互背对而跳时，她有种说不清的悲喜感。直到音乐停止，她的心还是久久不能平静，全身心沉浸在刚才两人亲密接触时的心动里。

站在她面前的罗捷关切地问怎么了，她才如梦初醒，赶紧撒谎说："有些转晕了。"看看周围，恍然若失地问："怎么又换成你了？"

"因为我是最初的舞伴啊，"罗捷说，"无论转到哪一方，只要跳下去，你终归会遇见我。"

"原来是这样。"蓝水悦心虚四处看看，却在人群里寻不到黎景明的踪影，她认为，刚才一定是在做梦。

"看来你是真的跳晕了，脸色那么差。"罗捷关切地说。

罗捷拉蓝水悦到舞池外坐下，给她端来一大杯橙汁，殷勤地坐在身边陪伴她，"你是第一次跳，动作还学得那么快那么好。"

"学校有交谊舞培训，"蓝水悦说，"这些动作都不难。"

"你还会跳交谊舞？"罗捷兴奋起来，"不如你来给我补课吧。"殷勤地对她挥手。

蓝水悦提防地打量了他一番，抿嘴笑着推辞："我有些累了。”

就在这时，文静突然蹦出来，接过罗捷的邀请，“还是让我来吧，你这笨猪头也只有本姑娘才有办法调教。”

罗捷立即绷脸，鄙夷地用眼角瞟她，或许是两人打闹惯了，最终也分不清是玩笑还是认真，即使他迟疑不肯，却不曾击退文静的热情，她主动将他拉进舞池，当着众目，带他跳起了热烈的华尔兹，赢得全场掌声。

蓝水悦为他们幸福的表现而满心欢喜，她的掌声是最热烈的一个。

跳完舞下来，罗捷变得心事重重。

文静倒是疯狂了一把，感觉很过瘾，显得很亢奋。她大大咧咧地用手抓水果吃，嘴里还嚼着东西就迫不及待地问罗捷，她这位老师的技术如何。

罗捷冷眼瞥她，挖苦道：“就跟流氓挟持人质一般。”

文静没生气，反而咯咯地笑。

这对冤家一向如此，几乎没人将此放在心上。

唯有罗捷心里落满遗憾，要知道，他最理想的舞伴是那位忽近忽远、玲珑似水的佳人。

2. 牵　手

公司的新办公室购置在浦东边缘的一处商住两用别墅区里，四层小楼，建筑面积上千平米，配备有前庭和后院，新办公室购置资金耗掉了公司近两年纯利。实地测量那天，他们四人一起出发，那氛围就如郊游一般热闹快乐。

到了目的地，罗捷和文静最先下车，抢先用钥匙打开院门溜了进去，不一会儿就消失不见了。

蓝水悦故意与黎景明岔开，没等他泊车，自己步入庭院，进入尚是毛坯房的大宅。

她在一楼大厅里细细看，每一间房都进去转转，退出来时，在转角不慎撞上黎景明，在躲开他的时候，身体失去平衡。黎景明一把抓住她，大喊："小心！"劲儿大得直接将人拉到了自己的怀里。

在惊吓中，蓝水悦完全傻掉了，等回神过来，发现他紧抱住自己不放，似乎已忘了要放开。那一刻，蓝水悦紧张得头脑空白，几乎不知道该怎么做才好，而是静静地等待对方的处置。可是，一方面，她却又希望他不要放手，亦渴望他能对此加以解释。

最终，黎景明慢慢地放开了她，礼貌地说："地板不平，你穿着高跟鞋，要格外小心，你看，你脚下就有碎石。"

蓝水悦下意识地看了看自己的脚下，看到的情况如他所说的无异。

"谢谢黎总的提醒，"她极难为情地将披散的长发撸到耳后，"我会多加注意。"

他满意地点点头，什么都没说，转到楼梯处，往楼上走，并回头叮嘱她："没有什么可攀扶的，你就别上来了。"

蓝水悦急了，在下面仰望着说："不，我是设计师，必须看到实景。"不顾一切地跟上去。

黎景明停住了脚步，转身下楼，把她堵在楼梯台阶前，默默无言地俯视着她。

蓝水悦不明白他的意思，轻轻拧了一下眉毛，惊慌失措地唤了他一声："黎总？"

黎景明的嘴角微有一丝上扬，对她伸出手，"我扶你上去，这样安全些。"

蓝水悦迟疑了，不是不愿意，而是不敢。可是他的手就这么固执地伸着，仿佛一位翩翩君子对心仪的淑女发出邀请。

"怎么了？"黎景明幽默地问她，"我的手里有刺吗？"

"没有，"蓝水悦说，"我自己能行。"她挤到墙角边，用手扶着粗糙的墙面，强装笑颜地说："这样扶着就很好，绝不会摔。"

可黎景明却微微俯身去牵她的另一只手，以最为友好的力度轻轻握着，拉她上楼。

那时候，蓝水悦既羞怯又欣喜，伴着说不清的恐慌，紧张得胸口闷疼，生怕被文静他们撞见。

两人牵着手一间间屋子看，每到一处，都说出自己的想法，共同商量着办公室的布置规划。黎景明镇定自若，蓝水悦渐渐适应了他的君子作风，心平静了下来，开始在他的引导下畅所欲言，指着那些空间说："这里可以是设计部的办公室，这间就做罗经理的办公室吧，这个位置可以做成前台，这间就是人力资源部……"

黎景明不曾打断她，由她去规划，让她尽情发挥，只是一步步地随着她的思路往下走，像解开一个有趣的谜题一般，就是想看她会将自己安置在哪里。

到四层，她放开他的手，像小鸟一般到处乱跑，逐间房看过去，最终在一间大屋子里大声说：“这间就是您的了，大空间，采光好。”

黎景明只是笑，笑容是从未有过的灿烂，这让蓝水悦有种胜利之感，第一次见他的脸上出现这么愉悦的表情。平时，他的脸不是阴暗无光，就是紧绷得像博物馆里的雕塑。来到这里，她觉得他变得与以往不同了，仿佛是一个有了灵魂和感受的活体，开始有了跃动的光彩，这惹得蓝水悦看着他的目光有些呆住了。

他发觉她正盯着自己看，有些不自在，赶紧提醒她：“接下来呢，你打算怎么布置我的办公室。”

“哦！”蓝水悦回过神来，“这个简单，办公设施就不说了，主要是软装饰，到时候我会为你置办些能体现您个人气质的物件来，比如艺术陶瓷，比如画作。”

“我倒是很想自己画些东西。”黎景明轻叹，“好些年没动画笔了，眼看就要荒废这儿时的爱好了。”

“这些不用您发愁，”蓝水悦安慰他说，“这些都该由设计师来操办。”

“行，我就全托付给你了。”

“保证完成任务！”蓝水悦士气振奋。

就在此刻，文静爽朗的笑声从外面传来，她在门口见到人影，便好奇地探头进来，用狐疑的眼神打量他们。

蓝水悦很警觉，急忙移动身子，挪到安全距离的位置。

文静假装什么都没看到，故意往窗外望，嘴上却说：“大开间，好视野，这间规划给黎总做办公室很合适。”

蓝水悦被吓得不敢说话，背后出了一身冷汗。黎景明佯装不知地推开阳台的门，到外面看风景。

文静对蓝水悦狡黠地吐了一下舌头，扭头对屋外喊："猪头，快上来，先量黎总未来的办公室！"

对此，蓝水悦一有机会，就赶紧找文静解释，就怕她误会，把这事传出去。在新办公室的后院，她们躲在墙背后说悄悄话，面对紧张的蓝水悦，文静只是耸肩笑笑，让她更不自在了。

"文静，一切不是你所看到的那样，"蓝水悦说："因为他担心我摔跤，所以才搀扶住我，其实我们根本就没什么。"

"担心你？"文静若有所思地笑着说，"这点就足够说明事情了。"

"哎呀，你怎么不明白我的意思呢，"蓝水悦急得团团转，"我的意思是说他只是好心，没其他想法。"

"那你岂不是被骗了？"

"骗什么啊，我们本来就没发生什么！"蓝水悦急得快哭了。

"水悦，你别解释了。你的意思我明白，旁人都看出来他很关照你。至于是出于哪种原因，全靠你自己体会。"文静不禁低头感慨地笑，"难道你不觉得他对你太好了吗？"

"这些你别管，"蓝水悦要求道，"别出去胡说。你也别乱想，就当没发生过，记得，你可是我的好姐妹，不能出卖我。"

文静假装生气地拍了她一下，"你看你多见外，我何时不站在你这边了？就是你要抛弃我而去。"然后又扯她到角落，神秘兮兮地问："你老实告诉我，难道你对他真没一点感觉？"

"什么感觉？"蓝水悦装傻，"他就是我的老板，什么都不能指望。"

"那就对了。"文静放心地说，"我听罗捷说，那大小姐逼得急，大概他年底就要结婚了。"

"这个我知道，不必提醒我。"蓝水悦干净利落地说，表面看似无伤大雅，内心里却有万般失落，怅然若失地握住之前曾被他紧握的手，在手指摩挲中，默默感受他的存在，追寻着那丝稍纵即逝的温暖。

深知不属于自己，却止不住去想念，蓝水悦的心头生出了一种甜蜜而苦涩的彷徨。

3. 爱错了

在蓝水悦的日夜赶工下，新办公室装修效果图以出人意料的速度呈现。当蓝水悦把图递交给黎景明时，他非常吃惊，以为她为赶时间而敷衍了事，打开文件一看，不禁对她赞赏而感激，凭那精细的画面、完善的设计、画龙点睛的装饰，处处都体现设计师的功夫。

设计稿通过公司要员的审阅，达成一致修改意见后，该项目很快就进入了施工期。

罗捷私下对蓝水悦打包票，他一定会认真执行，监督工人按效果图去打造，让这套办公室成为她最值得骄傲的作品。蓝水悦对他连说谢谢。"别那么客气，自己人，应该的。"罗捷不好意思地说，却趁机提出条件，"不如我们去吃饭，好好地庆祝一番。”

“好啊，”蓝水悦兴奋地说，“我这就去叫文静。”

没想到却被罗捷硬拉回来，他命她噤声，意思是别声张出去，她不解地看了看他。

“我订好位置了。”罗捷举起两根手指，表示就两位，“今天我有事找你谈，改天再叫他们一起出去。”

蓝水悦与罗捷进了一家烛光西餐厅，吃起了他推荐的法国菜，还开了一瓶香槟酒。

罗捷热情地招呼她多吃点，同时不停地给自己倒酒，连续不断地喝，连干三杯后，他呼出一口酒气，摇头晃脑地，语气非常郑重地说：“水悦，我有些话压在心里很久了，一直在找合适的机会告诉你……”他欲言又止，羞怯地又拿起酒杯闷了一口酒，竟有些紧张，他低头不敢看她，话到嘴边又咽下了。

“你想告诉我什么？”蓝水悦很好奇，向他探头。

“我想……想请你做我的未婚妻。”他抬起头诚恳地望着她，“你愿意吗？”

蓝水悦当即把头缩回去，一脸惊慌，瞪圆了双眼，不知该如何回话，在她的心里，或者是所有人都认为，他应该向文静提出这个请求。

见她久久不做答复，罗捷失望了，但又不愿放弃，连忙解释道：“第一眼看到你时，我就认定你就是我要找的女孩。水悦，或许是我笨，不懂怎么追女孩子，又不会说话，也因为忙，很少有空来公司看你。但是，我今天是带着诚意来的，钱都准备好了，等会我就带你去买戒指，定终身。”

蓝水悦满脸惊惧地站起来，不知该如何面对这个男子和他的坦白，心里想的只有离开。

罗捷不知道她要做什么，谨慎地察言观色，迫切想从中得知她的决定。

蓝水悦定了定神，装做平淡如水地说：“罗捷，谢谢你请我吃饭，至于其他，就当不曾发生过吧。”说完，转身就走。身后传来他的声音：“水悦，你真的没在意过我吗？”

“我们都是好朋友，不是吗？”她头也不回地说。

“我现在仅仅只是你的朋友？”

“很抱歉，”蓝水悦不忍直接伤他的心，婉转地说，“今晚还得赶着修改设计稿，我要先走了。”

刚走到餐厅大门口，文静就打电话来问她在哪里，有没有见到罗捷，说他的电话没人接。蓝水悦谎称说自己在餐厅吃饭，一直没见到他，这就赶着回办公室加班了。

蓝水悦很清楚，罗捷一定是走失于他的情感园地，暂时迷路于她的世界，爱他的人正在远处召唤，他终有一天会清醒，然后回到属于他的梦园里去，而不是像刚才那样，稀里糊涂地说着一些不实际的话语。他肯定是一时冲昏了头脑，说了些很快就会后悔的话。蓝水悦这样认为。

遭到拒绝后的罗捷精神不济，整天都是一副愁苦相，没心情干活，做什么都丢三落四。

文静对此意见很大，因为她要不停地为他收拾残局，有时碰上超出自己能力范围的事，招架不住时，她便忍不住大声地抱怨。

罗捷不理这些，一直沉浸于爱情的挫败里，当然，这不是他第一次追女孩子，只是未曾有过谁让他这般心动。他的确是对蓝水悦一见倾心，平时若不是黎景明在场，他早就表白了。

对于如今的局面，他思前想后，遗憾颇多，清楚是自己表白得有些晚了，也觉得肯定是与自己跟文静走得太近、关系太好、行为肆无忌惮有关。

罗捷想改变现状，绞尽脑汁想办法，就连监工时都在魂不守舍地想。那天，他坐在一只废弃的油漆桶上静心思考，两百多平米的大厅正在装房屋吊顶，没想到工人不慎失手，钢管结构架子轰然倒下来，不偏不倚地把罗捷压在下面。

罗捷被送往附近的医院，黎景明和蓝水悦一起赶来探望。

病人刚睡下，需要安静，病房里有文静守着，也无须担心，他们早早地就回去了。

谁也没想到的是，这对冤家却吵架了，可不是过去的闹着玩，而是认真地提及了分手。

罗捷稍能生活自理后，便赶文静走，不要她照顾，也不想再见她，并扬言要派她到其他部门去，别再天天跟他跑工地。他对她非常凶，从未用这样的态度对她说话，他说："你对我那么好，别人怎么看，公司里禁止恋爱，你不知道吗？"

"我恋你了吗？"文静伤心而不服气，"你这个死猪头，我还不是看你可怜顺手帮忙罢了。"

"我不需要你的可怜，"罗捷说，"你快走，别再来了，快走，走啊！"

文静不肯就这样被赶走，还想跟他理论，觉得他在无理取闹。

没想到罗捷却用枕头砸她，疯似的将她轰出去。

文静生气了，捡起地上的枕头和被子全部砸到他身上，气冲冲地跑掉了。

在这场前所未有的吵闹里，谁也没赢谁。

文静走后，罗捷悔恨地捶打自己的脑袋，心中有种说不出的苦恼。

文静一边跑一边流泪，哭得像个孩子。

文静回到租房里，见到蓝水悦在客厅摆弄画架，二话不说便跑上去拥抱她，趴在她身上放声大哭。蓝水悦问她原因也不说。

蓝水悦急坏了。

文静哭了一会儿后，才生气地说："罗捷那猪头，大概是被砸傻了，一醒来就轰我走，就像发疯了似的，我看他肯定是脑子出问题了！"

"不会吧，"蓝水悦不敢相信地说，"医生不是说没多大问题吗，怎么突然成了这个样子？"

"我哪里知道啊，"文静急着说，"水悦，你说我该怎么办呀，难道他就这么疯疯癫癫的？"

蓝水悦想了想说："我们现在就去医院一趟，我打电话叫上黎总。"

晚上十点，独处病房的罗捷看到三人同时出现，并不感到惊讶，而是更深的失望。

他并不知道他们来此的目的，也不清楚他们为何一个个神情紧张，对他嘘寒问暖，他介意的是黎景明和文静也来，而蓝水悦绝非是为了来看他，而是处于某种必要性，就像出席集体活动一样。

因为黎景明出面开导和调解，他不愿把真相暴露出来，勉强向文静道歉，说自己当时一时糊涂，说话过分了，却不愿她再留下来看护他。

他不想与这个他不爱的女人再有感情积累。他正打算清空过去的感情，做一个周身素净的孤单男子，只为等待他心仪的女孩走进来。

第四章

1. 心底事

从那场事故之后，不管是情感上还是工作上，罗捷都有意疏远文静，更别说会像过去那样与她贫嘴，乱开玩笑。

如文静判断的，罗捷真的被砸傻了，灵魂出窍，完全变成了另外一个人。

蓝水悦清楚罗捷为何会这样，但她不说，也不劝，他住院期间未曾单独去看望一次，也不与他说话。她这么做是不想直接伤文静的心，同时，她也希望这位痴心妄想的男子明白，到底谁才是谁的归宿。

面对蓝水悦的决绝做法，受挫的罗捷早早出院，全身心投入到工作里，故意躲着不见人，有事宁可打电话叫人下楼沟通，也不想踏进公司半步。

文静被安排到设计部，做一些打杂的事，测量任务他安排其他的部下去做，以此减少两人之间的摩擦。

就在罗捷倾注一切，用心打造自己喜欢的女孩的设计作品时，蓝水悦又在加班加点地为黎景明赶制离别的礼物。

她们租住的小屋里弥漫着浓郁的松节油味道，地板上到处是五彩星点，一平方米大的画布立在客厅中央，上面日渐体现创作者的梦想：

宁静的空谷，两岸怪石嶙峋，到处开满了火红色花朵，那红色荼靡一直蔓延到远方一座白色火山上，犹如火焰一般刺眼，昏黄的天空中有飞鸟盘旋，色彩梦幻。整幅画弥漫着似是而非的神秘感，令人遐想万千。

每天，文静回到屋里，都要先来看看她到底在画什么。当油画已接近成品时，文静对她的意图十分不解，忍不住问画作的名字。

蓝水悦想了想，很随意地说："叫它'春彼岸'怎么样？"

这个名字让文静有了联想，拧了一下眉毛，再与画面拉开更远的距离，倚靠在墙壁上审视画里的风景，"难道你在画黄泉路？对岸那片红艳艳的是彼岸花吧！"

蓝水悦顿时羞赧，闭着嘴不敢应，而是拿画笔在上面继续润色。

文静指着画作很肯定地说："这就和传说里描述的'火照之路'一样，据说人就踏着这花的指引通向幽冥之狱的！"

"我晕，"蓝水悦赶紧矫正她的理解，"你别说得那么可怕好不好，这确实是彼岸花，但可没想传达那种鬼怪神话。我只是觉得这花朵美，希望它们都开在春天，不要像传说中写的，有叶无花，有花无叶，花叶永不相见。"她指着几点零星绿色说："你看好了，这是什么，是叶子！我就希望彼岸花能花叶相见，永远相识相知相恋。”

听她这么一说，文静也不想再去争了，感觉蓝水悦的寄望有些无聊，便故作投降地说：“随你怎么画吧，我的大艺术家，反正我不懂！”然后就窜到卧室里，双手抱头，躺在自己的床上想事情。

因为罗捷的反常状态，文静这段时间都显得很慵懒、厌世，对什么都不感兴趣，心里想的全是罗捷，不清楚他为何会变成这样。

就在文静终日为罗捷郁郁寡欢时，蓝水悦却忘了最初对自己的告诫，与黎景明来往密切，感情递增，渐而将所谓的安全距离抛于脑后。

那段时间，蓝水悦频频与黎景明外出，为布置盛天城的样板间而亲自去家装市场采购，顺便一起订购新办公室的桌椅和器材。

在家装市场，他们分头行动，在约定的咖啡馆碰头，相互分享自己的见闻，把内饰的购置方案摆出来，共同商讨整体建议。

两人意见都很合拍，事情很快就办好了，余下时间，蓝水悦主动邀黎景明去看艺术陶器，她建议可以在样板间和办公室里摆放一些与氛围相符的陶器，这样更能让建筑增添质感。

看得出来，蓝水悦对陶器情有独钟，一进陶器商场，就像放生大海的鱼儿，兴奋地往里钻。

她抱起一只粗陶罐，笑容灿烂地回头对黎景明说：“你看这只陶罐，好有波斯的风情啊，还有那只，”她指着前面的一只灰白巨型陶碟，“风格是一致的，可以同时购买，摆放在客厅。”

黎景明走过去端详那只巨型陶碟，导购员连忙跟了过去，用温柔的声音介绍道：“那位小姐真有眼光，这确实是同一系列的，包括厨具和杯具都有。”然后又引导黎景明往深处走，进到精品展示间里看一些进口陶瓷。

等他回到蓝水悦面前时，只见她已挑好了两只形状奇特的陶罐，就摆在她所坐的位置前面的桌面上。

她兴高采烈地对他说：“这两只我送你，就放在未来的办公室里，一定非常能体现你的气质。”

黎景明的嘴角掠过一丝不易察觉的笑意，走过去看了看陶罐，心里满是喜欢。

那天，他按蓝水悦的喜好订购了一批陶器，最后不忘送了她一只王子和美人鱼的陶罐。他说：“我相信你会喜欢。”

蓝水悦可是欣喜若狂，拼命点头，激动得有些说不出话来。他总是那样冰冷宁静，就像那只没有温度的陶罐，外表之下，是令人猜不透的内质。她爱不释手地抱住他给的礼物，就好比抱住了他那颗遥不可及的心。

2. 死　结

一件小小礼物让蓝水悦充满希望，同时也拉近了他们的关系。就在蓝水悦满怀激情地画画，急于将画作尽快完成而日夜奋战时，文静终日沉浸于失恋的忧伤里，非常消极，把生活过得一团糟，并学会了酗酒。

黎景明的日子也不好过，因为姚琳希又将订婚的事推入水深火热的境地。那次回集团参加季度经营会议，黎景明碰上了姚琳希的表姐彦真，她主动约黎景明会后找个地方坐坐，说有些事想与他商量。黎景明深知肯定是为姚琳希的事而来，也没拒绝，决定借她表姐这个口，向姚琳希传达他分手的决心。

两人在铜锣烧店里碰头，在灯光昏暗的位置里，黎景明表现出一副很决绝的态度，告诉彦真，他和姚琳希已不可能了，爱情已死，不可复生，他希望姚琳希自重，别再为他浪费时间，找更好的、爱她的人过幸福生活去吧。

“看来，你是认真的，”彦真冷笑道，“我了解心硬的男人，任由女人怎么软磨硬泡都不会改变他的想法，但是，我希望你明白，爱情不是衣服，想穿就穿，想脱就脱得干干净净，再怎么样，你都该为当初的感情负责任。”

“彦真表姐，你有你的理由，我有我的原因，”他说，“我对她除了那些旧日回忆之外，已没有半点爱了，我不想勉强我自己，也不想欺骗她，勉强的婚姻并不幸福，这些道理你也该懂。”

“各有各的理。”彦真婉转地说，“只是我担心她不会那么轻易地放下，女人爱上男人，那就是一辈子的事，而且，小琳的脾气你也知道，就是那么偏执任性，其实，换个角度去思考，这样的女孩是难能可贵的。”

“我们的缘分早断了。”他依旧没有妥协之意，“往事我已不想再申辩，表姐你也别再说了，我心已决，希望你能体谅。”

“当时她也是被逼无奈，”彦真的语速变快变急了，“你作为一个男人，应该大度些，何必去计较那些旧事。”

“我没去计较，只是在分析原因，”他说，“爱情，早已在我的心里死去了，除了工作，我感不到还有事情是快乐的、值得追求的。”

不管怎么劝解，黎景明的态度就像顽石一般，彻底将彦真折服了。本怀揣着开导规劝的目的来，结果她却变得无语，无从下手。

劝解一桩没有生命的爱情，就好比神医治不好将死的人一般，彦真看到的全是无望。凭借她的人生阅历和对男人的了解，与黎景明交锋之后的她认为，如今，急需解开的是姚琳希这个死结。

怀着些许焦虑，彦真急着赶赴姚家。

姚琳希正在为黎景明准备礼物，因为她收到请柬，邀请他们下个周末去参加一个朋友的婚礼。见到表姐，姚琳希非常高兴，举起一套灰色毛料西服问：“你替我看一看，景明穿这身礼服好看吗?”她再举起一套粉蓝色欧根纱礼服，满脸幸福地问：“我穿这件，与他应该很般配吧。”

彦真不忍打击她，便淡淡地问：“他同意去了?”

姚琳希依旧满怀希望地说：“他和新郎是高中同学，不可能拒绝。”

彦真赞同地微微点头，“你忙吧，我先下楼去拜访姨母。”

姚母正在一楼大厅的平台上独自喝下午茶，阅读《古兰经》打发时间，身边睡着一只白色波斯猫。见彦真过来，她满心欢喜，热情地邀她坐。彦真优雅地入座，目光落在姚母手中的那本书上，以此作为寒暄的话题，为她想说的话做铺垫。

姚母心里也奇怪，彦真一向是个爱工作的人，今天怎么有时间来家里闲聊。于是她特意关心她的工作，问她这段时间在忙什么，怎么今天这么有时间。见状，彦真也就不拐弯抹角了，向姚母说出她对黎景明的看法，认为，他们再订婚的可能性不大。再按姚琳希这样的性子去发展，很可能她会把自己毁掉。

这正是姚母的心头病，听彦真这么分析，她更是顾虑重重。女儿的性格，她深知是被自己惯坏了，那么多年过去了，想改也改不了，而且，她就那么一个宝贝女儿。彦真认为，现在只有人为的阻挠才有效，或者把她送到国外去，让距离冲淡感情，让时间治愈她的心伤。或者，就是家里不再同意这桩婚事，再找个好人家，把她尽快嫁掉。

姚母选择第二条建议。

待丈夫回来，姚母和他连夜商定办法，决定于三天后，带女儿出国旅行一趟，先让她冷静些，再安插她到加拿大的分公司去工作一段时间，物色到好人家就安排相亲。如果遇到反抗，那态度的坚决是必要的。

可是，姚琳希却不愿听从安排，因为她早为和黎景明出席婚礼而满怀期望，要求父母修改旅行时间，至少要等朋友的婚礼结束后。姚母生怕夜长梦多，坚决反对，在姚琳希的质疑下，她也不隐瞒了，当即提出反对他们的婚事，并以“这是你父亲的意思”的来压她。

一提到这，姚琳希当即爆发，愤怒地对自己的母亲说："谁也不能阻挠我，我不会再听你们的任何安排，想当初，我就听了你们的话，景明才变成这样的……"

"小琳，请注意你的修辞，"姚父当即怒喝，打断她的话，"不许这样对你妈妈说话！父母如何决定，不管你接不接受，都是为你好。明天就收拾东西，陪妈妈去欧洲。"

"我不去！"她很任性地说，不顾一切地跑上楼。

姚母在楼下望着她怒吼："你给我回来，小琳！"

她停下脚步，很无礼地对母亲说："我的事情不要你们管，谁也休想再插手这件事。"

"如果不要我们管，那就搬出去，"姚父严厉地说，"如果你真要嫁那个男人，那么，这个女儿我就不认了！"

姚琳希吓坏了，她不敢相信父亲会说出这样的话，急忙走下楼，不敢相信地说："你们用这些来威胁我？"

姚家父母无颜面对她，彼此都低头沉默。

姚母好声劝姚琳希别乱想，说："爸爸只是一时气糊涂了。"

可姚琳希半句好话都听不进去，失魂落魄地缓缓上楼，感觉全世界要塌下来了，她的一生将要在这场无法圆满的爱情里毁灭。

从小，她都很敬重父亲，也将父亲的话当成九鼎金言，说一不二，从不违抗。当年，父亲见黎景明的父亲周志和因进军股市失败，无颜面对下半生的债务和孤寂而自杀，他就反对这桩婚约。姚琳希尽管心里痛苦不堪，但没丝毫反抗。虽然黎景明多次叫她离开这个家，她却因少女天生的依赖和惰性，不敢去面对那些失去家庭支持的生活，和一个遭遇全族反对的男子相依为命。

那时，父母和族人的反对声高涨，很快就扼杀了这对年轻人的爱情。深受压力的姚琳希结束了与黎景明往来，却灭不掉她对他的爱，当初，由自己口里对景明说出“分手”二字，更是她深深的悔恨。后来，在姚琳希的坚持下，同时，黎景明将濒临破产的“采纳艺术”也经营得有声有色，她的父亲才又同意了这桩婚事。这之后，姚琳希之所以在这段爱情中那么坚定固执的原因，是她觉得自己对不起黎景明，在这五年的反复觉悟和掂量之下，她认识到了人生的真谛绝非是富裕安稳的生活保证，而是和爱人厮守永生。

她花了五年去感悟，把自己对爱情的坚持锤炼得坚固如钻，除了那个男人，她谁也不接受。面对父亲的又一次反对，她这次决定以死相抵，把自己反锁在卧室里绝食。

担忧的姚母请锁匠打开房门，推门进去看到的却是一具身穿美丽欧根纱礼服的毫无血色的躯体，躺在满床的铃兰草叶里。

3. 压抑的痛

因发现及时，姚琳希挽回了生命，她的举动却惊动了所有人。接到消息后，黎景明犹豫许久，还是决定去医院探望。

姚母一见到他，就羞愧地掩面而泣，哀求他看在她与他的父亲周志和的情分上，不要再折磨她女儿了。

不知情的人都认为，这件事该由黎景明承担所有责任。

在重症监护室外，彦真也警告黎景明，凡事要以大局为重，别为一些私人小欲望，而掀翻了一片江海，姚家不是好惹的，再说，如果她实在看不下，同样也会出手相助。彦真把话说得很直白："做生意，讲究和气生财，你就为一介感情，把关系搞得那么僵硬，今后还怎么在商场上和这些老前辈打交道？不要以为你有本事让彩纳艺术起死回生，就能够抵挡敌人的进攻，人要向前看，换位思考，你与姚家联姻，哪点不对你有利？如果你的父母在世，我相信他们肯定会支持你们的结合。"

黎景明对此无一声回应，只是桀骜不驯地看了看她，假装谦虚地低头而去。

彦真对他傲慢的态度非常生气，又抓不到他的把柄当众指责，在他身后咬牙切齿："总有一天会让你好看！"

从医院出来，黎景明变得心事重重，心里在掂量彦真所说的话，承认她说得有理。

公司从当初面临被拍卖，发展到至今上百号人的规模，实属不易。彩纳艺术是父亲和母亲共同创造的，母亲早逝，由父亲苦心经营。可是父亲中年时，迷信股票的威力，妄想靠资本运作扩张公司，没想到却遭人陷害，一败涂地。如今，公司历经几番颠簸才回到他的手上，今天取得的成效，在那些大家族企业之中，不过是零星小花，弱不禁风，没多少值得傲慢的资本。从彦真的语气里，他也听得出来，姚家已将他视为仇敌，虽然表面上对此视而不见，可商场上却是一个危险的征兆。

把问题越往商场上思考，黎景明就越犹豫不决，脚步放缓，难以再像过去那样，内心冷静地从容面对。

回到公司，他在电梯口遇到刚下班的蓝水悦，她当时一阵惊讶，恭敬地打招呼，两人擦肩而过。突然，听到他叫住她，蓝水悦当即回头，问他什么事。

黎景明竟然变得尴尬，小声地说“没什么”，想了想又问她吃饭了没有。蓝水悦摇摇头。他用手指了一下前方，轻声说“不如我们一起走”，便大步往外走。

蓝水悦跟上他，没问去向，在她心里，只要他要求，不管去哪里，去干什么，她都乐意相伴。

他们在外滩一家中餐馆吃饭，坐在临窗的位置，能欣赏到江上的夜景。虽然，他们外出时常常共进午餐，却不曾像这次一般，来到这么浪漫的地方。

可是，蓝水悦明显看到他的脸色不好，精神恍惚，点了很多菜，却只是一味地喝酒。她第一次见他喝那么多酒，一瓶法国红酒很快就见底，他甚至忘了自己还要开车。蓝水悦实在看不下去了，压住他的酒杯，让服务员沏茶，他却冷笑道：“我没事，就是想要个放松的机会，不会醉的。”

“我看得出你不开心。”蓝水悦说。

“过了今夜就好了。”黎景明已醉得眼神有些迷离了，还逞强地说，“给我讲故事吧，说什么都行。”他心里怀念的是，过去每当他心情不好，父亲就给他讲故事，意在让他从中获得启发。

蓝水悦唯命是从，但却不知该讲什么故事才好，难不成对他讲童话？想到此，她不好意思地笑起来，坦白地说：“黎总，我不善讲故事，不知道您想听什么。”

“随便说说，好让这世界变得热闹点。”他恍惚地说。

“说我小时候的故事吧，”蓝水悦羞涩地笑，“记得是在七岁那年，我已经上二年级了，爸爸从部队回家，给我和弟弟带了很多的麻雀糖，结果妈妈却每人只给两颗，剩下的就全没收回去了。后来，我和弟弟就整天想方设法去偷吃麻雀糖。待妈妈打算把糖带回姥姥家时，发现只剩下裹得圆圆的纸壳，纸壳上有个拇指大的洞口，她还以为是老鼠偷吃了，还在厨房里骂老鼠太可恶。”说着，蓝水悦忍不住笑，感叹一声，陷入记忆里。

“可惜，爸爸不在了，他这一辈子常年在外，每年才有半个月假期与我们团聚，每次都是来去匆匆。”蓝水悦变得不好意思起来，觉得这不是什么可以安慰人的好故事，想了想又说：“不提这些伤心事了，说说我们大学的趣事吧。”

黎景明却听得入神，顺着她那些记忆感叹道：“父亲是人生的导师，对每个人的影响至深，你怀念他是应当的。”他在此时特别怀念自己的父亲。

“我十二岁时，他因公殉职，”蓝水悦沉重地说，“妈妈带我们去参加追悼会，妈妈一见到爸爸的遗体就晕了过去。爸爸和我们生活的时间加起来都不到一年，但我真的好想他，希望上天能再给一个机会，让他好好地和我们生活在一起。”说到此，蓝水悦热泪盈眶，这是她初次大胆地面对自己父亲的逝世以及这些年作为单亲孩子的辛酸，她苦苦尘封的记忆的瓶盖，一下子掀开了，眼泪情不自禁地像断线的珍珠下坠。

蓝水悦失去控制般地捂脸哭泣。

黎景明很不忍心，将心比心，他能理解她内心的痛苦，也能体谅她对父亲的怀念之后定有怨恨，那些感情或许就如他一样。他无力用语言去安慰她，因为他知道，任何语言都是无用的。

他悄悄地坐到她身边，伸手揽她入怀，借出肩膀，让她靠在上面哭泣。

得到了依靠的蓝水悦情感全然崩溃，压抑了很多年的复杂情感就像山洪暴发一般，把她的所有忍耐全部冲垮，她反身紧紧抱住他，在男人温暖的怀抱里放声哭泣。

然而，就在这时候，远处有一台相机，正把这一瞬间定格在画面里。

第五章

1. 手　段

姚琳希转到普通病房那天，黎景明再次来到医院，给她带来了一束鲜花。

对于他的到来，姚琳希受宠若惊。姚家也为此高兴，大家都退出去，给他们腾出空间。

黎景明温柔地为她整理被褥，坐到床沿上，近距离地凝视她，良久没一句话。

姚琳希觉得他似乎有话压在心里，有些难为情地捋了一下耳边的头发，小心翼翼地问："怎么这么看着我，感觉好奇怪？"然后转身拿水果给他，为转移他的凝视，好让大家都变得自在些，凭姚琳希对他的了解，这种凝视并不友好，而是某种挑衅。

黎景明站了起来，淡淡地说："你好好养病，改天我再来看你。"

"好好好，"他的些许温柔让姚琳希激动极了，"别忘了电话联系。”

“近期有几个项目在收尾，”他说，“等工作告段落后，我们再好好商议婚期的事。”

听他提起婚期，姚琳希有种幸福从天而降的感觉，有些不敢相信，却是那么欢喜。待他走后，她兴奋得忘形，鼓励般地挥动双拳，觉得自己胜利了，终于用至高无上的爱，把他感化了。

就在姚琳希努力恢复身体，对未来充满希望的时候，彦真却给她泼冷水，说不信黎景明会有订婚的打算，并把那些偷拍到的相片摆出来，冷冷地看着大吃一惊的姚琳希，无奈地笑，“我的判断没错，他果真移情别恋了，这就是他不愿订婚的真正原因。”

姚琳希动作僵硬地翻阅那沓照片，心情瞬间跌入谷底，感到万般耻辱，她甚至怀疑表姐捏造事实。

彦真却分析道：“你别信他的话了，一个成熟男子的感情世界怎么能空空如也？如果他心里没别人，又怎么会对你那么绝？”

“可是表姐，”姚琳希心里乱极了，“他说过，等项目结束后要与我商量婚约的事情的。”

“男人的话你只能信一半，”彦真说，“况且他又没对你保证他肯定会娶你，说是让你等，其实就是在拖延时间，到时候你等得不耐烦了，他来一句我不愿意，结果你必定会输给时间。”

听彦真这么一分析，姚琳希彻底绝望了，无力地问：“那我该怎么办？”非常纠结地挠头，“难道他还要对我采用手段吗？”

彦真走过来好声开导她："人心隔肚皮，万事要考虑周全，懂得为自己留条后路。当然，你也不要气馁。要获取心仪男人的心，是需要动脑子的，有必要时，也要讲究策略。"

"我没你那么多心眼。"姚琳希转过脸，不赞同表姐的说法。

"这不叫多心眼，"彦真辩解道，"是男人太狡猾，太丑恶，虽然他们总能取悦我们的心。水能覆舟，也能载舟，要管好男人一辈子，单靠那些哼哼唧唧的爱情是不够的。小琳，你别抵触，你若要想驾驭黎景明这个男人，单靠你的美貌、温柔、身世等等，以及你现在所有的东西，是绝对不够的。"

"那我还能怎么办？"

"还需要手段。"

姚琳希不明白，疑惑地拧了一下眉毛，好奇地问："你指的是什么？"

彦真妩媚地笑，凑到她耳边嘀咕了几句，然后阴险地笑着说："你想收复他，那就先毁掉他。当他变得无依无靠时，你的温柔与爱以及身世在他心里才具有价值。"

"不，这样太残忍了。"姚琳希怕得手指颤抖。

"残忍？"彦真把话说得尖酸刻薄，"你不残忍，那就等着他继续羞辱你吧，他就算跟你结婚，也不会感恩于你的爱，就算他把身体交给你，也不会付出灵魂。这男人如此独立，他岂将你那绵绵情意放眼里。"

"可是……"姚琳希左右为难，心里非常纠结，"这也非万全之策啊。"

"好了，我不逼你了，总之，你就等我把他端到你面前吧，不用费心。”彦真安抚她说，“我就那句话，幸福靠的是争取，而不是坐享其成，我会永远支持你。你想好了答复我啊。”

彦真的话给姚琳希带来不小触动，虽然她有些不赞成彦真的谋划，用计谋将黎景明打回原形，卸掉他现在的所有光环。但彦真有一点说对了，即使黎景明沦落街头，她依旧还爱他，伸出双手接纳他，尽管全世界都在反对。

姚琳希出院后不久，姚家非要把她送出国去散散心，生怕她还沉溺于感情纠葛里，一旦想不开又要自寻短见。在彦真的劝说下，姚琳希接受了家里的安排，在加拿大的分公司做财务监管工作，顺便疗养身心，为期三个月。

姚琳希决定给黎景明打电话，想借此摸清黎景明最终给她带来的，是不是真如彦真说的，是时间上的一种拖延。黎景明支持她到新公司去学习，还告诉她，彩纳艺术将在三个月后迁入新办公区，那时她刚好回来。

这答复让姚琳希那颗疑虑重重的心顿时松弛了，她满心欢喜地说：“那好，我肯定会按时回来向你道乔迁之喜。”

“谢谢。”他很生硬地说。

“景明，我在国外能给你打电话吗？”姚琳希谨慎地问，生怕他会借两地的距离来回避她。

“适合的时候，我肯定接。”他说。

这并非是令人满意的回答，却让姚琳希充满了希望，并继续要求道：“那……你能否送我上飞机？”

“你什么时候出发？”

姚琳希激动起来，“下周二的下午。”

对方停顿了，过了一会才回应："周二有个招商会，我会尽量。"

挂断电话后，姚琳希高兴得拍手欢笑，她觉得现在的黎景明没那么绝情了，至少他愿意接电话，与她说话，并答应肯送她上飞机了。

这善良的富家小姐片面地理解一个男人的心，猜不透他的所思所为，不曾意识到，商场风雨已污染了他的心灵。他的接纳不过是在作秀，只为安抚人心，减少负面影响，别让外人觉得他是个连情感问题都处理不好的傻瓜。

接受姚琳希，是他自保的手段。就在他当着蓝水悦的面，一杯杯地喝下烈酒之时，他就已暗下决心，为了保全公司，在高速发展之期不受威胁，他有必要埋没掉自己的爱恨，坦然接受商场上的规则。他自己也很清楚，一旦做了这个决定，那就意味着自己将失去对心仪女子表白的权利，除了能天天看着她，聆听她的故事，交流一些无关感情的事，其余的，只能深埋。

可是，黎景明并不哀伤，他觉得，至少她还在自己身边，像三月的花朵，娇艳烂漫。他觉得彼此还有时间，他愿意等待，并会努力挽留她，别让那动人的倩影溜走。

2. 泪的告别

这世上，每个聪明的人，心里都有算盘。

就在黎景明成功地安抚住姚琳希时，蓝水悦又接到了集团纪检会的电话，这一次，对方通知她到浦东新区的集团总部一趟。

蓝水悦感觉这电话来得有些蹊跷，并私下向办公室打探了关于集团纪检会的问题。办公室的人一听她提起，便脸色大变，“一旦被他们盯上，你就不可大意了，尽快去处理，能掩盖的尽量掩盖。”并叮嘱她别声张出去，否则，一旦纪检会以文件形式全集团通报，公司就要被扣分，到时候黎总回集团开会时都很没面子。

这下，蓝水悦更慌了，还没弄清具体事情，就抛下工作请假去集团总部。

在集团大楼24层办公室，蓝水悦和一个年过四旬的女人相对而坐，对方用生硬的声音阅读了集团发出的通报文件，最末摆出一堆照片来，上面全是她抱住黎景明大哭的镜头。

蓝水悦看呆了，不敢相信竟然被人偷拍，还会传到集团纪检会的手里。她觉得他们这样不道德，可对方并不给她说话的余地，而是用一种非常严肃的语气说：“集团设立纪检会，就是为了加强企业管理，严肃管理氛围。MC集团下属18个子公司，不允许有哪个公司无视集团的管理文化。而且，你是在纪检会有过前科备案的员工，采取一定的跟踪监控，也是情理之中的事。如果你以此上法庭起诉，我们绝不阻拦，但相同的，你所在的公司同样要和你一起遭到处罚!”

蓝水悦被对方咄咄逼人的言辞完全镇住了，对此处决，她无话可说，接受了纪检会的一切安排，次日就自动提交辞职报告，虽然比预期的提前了3个月，但终归要离开，她也不想因这种事惊动公司上下，给黎景明的脸抹黑。

集团的规定就是王法，不管合理与否，只要你朝臣于它，它所列出的所有规定就是王法。蓝水悦深知无力抗衡，再有委屈，也只好举手妥协，自动在公司消失，总比等着被上面公开处理的好。

从集团回来，蓝水悦完全没了工作的心思，早早就回到租房。

文静回来看到她躺在床上，非常惊讶，问她今天不忙吗？

蓝水悦懒洋洋地伸起双臂，有气无力地叹道："人都要走了，再忙也不想干了。"

"啊？"文静对此感到突然，"你不是说等搬新办公室后才走的吗？"

"按这进度，我等不了。"蓝水悦说，"我想回学校读书，明年考研。"

"唉……我以为你在公司干了这么多有成就感的事后，会留下来呢。"文静惋惜地说，"结果还是无情无义地抛弃我而去。"

"抛弃谈不上吧，"她说，"我有空就来看你，等你混好了，今后我还要来投奔你呢！"

"说实话，我在这家公司里全依靠你了。"文静说，"你不在，我还不知道自己能否撑下去呢，而且现在罗捷又不爱理我，什么也不教我，问他还爱发火，我真不知道他到底在想什么。"

蓝水悦知道原因，却不敢告诉文静，把话题一转，交代她等她走后，务必代她将《春彼岸》亲手挂到黎景明的新办公室的墙上去。

这小心思被文静看在眼里，狡猾地笑：“那么认真啊，是不是别有用心啊？”

“才不是，”蓝水悦一口否定，想笑又装着生气，“当初我答应他了，回头我可是要收费的。”

“水悦，你别不承认了，”文静逼问道，“你是不是对他有意思了？”

“不可能。”她说，“谁敢看上他呀，我可没那么容易喜欢上一个人。”

“我才不信。”

“信不信由你。”蓝水悦赶紧调转话题，把矛头转向文静，“那你说，你是不是爱上罗捷了？”

文静无奈叹息，“算是吧，可现在那家伙整天凶巴巴的，让我都不知如何是好。”

蓝水悦也跟着长叹，觉得文静很可怜，同时也觉得愧疚，认为是自己让文静陷入了情感的困局里。如今，集团纪检会不放过她，罗捷又在她的世界里徘徊，黎景明要因她而蒙受绯闻之苦。综合考虑，就算有再多的留恋，也不能在公司里待了。

她一人离开，也许，换来的将是这个世上很多人的安宁。

次日，蓝水悦没去上班，打算悄悄离去，没惊动任何人。可汹涌向前的工作却不给她机会。

黎景明早上一到办公室就找她布置工作。部门的人说没见人，他就打电话，碰上关机，他非常生气，叫秘书进办公室，命她立刻就把蓝水悦找来，九点钟和他一块去盛天城，今天的验收那么重要，设计师不可缺席。

这下，秘书才告诉他，蓝水悦已提交辞职书，并交代今天不来上班。

这让黎景明大吃一惊，火气更旺了，“没我的批准，谁也不许私下离职!”他大声吼，“无论如何，都把她给我找回来，不得有误。”

秘书只好抛下一切，四处打听才找到蓝水悦的租房，站在门口，用可怜的声音哀求她说：“黎总发大火了，因为盛天城的项目在验收，他非要你去，你务必九点钟之前到公司。”

蓝水悦叹了一口气，意识到自己的天真草率，便安抚秘书说：“我知道了，麻烦你跑一趟。你请回吧，我肯定按时到。”她知道，眼下必定要抛下思想包袱，去见见黎景明，把话说明白，才能走。

在写字楼下，蓝水悦老远就看到黎景明的车，显然他早早就等在那里。她走到车头前，没急于上车，而是默默地站着。黎景明钻出来，挥手示意，她思索了一番，才肯往里走，心情沉重地上车。

与黎景明并排而坐时，她显得很难为情，头埋得低低的，不知道该如何对他说明一切。

沉默的黎景明没一声质问，看似不再计较她的过错，而是拧开电门，查看后视镜，要把车倒出去。

她不愿再陪他去应对工作，赶紧说道：“黎总，我今天不能陪你出去工作了，今后也不能，我真的要走了。”

“是不是我在什么地方亏待了你?”黎景明问。

“不是，是我自己的原因，”蓝水悦说，“我真的要离开，不管你开怎么样的条件，我都要走。黎总，你不要再挽留我了，蓝水悦不值得你这么做，在公司，你教导我的，给予我的，已足够我感激一辈子了……”她不停地说，就希望他能停下车，放她走，甚至莫名地担忧，她这么跟他一道而行，会不会又被人跟踪拍照。她不愿他蒙受绯闻的困挠，何况他是个有婚约的男子。

可是车子却飞奔上高架桥，在高速路上飘移，任何语言都劝不动黎景明，直到她双手捂脸，哭着哀求：“黎总，你放我下车好吗?我今天不能陪你去工作了，真的不能……”

女孩的哭泣让他心软了，等下了高架桥，他把车靠边行驶，缓缓地停下来。“我用心栽培你，甚至把整个设计部的期望都压在你身上，”他说，“我相信，用不了多久，你就能代表着我的思想，在这个装潢设计行业里驰骋，假如你不接受，我也不勉强。”

“我无德无能，也收受不起，”蓝水悦含泪对他说，“对不起，我真的要走了。”说着去拉车门把手，手却被黎景明抓住，她吓坏了，不知所措。

他默默地扭头注视她，内心生生地疼，神情却非常麻木。他想表达，却深知自己的不自由，因而顾虑重重，非常自卑，因为他不知道该如何挽留她。爱的承诺太沉重，他不会轻易许下，除了对她来说早成鸡肋的工作和友情，他觉得自己在她面前一无所有。

可是，他还是用工作来再次拖延时间，即使在这种关键时刻，“完成你今天的任务后再走，”他说，“这样可以吗?”

“黎总，不是我不愿意……”蓝水悦痛哭起来，“原谅我不能，因为我给你带来的麻烦太大了。我不能留在这车里，更不该单独与你外出，这对谁都不好。你明白我的意思吗?”

“你怕别人说闲话?”黎景明早就察觉到这一点。

“嘴是别人的，我们控制不了，”蓝水悦说，“我们唯一能做的就是少在一起。”

黎景明一下全明白了，泄气地松开她的手，心里非常失落。

寂静的空间里唯有女孩嘤嘤的抽泣声，面对不得已的别离，以及黎景明的放手，她分外伤心，除了流泪，却不能有任何表示。她很自知，这样的男子可爱可念，却不可触碰，他是山峰之巅高贵的雄鹰，过着她遥不可及的生活，她不会硬拿自己当鸡蛋碰石头。

听到车门自动弹开的一声砰响，她那悲伤的情绪沸腾到极点，因为他没再挽留，大约已无心再听她的哭泣。

她机械地拉门下车，一直往前跑，恨不得赶快跑离他的视线，不再给自己留下半点回头的余地。

她走得很决绝，眼泪像泉水般汩汩直流，她多想告诉他内心世界里的一切，告诉他关于《春彼岸》的故事和她的寄望，想告诉他，从今以后将无比怀念这段有他的时光。可惜，千言万语，已没了倾诉的机会。

只是，她不曾意识到的是，坐在车里默默注视她离开的人，因为心痛而拧紧眉头在大口深呼吸。

3. 失　落

蓝水悦就这样离开了彩纳艺术，甚至连离职手续都由文静代劳，在黎景明那里大笔一挥，就算结束。

罗捷得知她突然离去的消息，非常震惊，第一时间就打她的电话核实情况。蓝水悦在电话那头安慰他别想多了，是她自己坚持要走，不怪黎景明。而罗捷却兴高采烈地说："离开也好，今后我可以去找你，光明正大地给你献花。唉，对了，你喜欢什么花，玫瑰会不会太俗气了？"

蓝水悦倒吸一口冷气，感觉自己惹了个更大的麻烦，赶紧回应他道："罗捷，我要回学校住，只剩文静在这里，你代我好好照顾她。"

"你交代的事我一定照办。"他说，"你就放心吧。"

"谢谢你，罗捷。"她很愧疚，因为她知道，必定有一天她会辜负他的心。

"别客气，你的事就是我的事，今后别跟我说谢谢，"罗捷慷慨地说，"我现在就下班了，半小时后到你那边，我们见面聊。"没等蓝水悦回话，他就挂了。

蓝水悦不想见他，赶紧反拨过去，谎称自己不在租房里，正在外面办事，暂时没空，总算是把他打发回去了。

没有蓝水悦的跟随左右，黎景明觉得内心空空荡荡。每天来公司，路过设计部时，他都习惯性地朝里面望望，希望那间空荡荡的格子间里会有人探出头来，对他甜甜地笑。

蓝水悦走后，黎景明变得独来独往，非常孤僻，总是一人外出洽谈生意，再无人与他分享工作上的收获，以及快乐和痛苦。将工作当成全部的他感到生活一下子变得索然无味，空虚无比，他甚至萌生去找蓝水悦的念头，又因现实的层层阻碍，而一次次地压抑住冲动。

此后的他变得异常孤僻，不喜欢与外界交流，时常将自己关在办公室里闷头工作，甚至忘了送姚琳希上飞机的日子。直到出发之前，他都未给过姚琳希一个电话。

她也不愿再去主动纠缠他，怕他厌烦。她苦苦地等待着，希望在这特殊的时刻，他能有一点表示，就算只有一个问候，她也心满意足了。

可惜，黎景明深深沉溺于自己的世界里，错过时光，也错过了姚琳希的等待。

无奈下，姚琳希带着难以言说的失落，在司机的催促下上车。在去往机场的路上，她还时刻幻想，在下一秒，能接到他的电话，或者在机场的大厅里，他早早就等在那里。

然而，她什么都没等到。

直到播音员催促乘客尽快登机，她仍旧未见过他的踪影，这让姚琳希非常生气，干脆往外走。送行的司机非常诧异，急忙追着她喊："大小姐，你上哪儿呀，要登机了！"

姚琳希假装听不见，快步往外走，她不打算去加拿大，不再相信大洋彼岸的距离能再给他们的爱情带来新的生机，而是意识到，她的离开，只会让缘分了断得有凭有据。

罗捷一刻都没放松对蓝水悦的追求，每天三四个电话，每天在她的租房下的花店订各种各样的鲜花往楼上送。不知情的文静很好奇，不知道谁是送花人，蓝水悦也佯装不知。文静只好趁店主送来鲜花时，以拒收为借口，对店主盘问不休，才从中得知是一个大约二十七八岁的男人，个子高瘦，留平头，身穿 T 恤衫和牛仔裤。“他已预付了一个月的钱，吩咐我们每天都送。”店主这样说。

文静就感到纳闷了，她猜到是黎景明，看蓝水悦那爱理不理的反应，感觉又不像。

有一天，蓝水悦在下楼买菜时把手机落在床上，突然有电话打进来，上面显示罗捷的名字。文静没接，她却对此感到疑惑，直到手机停止声响，接着发出收到信息的提示声。

文静感到很好奇，各种猜疑都有，于是她咬牙翻开了蓝水悦的手机信息，上面只有一句话：“今天的鲜花喜欢吗？”

文静只感到一阵眩晕，拿起那手机真想反拨过去，好好地质问他。但是她不能让蓝水悦知道她偷看信息的事，于是干脆把罗捷的信息删掉，假装什么都不知道。可是她还是熬不过自己的焦虑，非要弄清楚蓝水悦与罗捷的真正关系不可。

那天晚上睡觉前，文静很郑重地问蓝水悦，那送花人是谁。

蓝水悦依旧狡辩说不知道，借口说困了，想早点睡觉，明天要搬回学校去。

文静却万般焦虑，她想当面揭穿蓝水悦的谎言，又顾及颜面，翻来覆去，一整夜都没睡着。

次日，蓝水悦收拾行李搬回学校宿舍，就此结束她为期 5

个半月的职场生活。

文静没想到罗捷会来租房帮忙，得知他是送花人后，她对他总是抱有一种恨意，当然，她还对他抱有希望，但愿他对蓝水悦的所作所为仅限于奉送鲜花。

三人收拾了半天，才把蓝水悦的琐碎东西打包清楚，一件件地搬到楼下，塞进罗捷的小汽车后备箱里。

最后清点物件时，发现少了一包刚购置的书，文静主动上楼去取。

下楼时，她刚走到楼梯口，就听见罗捷在不停地说话，像是发生了什么重大事情。郁郁的文静赶紧退到楼道里。

罗捷摊开双手，央求蓝水悦道："难道我的真心还值得怀疑吗？你让我别伤害文静，我照做了，可这样隐瞒下去不是件好事。"

"罗捷，我们都是好朋友，我希望你清楚这点。"蓝水悦把头撇过去，不愿面对，"而且，文静她喜欢你，真的很喜欢你。"

"我不管这些，"罗捷很固执地说，"我只在乎你对我的感受！"说着，他上去就紧紧地抱住她，蓝水悦越挣扎，他抱得越紧。

文静一下子彻底愣住，她无法接受这个现实，抱在手中的书啪地落下。

响声引来了蓝水悦的注意，她扭头看到一个人影，认定是文静，便奋力挣开罗捷的双臂，拼命地追去。在楼道上听到文静急匆匆上楼的脚步，接着是房门关闭的巨响。

蓝水悦清楚她已看到了一切。

蓝水悦不愿就此放过，一定要解除误会，她拼命地拍门，苦苦哀求道："文静，你快开门，听我说，一切不是你所看到的，你开门！"

租房里，文静用身体顶着门板，痛哭道："我不要听，不要听，你们都在欺骗我！"

门外，蓝水悦拍着房门说："你是最了解我的，你知道我心里有谁，文静，你听我解释，我和他什么事都没发生，真的！"

这话被追来的罗捷在身后听到了，他的脚步放缓了，心情变得沉重，目光迷茫地看着蓝水悦的背影。

然而，不管给出什么解释，文静始终没开门，反而哭得更伤心，她整个人从门板上慢慢地滑下来，毫无希望，不管外面的人怎么哀求和解释。她无法面对他不理她的原因，是他的心里装着蓝水悦，而非自己做得不好。

第六章

1. 心　灵

即使看清了罗捷的心，文静却打定了主意，在公司留下来，尽快成长，完善自我，不再像过去那样傻傻地应付工作，而是要做一个令人刮目相看的职场丽人。

她将罗捷不喜欢自己的原因归纳为几点：一是自己工作丢三落四不认真，二是自己大大咧咧不严谨，三是自己既不漂亮也不聪明，整天需要他保护。

从来都是不服输的文静，她将这次失败转化成动力，主动请缨，调到客服部去做业务联络员。

从机场逃回来的姚琳希不再像过去那样，把自己关在房间里哭闹。

她和表姐彦真见了一面，从她那儿学到了不少人生道理，决定暂时放下那些儿女情长，做一些有意义的事情。姚母对女儿的转变有些担心，当然不反对她出去工作，只是为她的婚姻大事担心，女儿已二十八岁，过两年就三十了。可姚琳希却对所有人发誓，她还要等着黎景明，她不结婚，他也别想结婚。

她依然爱他，只是她接受了彦真的建议，在恳求被爱之前，先做一个让男人看得起的女人。

她细细回忆过去，两人在法国上学，互爱互助，双宿双飞，感情深厚而坚贞，并没觉得是谁在仰视谁。自从他经营公司后，她觉得他变得冷傲了，有了很多拒绝她的理由，不是工作就是客户，永远有很多东西排在她之前。

蓝水悦离职后一个月，彩纳艺术的新办公室全面落成，选了黄道吉日，全公司职员出动搬迁。

文静没忘蓝水悦的叮嘱，计算好时机，趁黎景明在他的新办公室时，亲自带着画作求见，还故意问："黎总，送礼物的人交代我为您把这东西挂上墙去，您看挂哪里好？"

黎景明看了看她抬来的用牛皮纸打包好的大方框，问她这是什么。

文静神秘兮兮地说："打开后您就知道了。"说着就亲手撕掉牛皮纸包装，一副色彩斑斓的油画出现于他眼前，这独特的配色他不陌生，很快就想起蓝水悦当初说的话，心里不禁一阵触动。

黎景明没流露出心底的波澜，只是淡淡地对文静说："你把画留下就去忙吧，晚些时候我再让后勤把它挂上墙。"

文静想了想，连连点头答应，转身离去，并礼貌地把门带上。

他站在画作面前，细细品味画面里的内容，看到下角小小的签名有“春彼岸”三个字，便领略到她的心意，不禁感慨，按捺不住地露出笑意。

也就在这一刻，他非常想念这个女孩，很想告诉她此刻内心的幸福感，甚至急切得不可再多等一秒。

黎景明拿起手机拨蓝水悦的号码，心里毫不犹豫。这是他们那次在路上分手后第一次联系，他不忌讳是自己主动，而且没有任何理由作为掩饰，只是很单纯地想她。

正在校园秋日的湖边阅读的蓝水悦看到他来电，有些吃惊，有些期待。她做好心理准备，习惯性地打招呼：“您好黎总，有事您请说。”

她毕恭毕敬的声音让他有些难为情，他用轻快声音在说：“别那么紧张，我没什么事，而是专程打电话向你表示感谢。”

“呃……”蓝水悦迟疑了，“黎总，我不大明白你的意思……您是指……”她实在想不起来他究竟有什么事该对她说谢谢。

“你的画已挂在我的办公室墙上了，”他赞叹道，“效果不错，整个房间似乎都因此亮起来了。”

“你喜欢就好，”蓝水悦兴奋起来，激动得握紧拳头，“我当时就是随便画，想到什么就在上面填颜色，后面因为时间太仓促，很多细节都没表现出来。”

黎景明却一味地说：“色彩很活跃，搭配很独特，画面的意境是我喜欢的，一件作品能做到这些就足够了，所谓细节都可以忽略。”

“得到您的这句赞扬，我考试就有信心了。”蓝水悦高兴地说，“前两天，我还犹豫要不要考研呢。”

“你对色彩的把握，是我见过最优秀的。”黎景明说，“不管是绘画还是做设计，你总有令我赞赏的亮点，只要你多积累些工作经验，肯定是这个业界的一匹黑马。”

“哈哈，您说这话的意思是想高薪邀请我回去吗?”蓝水悦抛出诱饵，试探他的来意。

“不，我只是想见见你。”他没回避，而是顺着她的引导说明了打这个电话的目的，“就今晚，下班后我去学校找你，大概晚上 7 点钟左右。”

“真的?”她有些不敢相信。

“君无戏言。”

“好好，我就在第一次见面的地方等你。”

收线后，蓝水悦忍不住在原地又蹦又跳，为预祝她期待已久的重逢，笑容如春花烂漫。

那个下午，她就坐在荷塘边的石栏上看书，想心事，时光不知不觉流逝，转眼夕阳晚照，天色渐渐昏暗下来。她掏出手机看时间，还有十分钟就到 7 点了，西方的余晖不见踪影，天色已完全暗下来，一面满月倒映在湖水上，把女孩的心都映得温润清透，犹如美玉。

这时，有人慢慢走近她，那熟悉的气息很快令她察觉，转头一看是黎景明，她高兴地站起来，又觉得自己太冲动了，便掩饰地微微笑，在黎景明看来，她的笑容就像映进空谷里的阳光，圣洁而明媚，令人神往。

他看着她入神，令她不好意思起来，问他在看什么，他则说，“在看海的女儿。”

蓝水悦听懂了他的赞美，又喜又羞，难为情地说："黎总，你这样说我都不好意思了。"

"别叫我黎总，我们已经没雇佣关系了。"他说，"你可以叫我的名字。"

蓝水悦叫不出口，头埋得低低的，不敢正视他。

黎景明走到湖边，眺望月光下残荷，回想起当初的邂逅，感觉时光流转飞快，不禁感叹，他认识她已过一个夏天，可是，她给他的感动，却时时如新。今夜，他觉得她美得如月光般脱俗，让人渴望拥有，却又怕玷污，因此，他小心翼翼，不敢鲁莽，怕失去，也怕错过，好在她那么乖巧温顺地陪在他身边，无声无息地与他共赏月景。

他喜欢这份沉默的陪伴，甚至有些情不自禁，深深凝视她，怎么也看不够，轻轻拉她的双手，将伊人拉近些，却不足够到拥有的地步，因为他一直在彷徨、犹豫。蓝水悦迎合地与他对视，接着又羞涩地低头。而他却动情地将她揽进怀里，心情激动起来，他说："我一直想要求你，别离开我……水悦，对不起。"

"你为何要道歉？"她说，"其实，我从未想过你会来找我，也不曾求索过，上天会把你的爱赐予我。"

"我看到你的《春彼岸》，"他停顿了一下，鼓足勇气说，"就特别地想来见你，想把心里的话说出来。可是，水悦，我一直在担心，承诺对于我们来说只有负担，没有好处。你明白我的意思吗，我虽然有一家企业，人生却比一般人多了很多禁忌，有时候我多羡慕他们，像罗捷那样多好，能自由地选择自己的人生和爱人。"

“景明，我理解你，”蓝水悦感动地说，“我不需要你的任何回报，你也不必给我什么承诺，我可以什么都不要，只是喜欢你——喜欢你，就算是我自己的事情吧。”

黎景明一脸震惊，怔怔地看着她，蓝水悦以为他不信任自己，举起手发誓道：“我是说真的，我从不企图从你身上得到什么，我只是想念你，希望你快乐，不要那么累，每天看你在办公室没日没夜的加班，每天来回奔波，我好心痛，好想分担你的烦恼。可惜我什么都帮不上忙，还总是让你为我修改设计稿。”

说到这，蓝水悦失望地叹道：“我知道你肯定会和姚小姐结婚，可我还是这么傻，每天都想看见你，就是放不下你。景明，我告诉你这些，不是想跟你要承诺，也不需要你为我的感情负责，其实，我本打算隐瞒这一切，就当是生命中的一次际遇，等老了之后端出来自己回忆就够了。”

黎景明心动不已，努力呼出长长的一口气，眼睛不停地眨，神情变得悲伤，“水悦，请你原谅我这么没有勇气，其实，我早就感觉到了你的心。”

“请不要说对不起，好吗?”她心痛地安慰他，“你什么都不欠我，是我自己没道理地喜欢你，无法控制自己不去思念你，今夜过后，你就把我忘了，不要……”

黎景明猛然将她搂进怀里，双臂用尽全力，不让她再发誓，可蓝水悦还一再自己表达，“景明，我说真的，你不要给我什么，好好地过你生活，不要记得我。”

“不，”他的脸埋进她的长发里，用刻骨铭心的声音说：“我愿意给你，至少是我的心灵。”

面对如此盛大的赠予，蓝水悦感动得流下幸福的眼泪，双手反将他抱住，内心激动澎湃，如春江花月一般美满。

说出了压抑已久的爱之后，黎景明有种如释重负之感，竟然有了不管不顾的勇敢。他非常肯定，这就是自己一直在寻觅的理想伴侣，假如人生还会有幸福，那么，肯定是与她在一起。

2. 双面人

那夜后，蓝水悦和黎景明的感情如胶似漆，整天不是发信息就是发电子邮件。只要有空，黎景明就会去学校见蓝水悦，吃饭，看电影，喝咖啡，像普天下的普通男女一样恋爱。当然，他们更多的时间，是在一起讨论设计方案的风格定位，或者他来接她出去一起谈生意。

两个人的交往已经无所顾忌。

然而，即使蓝水悦搬回学校，罗捷也从未停止过追求，隔三差五就找到学校去，让她不厌其烦。蓝水悦不止一次地对他表明自己的心，他仍不肯罢手，总觉得自己做得不够好，爱她不够深，才不足以打动她。她越拒绝，他就对她越好，每天都打来电话嘘寒问暖，每逢周末节假日就发出各种邀请。他整天向女人们请教，在什么时候该送什么礼物才好。

一个周末的晚上，蓝水悦正和黎景明在饭馆里用餐，罗捷的电话又追来，问她在哪里，他还有十分钟就到学校了。

蓝水悦非常生气，离席到外面去接电话，告诫他别再来了，因为她现在不在学校。而他还锲而不舍地追问道：“那你什么时候回来，今晚是我的生日，买好蛋糕想跟你庆贺。”

因为是非常时刻，蓝水悦的心软了下来，好声好气地说：“我在同学这里过周末，晚上不回去了。”

“你在哪里，我现在就去找你。”他急忙说，“水悦，今天晚上我只想和你一块过。”

“对不起，罗捷，”蓝水悦很决绝地说，“我无法接受你。”

“为什么？”他不肯接受，虽然这句话已听她说无数遍了。

“别再问了好吗？我还有其他事，先挂了。”

“你等等，水悦，你听我说，”他说，“我这段时间总在看楼盘，计划买房，然后我就可以正式向你求婚了。我是认真的，水悦，虽然我不富裕，但，我会努力，今后肯定能确保你的生活无忧无虑，不会给你在外担惊受怕。”

“罗捷，我跟你说多少次了。”蓝水悦郑重地强调，“你不要再提这些事，我不能接受，也不愿再伤害你，今后你不要再打电话好吗，求求你了。今天晚上我真的不能回校，你请自便吧。”说完，她就挂断了，将手机关机。

回到位置上，黎景明已打开笔记本电脑开始工作了，见到蓝水悦的脸色不好，便关切地问是谁的电话。蓝水悦怕他多心，便撒谎道：“一个男同学，说了很多次还这样执拗，真是烦不胜烦。”

黎景明却流露出得意的笑，拿她的手放在自己的手心上，轻轻拍，安慰道：“那么冰雪聪明的女孩，肯定是人见人爱了。”

“你还来取笑我。”蓝水悦撒娇地瞪他一眼，撅着小嘴假装生气。

黎景明把她揽进怀里，在她额头上轻吻，“这说明我不能松懈，要好好待你，不珍惜肯定就会失去了。”

她伸手去搂他的腰，“我不跑，就跟着你，我的心永远属于你。”

黎景明对此感慨，轻吻她的发，用下巴亲昵地蹭她的后脑勺，两人沉浸于甜蜜的温存里，恋恋不舍，不愿时光流逝。

黎景明把她扶起来，捧着她的小脸在她额头上轻吻，然后温柔地说：“我们得走了，然后我带你去一个地方。”

不管他要去哪里。蓝水悦从不问去向，只是含笑地不停点头。

他们行驶了将近四十分钟时间，拐入一处新开发的楼盘。

三号楼十六层，黎景明用钥匙打开了一套大四居，只见里面的布置非常崭新，其设计完全按盛天城样板间的效果图打造。蓝水悦很惊讶，不禁问：“难道我们来到了盛天城？”

黎景明莞尔，悠闲自得将包和钥匙放在茶几上，“如果你困了，可以去洗澡休息，我可要先去工作了。”他说完，径直往里间走，蓝水悦跟着进去，原来是一间大书房，配有落地式的大书柜和两套办公器材，俨然是一个专为二人打造的办公间，这让蓝水悦更加疑惑。

“这是谁的家？”她问。

“给你住的，”他说，“近期有两个订单在签约，往下的工作肯定很忙，我可以来这里加班，也方便见你。”

“这是你的房子？”蓝水悦还是很不放心，虽然两人交往甚密，她倒是不太了解他的私生活，就连他具体住哪里都不清楚。

黎景明点点头，很坦诚地说：“虽然我感觉这样有点不合适，但是现实就这样，你放心，我会遵守纪律的，绝对不会擅自冒犯你。辛苦的是你，可能往下又要你为我加班了。”

“这没什么，”蓝水悦一脸幸福地说，“能为你效劳，我三生有幸。”

“你这小嘴，说话就是动听。”他刮了一下她的小鼻子说。

蓝水悦就地抱住他撒娇。

两人被幸福冲击着，早忘了很可能阻止他们在一起的那些障碍，把未来想象得太轻易，以为相爱就可以。

姚琳希改造自己的计划一步步展开，她要像彦真那样，做一个值得男人珍惜的好女人。她开始克制自己，不再主动联系黎景明，但偶尔会借一些理由与他见面。

她在姚氏集团的总部担任金融部门的主管，虽然与自己大学时的专业不对口，这却是她的主动选择，因为，只有是工作问题，黎景明才会体恤地出手相助，且每次提问题，还不至于让他觉得自己智商低下。

她的这一规划确实收到实际效果，有段时间，两人几乎每天都通话，一般是姚琳希打来，问一些公司财务管理方面的事，接着聊生活，然后是计划；有时候她提出不如晚上一起吃个饭，或者碰到什么棘手的问题，她随口就提出“我去你的公司找你当面说”，然后就驱车前往，半个小时后抵达。

蓝水悦不知道，黎景明的很多时间都耗费在她身上，而姚琳希更不了解，她所深爱的这个男人，背地里正和另外一个女孩热恋，不仅互赠了定情物，为方便往来，还将她接入了家里。

然而，就连黎景明自己都惊叹的是，他竟然能以最优雅的君子风度在两个女人之间游弋，既不被怀疑，也没人发觉，而且和谁的感情都很融洽。

这个深沉而冷峻的男人，怎么都不会让人将他和“水性杨花”联系在一起。当他发现自己正玩着脚踏两条船的游戏时，心里有的不是征服的自豪感，而是对不可摆脱的旧情深感无奈，从公司的发展和个人利益去衡量，与姚琳希保持良好关系有益无害；面对新爱，他觉得万千愧对，面对蓝水悦那无所求的纯真感情，他不愿辜负，更不愿用这个世间的丑恶去污染。

他知真情可贵，也希望自己能保护好这世上最洁净的感情，可是他想兼顾得越多，就越为难，一边是利益，一边是挚爱，两不可兼得，也不能只爱美人不要江山。为了拖延时间，想出良策，他一再演戏，日渐将双重角色扮演得游刃有余，但他的心事日益加重，就像上了枷锁一般。反过来，他对蓝水悦更加呵护，用尽男人的温柔体贴，对姚琳希，他则比过去讲理客气了，而且是有求必应，不求回报。

3. 搏　斗

在黎景明刻意地经营之下，他的世界有条不紊，安定太平，事业蒸蒸日上。

眼下，有一个将惊动业内的巨资项目正在洽谈，如他预计的，假如这个项目能成功接下来，那么，他就可以完全摆脱MC集团的控制，将公司剩余的股份全部买回来，实现他父亲周志和的遗愿，让彩纳艺术完全属于周氏家族，而到那时候他要更姓，对世间光明磊落地宣称他是周氏子孙。

从小，他就对自己的姓氏质疑，还当面问父亲，为何他不和其他孩子那样随父姓，而是随了母家姓黎。

日渐长大后，他就从大人们的只言片语中总结出一个理由：因为母亲黎凤媛是豪门千金，父亲周志和只是一个偷渡香港的大学生。他们在生意场上相识，一见钟情，不顾家庭反对结合在一起，且还未婚先孕，黎家感觉颜面大失，就将黎凤媛驱赶出家门。

直到八岁后，黎景明才见过自己的外祖母，而且是在母亲的葬礼上。记忆中外祖母是一个神情严肃的老妇人，有着皇太后似的威严，看人的眼神永远是那么锋利。当外祖母向他走来时，他因为陌生和恐惧而吓得后退了几步，转身就抱住父亲的腿，躲着不敢看她。

外祖母无奈地摇头，对他的父亲说：“媛媛走了，我好心痛啊，可又能怎么办？她就是被我宠坏的，太自大，结果就输给了这身子骨。想当初我就不该给钱，让你们去闯事业，从小她的身体就弱，拼不得，我早说过，她就不信，这下好了，年纪轻轻就患癌症……”

年幼的黎景明呆呆地看着外祖母哭着说：“女儿没了，我不能再失去我的外孙，志和，后事办完后，你就带小景明回黎家，我好亲手将他抚养长大。”

周志和唯唯诺诺地点头，并在日后照做，将黎景明放在黎家，过着锦衣玉食的生活，在贵族学校读书，与达官贵人交际，被安排与出身名门望族的姚琳希相识……

虽然如此，他却并没完全成为一个养尊处优的贵族子弟，因为受同伴的排挤，他深刻地清楚自己的真实位置。特别是父亲的公司破产后，黎家族人对他的逼迫和驱赶，让黎景明不再相信那些衣冠楚楚的族人背后的丑恶嘴脸，并且对这个家族怀恨在心。接管公司这么多年，他用父亲所受的耻辱来鞭策自己，日夜卧薪尝胆，就是希望早日将黎家注资占有的公司股份买回来，最终与 MC 集团完全脱离关系。

彩纳艺术乔迁新居一个月后，集团派人前来参观，并致以贺喜。黎景明清楚他们目的，对此做了周全的接待计划，并安排好了相应的饭局，将姚琳希一起请了过来，以免彦真对他有看法，同时，也在集团面前体现一下他们的关系。

姚琳希接到邀请时，欣喜若狂，不敢相信地反问："这是真的吗？"

"如果你没空，就算了。"黎景明客气地说。

"我肯定能安排出时间，"姚琳希高兴地说，"而且，我还能为你们做向导，为你这东道主挣够面子。"

黎景明连声说谢谢，这让姚琳希更高兴了，收线后，居然忍不住拍手自庆，双手握拳祝福自己，就像盲人突然见到了曙光一般兴奋。

这时，传来敲门声，她大呼"请进"时，语气里还夹着喜悦。

推门进来的是一个高瘦的男孩子，名叫蓝海森，是融资部门刚招聘进来的金融专业高材生。他恭敬地在门口打招呼，“姚主管，这是融资中介公司送来的材料。”并不敢擅自走近，虽然她只是个主管，可集团总部全体员工都知道她的身份，当然，大家背后也会将她看成华而不实的花瓶，不过，唯有蓝海森从心里对她钦佩。

蓝海森觉得她很不容易，从艺术管理到金融，这是一个难以兼容的跨界，而她在公司财务方面却很有见解，至少，黎景明传授给她的那些东西，正是刚毕业的蓝海森所缺乏的。

见姚琳希挥手叫他进来，他才敢走进办公室，将材料放在桌面上，做了一个“请查阅”的手势，便机械地转身离去，刚走到门口听到她说“等等”，他便像一台灵活的机器又转了回来，站在办公桌前等她的命令。

姚琳希并没看他送来的材料，而是递出一张便笺纸说：“这两天我都不在办公室，麻烦你替我处理这些事情。”

蓝海森双手接过便笺纸，看到上面全是该由主管出面的接洽工作，心里感到茫然和压力。姚琳希并未意识到自己派一个新人去做那些沟通工作有何不妥，她心里想的全是黎景明，不管工作多繁杂，她也要腾出一天时间去购物和美容，为赴黎景明的邀请而做足准备。

黎景明需要蓝水悦，不仅是她能为他分担工作那么简单，他需要她如水拂湖面般的天真笑容，需要她的温柔去净化每天在商场上遇到的丑恶，更需要她留在身边，将她看成人生的希望。心烦意乱时，黎景明就会把她抱在怀里，深沉地凝视她的眼眸，不言不语。

他这种专注的凝视让蓝水悦很不理解，总会奇怪地问，“你究竟在看什么？”

他掩饰地笑笑，“你很美，每天都看不厌。”

“又在胡说，”蓝水悦说，“你肯定有心事。”

“唉，什么都逃不过你的眼睛，”他说，“我的心事就是，何时能把你迎娶进门。”

这话让蓝水悦受宠若惊，幸福得让人感到伤感。因为有姚琳希在，她渴望而不敢奢望，能与他在婚姻的华盖之下共享人间风月，从灵魂到肉体都属于他，直到三生三世。

蓝水悦自卑地低下头说：“我还在想，如果有一天，你做了别人的丈夫和父亲，我还是愿意做你的恋人，就这样默默地守护着你，为你分担工作和烦恼，就足够了。”

“不可能，”他果断地说，“如果是这样，我宁可选择殉情。”

“别提死，我们都不能死，”她说，“景明，你要好好地活着，我无所谓，反正婚姻和孩子，我早看淡了，就像我妈，结婚生子却没了爱人，就这么郁郁寡欢一辈子。”

“你放心，我给予你婚姻，不是出于责任，”他说，“而是自愿，因为，你就是我的幸福，就是我下半生最想要一起生活的人。”

蓝水悦满足地对他笑，感动得热泪盈眶。她没完全认识到，作为一个努力在商业上站稳脚跟的男人，重利益轻别离是他的不可不学的东西，就算黎景明有心抗拒，也会有屈服的那一天。

蓝水悦频繁往来于黎景明的住所和学校之间，终于有一天，她被那个执着的追求者发现了踪迹。

本来，罗捷并无心跟踪她，只是想将一份精心准备的礼物交给她的舍友转交给她。那天傍晚，他开车去到学校，在大门外老远就看到蓝水悦，刚摇下窗户想喊人，她却上了一辆的士。

罗捷不愿放过这个机会，便跟踪而去，随着的士来到小区，他就感觉不对劲，“黎景明在这个小区里购置房产，她来这里难道与他有关?”罗捷越想心越沉，各种不好的预感塞满他的心，驱使他势必要弄个水落石出才罢休。

他悄悄跟踪蓝水悦上楼，在转角处看着她用钥匙开门进房间。他看了看手腕上的时间，思索一番后，决定去敲门，想当面揭穿蓝水悦对他的敷衍和谎言。

可是，出来开门的却是黎景明，两人愣住了，黎景明提防地问：“你怎么到这来了?”

罗捷顿时一阵恼怒，恨意很快燃遍全身，什么都不说，揪住他的衣襟直接挥拳，一下就把毫无防备的黎景明打翻在地，却还不肯罢手，像猛兽扑上去，摁住黎景明一直用力掴脸。罗捷只觉得热血直冲脑门，头脑一片空白。

这时蓝水悦从厨房里冲出来，看到两个男人在客厅里扭打，黎景明完全处于下风。她焦急地冲过去，“别打了，别打了，罗捷你快给我住手。”

她心疼地抱住被殴打得神志恍惚的黎景明，冲着罗捷大吼：“你这是干什么，有话好好说，干吗动手打人啊!”

“水悦，我万万没想到……”罗捷痛苦得直想哭，“你竟然这样对我。”

“我已说过无数遍了，我有自己喜爱的人，麻烦你不要再来打搅。”

“你这么绝情，就是因为他吗?”罗捷指着黎景明说，“我老实告诉你，他不能娶你，也给不了你幸福，你和谁在一起都可以，唯独他不行。”

“这是我自己的事情，你管不着，也不需要你插手!”蓝水悦护着黎景明，双眼充满敌意地说：“麻烦你尊重我的选择，现在就离开这里，今后不要再来打搅我们!”

罗捷绝望地点点头，恨恨地转身走了。

黎景明深知这件事的严重性，便上前送他，诚恳地说：“对不起，这事我该早点告诉你。”

他知道罗捷的价值，也非常感激他在他负债累累时，愿意放弃高薪来与他同甘共苦，经营彩纳艺术，而且，公司有今天的成绩，与罗捷的聪明才智以及付出是完全分不开的。

可罗捷并不接受他的道歉，仇恨地瞥他一眼，无言地离开。

4. 纷　争

待他走后，蓝水悦吓坏了，凭她对罗捷的了解，以及他刚才那副模样，很担心他会在今后加以报复，就算他们还合作下去，也不见得能继续交心。

黎景明安抚蓝水悦，把焦虑的女孩搂在怀里，给予她力量，同时也让自己获得依偎所带来的依靠感。

其实，黎景明的心比蓝水悦的还烦乱，就怕这件事被泄露出去，若被姚琳希知晓，那就难以处置了，而且闹出去的话，他在商界的个人声誉也会受到影响，对自己和公司的发展都不利。

那一夜，黎景明彻夜不眠，势必要在天亮前想好万全之策，明早与罗捷在公司碰面时解决，否则，拖得太晚后果将不堪设想。他知道该怎么做，不但不会将丑事扩大，还能完全收复这个人，让罗捷一辈子为自己卖命。君子行大义得民心，历代皇帝靠皇恩稳固朝野，所谓恩情，多半都与切身利益上的割让有关。

可是，蓝水悦是他的心头肉，绝非是不舍那么简单，可以说，没有她，他生命中的这唯一星光定会熄灭。这个女孩对于他非常重要，不到万不得已，他绝不会这么做。

可是，天亮了，除了这个看似更有效的办法之外，他毫无胜算，唯有无法摆脱的疲惫，像裹尸布一般紧紧纠缠着他的身体。

早上回公司上班时，他有种难耐的力竭感。

他主动召见罗捷，其实两人都有备而来。

罗捷没去工地，而是坐在设计部的沙发区里发呆，见到秘书对他挥手，他镇定自若地起身往总经理办公室走去，有种单刀赴会的就义感。

在寂静的办公室里，两个男人照面时，神情异常严肃，彼此对视，势必要用自己的气势压倒对方，从而击溃对方。

黎景明的目光最先软下来，他太了解自己的同伴，看来罗捷是动真格的了，为大局着想，他不会跟他硬拼，决定选择退让。“我觉得这种事没必要道歉，”他说，“不过，我还是要说对不起，希望你明白，这是我们相互选择的结果。”

“我爱她。”罗捷果断地吐出着三个字，神情像岩石般坚毅。

“看得出来，你这次是认真的。”黎景明纠结地说，“但，无论如何，我们都该尊重水悦的感受……”

“我爱她!”罗捷吼起来，霸道地打断黎景明的话，不愿听他解释。

黎景明被镇住了，他很清楚，罗捷最想听的不是大道理，而是他的决定。如果他还坚持不放手，罗捷或许会再像昨天晚上那样，冲上来挥拳殴打，不惜扯破脸皮。

黎景明不能不顾及他的感受，也明知他这时候的心情，于是不再犹豫，而是很明确地告诉他：“我们是真心相爱的。”

这话让罗捷感到重重一击，对应蓝水悦的一再回避，他自知已落入下风。但他不服气，“相爱？你能给她什么？”他轻蔑地笑，“你告诉我，姚家会放过你么？还有一点你不要忘了，姚琳希的表姐是黎光泽的什么人。景明，请你不要忽略这些连带关系，作为朋友我提醒你，时刻都不要忘了自己的处境。”

“这些我心里有数。”黎景明很镇定地说，态度上毫不妥协。

罗捷冷笑，越笑越大声，然后转身开门而去。他的态度让黎景明脊背阵阵发寒，总觉得这件事不可能这么简单就结束。

蓝水悦也为他们担心，算好时间，给黎景明打电话，问他早上有没有见过罗捷。

黎景明不愿她为这事担惊受怕，安慰她说没事，早上和他谈过了。蓝水悦却疑神疑鬼地追问他谈什么，黎景明找借口说"有电话打进来了，晚点我再给你打过去。"很快就中断通话。

蓝水悦看出他在回避，察觉情况不妙，想插手相助，又找不到好办法，想找罗捷解释，又觉得不妥，她一整天都被焦虑困扰，就怕黎景明遭到伤害，最终波及公司的正常运转。情急之下，她只好求助文静，希望能从她那里打探到些情况。

接到蓝水悦的来电时，文静有些诧异，自从她得知罗捷追求蓝水悦时，她们就没怎么联系，并非是自己有成见，而是受伤的感情就这样淡去了。

在电话里，蓝水悦打听罗捷今天的状况，文静的心里还很不舒服，敷衍地说："你打电话问他不就完事了，还有必要这样遮遮掩掩的吗?"

"拜托你了文静，我真的好担心，"蓝水悦很无奈，只好说出实情，"昨天晚上他和黎总打架了。"

"为什么?"文静惊骇大呼。

"一言难尽，"蓝水悦不肯说清楚，"总之，我担心死了，要是他俩闹翻，那我就真成了千古罪人了。"

"到底是发生什么事了，真有那么严重吗?"文静说，"说实话，我好几天没见到罗捷了，你也知道的，他很少在办公室。"

"那算了，"蓝水悦束手无策地说，"你安心上班吧，别想太多。"

收线后，文静心绪不定，有种很不好的预感，怕罗捷出事，便主动拨打他的电话。

电话那头，罗捷说正在忙，通话潦草结束，让人爱莫能助。

蓝水悦陷入更深的绝望里，感觉无颜面对他们，整天惶惶不安地度日，不敢再打搅黎景明，又日夜盼望能见到他，当面问清情况。

而黎景明最担心的，是姚琳希会知道这件事，由于曾与她有过往来和感情上的纠缠，不免有做贼心虚之感。假如她质问，他肯定会直接承认，纸包不了火，该来的总该到来，黎景明也不再逃避，做好兵来将挡，水来土掩的准备。

他等了又等，每次与姚琳希交涉，似乎都未见火山爆发的端倪。集团来公司考察那天，她很早就来到公司指挥工作，俨然以女主人自居。黎景明觉得她今天与往常不同，具体不同说不清，只觉得她今天光彩照人，气场强大，完全成了一个职场俏佳人。

集团考察团于午间十一点抵达，来的全是集团董事会的成员，其中，黎光泽和彦真也在。他俩在大庭广众之下不拘小节，眉来眼去，甚是暧昧，丝毫不对外隐瞒两人的关系。

黎光泽是纸业大王沈氏集团的女婿，与沈雅成婚已快十年，因沈雅体弱多病而一直未有小孩。

姚琳希带领考察人员从下至上全走过一遍，最终在顶层的大会议室内入座，聆听由黎景明主持的公司规划的汇报。

黎光泽对公司的室内设计很满意，不禁问姚琳希，这是谁设计的。她说不清楚，黎光泽则说："这设计师是个人才，有机会，我很想见一见。"

在一旁的罗捷听到了，从心里为蓝水悦感到光荣，于是他插话道："这位设计师辞职了。"

黎光泽看了一眼罗捷，然后补充道："可惜了，你们应该想办法再把他请回来。"

罗捷微微点头，没再说什么，若有所思地看着正在台上演示 PPT 的黎景明，心里特别想念蓝水悦。

这次考察彩纳艺术，黎光泽大为触动，因为这家公司的兴旺完全超出了他的想象，这让他更加抱怨当初父亲没能把这家装潢公司给他，而是看在外祖母的面子上，又把公司还给黎景明。当时，父亲不大看好装潢公司，认为那是小打小闹，成不了大器，也就没再和外祖母争。可随着内地房地产的兴起，这个行业变得日益繁荣，当初那奄奄一息、资不抵债的彩纳艺术在短短的五年内不但偿完债务，还能置办这几千万的办公室，这让他难以不对此扼腕叹息，眼红嫉妒。

在回集团的路上，黎光泽忍不住对彦真叹道："我们再不改变策略，做点朝阳产业，就要被这个市场淘汰了。MC 集团做建材生意那么多年，说实话，其利润都不如一个小小的装潢公司。真是三十年河东，四十年河西，风水轮流转啊。"

"怎么了，"彦真找把他那点心思看穿，"走了这一圈，就开始有小妇人的哀怨了。"

"后悔啊！"黎光泽拍着大腿叹，"后悔我当初不强硬啊！"

"有想法就说，少说那些没用的话。"彦真很直接地说，

“我知道，你肯定是动心了，我也想，不如我们想办法融资，也开一家这样的公司？”

黎光泽的想法被她说穿了，笑着挥着食指说：“看来，我老黎的心就是逃不过你这妇人的眼睛啊，都想到一块去了！”

彦真自得地笑，撒娇地挽住他的手臂，亲昵地靠在他的肩头，双眼往车窗外看，天真地畅想未来，“现在就早做准备，以免你和她离婚后什么都拿不出来。虽然我不在乎，可也要为今后的生活和我们的孩子着想啊。”她征求意见地盯着他的眼睛问，“你说是不是？”

“这些事，你不用担心。”黎光泽轻拍她的手，“说实话，我现在是羡慕黎景明啊，至少还有属于自己的事业，我在集团待了那么久，虽然有股份却没有自主权，想做什么还要跟那在董事会唇枪舌剑，反过来思考，真不如独自操作一家小公司畅快。”

“我明白你的心情，”彦真安慰道，“万事急不了，路也要一步步地走。”话虽这样说，她心里却非常迫切地想帮助他实现这个愿望。

彦真知道他与彩纳艺术的故事，知道他对这家公司的情结，如今看到自己的表弟将公司经营得如鱼得水，他那强烈的占有欲肯定又膨胀了。

历经痛苦的思考后，罗捷还是想再见蓝水悦一面，想把有些话说清楚。

蓝水悦不再回避，想央求他别对黎景明怀恨在心。

他们约在学校门口的咖啡厅见面。

然而，前来赴会的罗捷却身穿笔挺的正装，用啫喱水梳亮了头发，手捧一束玫瑰，准备好的戒指拿在手里。显然，他是来求婚的，什么解释都不听，只要结果。

面对罗捷的做法，蓝水悦愣住了，坐在沙发上不敢动，心慌意乱地看着他怀里的玫瑰。自知逃不过这一劫，她低下头，自甘溃败地问："你先告诉我，如果我拒绝，结果会怎么样？"

"我依然爱你。"他说。

"其实，我最担心的是你和景明之间的事，"她说，"如你所说的，彩纳艺术能有今天不容易，应当珍惜。而且你们合作了那么多年，难兄难弟，情同手足，不要因为我而相互残杀。这是我对你们最大的希望。"

"我和他的事会处理好。"罗捷掏出戒指，双手举到蓝水悦面前说，"房子已定下来了，戒指也买了，现在，我诚心诚意地恳求你，请你做我唯一的妻子。"

蓝水悦一动都不动，只是感慨地笑，"罗捷，我不配戴这枚戒指，因为，我对你只有友情，没有爱情。我不会和一个不爱的人结婚，然后麻木不仁地一起生活，如果命运无法让我与爱人在一起，那么，我宁可选择孤独。"

"你还是不愿接受我，我和他相比，有哪点不好？"罗捷悲愤地说，"他有的，我肯定也会有，而我能给你的，他不一定能给。水悦，你不要执迷不悟了，他和姚琳希断不了，而且，他还同时和你们两个女人在一起，这一点，我非常鄙视他，难道，他就这样对待你的爱吗？"

这话让蓝水悦大为震惊，怔怔地，不知该说什么才好，虽然她早有心理准备，不免还是感到一阵恶心。

罗捷对他苦笑道，“你本来就是我先遇到的，只是他卑鄙，近水楼台先得月，把你抢走了！”

“别这么说，罗捷，”她怕他心生恨意，对黎景明树敌，“爱情是公平的，就好比文静……”

“是的，我们都在相互辜负。”罗捷难过地说，似乎想哭了，“戒指就是为你买的，如果你不要，那么，就把它扔掉吧。”说着把花束和戒指留在桌面上，起身走了。

让蓝水悦非常为难，她不知道该如何安慰罗捷，挽回这场兄弟之间的纷争，同时，也不知该如何面对黎景明以及他和姚琳希的关系，虽然，她曾以为，爱就是爱，无需名分去证明，可是，当听说他同时又和姚琳希在一起时，自尊心上不免受挫，难以接受。

第七章

1. 人间蒸发

经过几天的斟酌，蓝水悦做出了艰难的决定，不在两个男人之间做选择，谁也不接受，离开上海。

她联系了在深圳工作的师姐，跟同学借了路费，说走就走。临走前，她没通知任何人，包括文静在内，有几次和黎景明通电话，也隐瞒着不说。

离开，是自己的事情，正如爱，也与自己有关。

罗捷收到了蓝水悦通过同城快递寄回的戒指和一封信。得知她离开的消息，罗捷急忙打电话，这时才发现已停机。他不罢休，直接开车去学校找，舍友说她已去深圳，行李早两天前就寄出去了。

找不到蓝水悦的罗捷像丢了魂一样，在女生宿舍楼下闲逛时撞上文静。

文静看着罗捷那副难受的模样，心生怜爱，一面安慰罗捷不要难过，告诉他蓝水悦就是这样决绝的人，她一旦下了决定，不论谁都无法改变；一方面心里非常嫉妒蓝水悦，竟然有两个这么优秀的男人为她疯狂。

沮丧的罗捷冷笑了一声，想是明白了些什么，没对文静说什么，就走掉了。

文静不放心，一直跟在他身后，甚至跟他上了车，并且一笑泯恩仇地说："反正顺路，你就好心载我一程吧。"

这不是什么出格的事，罗捷当然无理由拒绝，车辆启动，像箭一样飞出去。

文静理解他的心情，也清楚，这个男人此刻需要的是安静，有个人陪在身边，能陪伴他那失落的内心就好。

黎景明也不知道蓝水悦何时离开上海。之前他忙的那个亿元大单，客户在澳门。所以，近期他频频飞澳门，除了偶尔空闲间隙能通电话，已经有好久没见蓝水悦了。

黎景明整整忙了二十多天，总算把合约签了下来，项目是要为澳门一个度假酒店进行装潢以及整片度假山庄的园林进行规划。当然，做好这些后，度假山庄里的别墅也将会顺理成章地由他们公司进行消化了。这是彩纳艺术迄今为止，所接到的最大的单子，黎景明对此信心满满，他认为，一旦把这家享誉国际的度假酒店做好，那彩纳艺术的未来将不可估量，他的独立日将指日可待。

然而，事业突飞猛进，红颜却突然人间蒸发了，走得决绝，走得无影无踪，一句话都不留。

不过他清楚蓝水悦为何要这样做。就在他得知她离去之前的某天晚上，蓝水悦突然间打来电话，一开口就质问他在哪里，在做什么，和谁在一起。在他的印象里，她似乎从未这样对他说话，她的语气有点咄咄逼人，像妈妈对待孩子似的，他还从中听出了一种责备的味道。

黎景明没回答她的任何一个问题，而是莫名其妙地反问她："你今天究竟是怎么了，心情那么差。"

蓝水悦说没有，她只是有点担心。于是黎景明开始反感了，说了一句"如果你变得疑神疑鬼的，那么，我只好说无力奉陪了"。蓝水悦也没好气地答，"那就随你的便吧。"然后就很无理地掐断通话。

她的态度让黎景明非常生气，认为她被宠坏了，随便拿感情耍性子。近期忙于签订这大单，他更加少有心情去哄一个无理取闹的女孩。现今，得知她悄然离去的消息，他也很快平复稍有波澜的内心，通过网络通信工具给她留言，询问她究竟去了哪里，为什么要这么做，究竟是他哪点让她不开心了。然而，几天过去了，他没得到半点回复，这激起了他的傲慢与成见，外加工作忙碌，他更不愿为这种无厘头的事情分心，思念的热情很快就被快节奏的生活冲淡了。

在举目无亲的深圳，蓝水悦住进了师姐的租房里，又像过去和文静那样，一间屋子两张床，挤挤挨挨过日子。

没多久，她就找到了工作，很快又在深圳开始白领生活，每天乘坐地铁上下班。有时加班到晚上十点独自回来，在灯火阑珊中，仿佛那上海的记忆又在重现。

离开快一个月后，她才给黎景明回信。那封邮件她写了又改，反复了无数次后，才决定发出去。

可就在这时候，黎景明正被刚签下的大项目闹得焦头烂额，因为资金不足，这个利润可达六千万的大项目危机四伏。黎景明四处借钱，可各大银行竟然都拒绝了他，借口各种各样。他这才意识到有人从中作梗。

为解决燃眉之急，黎景明向集团发出申请，希望集团能挪出五千万，用于该项目开发，公司将于半年内按银行利息还清本息。

为此，MC集团召开高层商议，十五个董事会成员里，有三分之一是黎家族人。会议由彦真主持，她当众公布集团的财务报表，用数字证据指出集团现在的财务亏空情况，暗示黎景明在集团没有现钱的情况下，只能通过公司出让股份的办法去融资。

黎景明一眼就看出她的企图，很谦逊地笑着说：“如果我肯采取这个办法，也没必要向集团申请援助，为区区五千万拿公司股份开玩笑，这种事我想我该谨慎对待。”

彦真不妥协，依旧争辩道：“做生意的人都知道，现在最难的事就是借钱，银行信不过你，有钱人看不上那点利息，你不抛出更有诱惑性的诱饵，我看，很难达成这笔交易。”

“既然集团没钱，那就算了。”黎景明站起来，对在座的董事说，“有劳各位来参加这个讨论会，谢谢各位元老的支持和担待，如今的彩纳艺术规模还太小，等做大做强了再提融资的事，我想会更值得你们考究。”

说完，他离席而去，不多给那些黎家族人一点面子。

此次谈到股权割让，让黎景明想到父亲当年的被陷害。鉴于父亲的失败和其他案例，黎景明对资本运作的融资方式非常抵制，说什么都不愿为这五千万进入股份式融资。

他花时间跑了其他的金融板块，一无所获，得到的反馈和银行类似。这就让他感到疑惑了，按理说，不论是从他的个人信誉还是公司的发展前景来衡量，金融公司不会卡得这么严格，其他公司去借贷，极少按正规程序走，基本都是一顿饭三杯茶的功夫就能搞定。

就在黎景明无路可进的时候，姚琳希打来电话，直接询问他借贷的事，然后建议她可以跟父亲商量，让姚氏集团出面担保，和海外金融板块进行借贷。到时候她陪他一起去，只要父亲答应了，董事会那边基本不用担心。

黎景明听了她的这番建议后，反而是一声冷笑，“琳希，谢谢你的关心，我觉得你的父亲不会答应，因为，我无法让他满意。”

“怎么会?”思维驽钝的姚琳希不解，“难道你已经去找过我爸爸了?”

“没有，”他冷静地说，“只是我很清楚自己要抛出什么东西，他才能鼎力相助。对不起琳希，我又要让你失望了。”

姚琳希只感到内心一阵钝痛，眼眶瞬间模糊了，“我做了那么多，你还是不愿接受我，这是为什么?”

“我们早该结束了，”他说，“只是我担心你不会善待自己。”

“是的，是的，”姚琳希再也控制不住自己，对他吼起来，“是我自作多情，是我念念不忘，是我傻里傻气，是我自作主张，到现在为止还爱着你，都是我，就怪我!”她放声痛哭，像个孩子。

黎景明很尴尬，不知该如何安慰她，亦只是静静地听她抱怨，没再有更多的表示。他清楚这时是非常时期，姚琳希觉得这是个打动他的好机会，只要他有一丝的妥协，她就会得寸进尺，纠缠不休，直到达到最终目的为止。

危难时刻，趁机要挟，落井下石，这是商场上的风气，因此，越是这种时候就越要谨慎，别人对你示好，肯定有目的，你拿了他的援助，必定要端出他想要的东西与之交易。

黎景明时刻提醒自己要谨慎，不要为小利失大利，凡事都有两面性，人间处处有陷阱。看似最美的，却是毒副作用最大的。而他不曾意识到，对姚琳希的这次拒绝，将给他以后酿成不可收拾的大祸。

2. 落井下石

在电话里被拒绝后，姚琳希不顾形象地扑在办公室里大哭，让进来送报表的蓝海森都吓坏了，不知该如何安慰自己的上司，赶紧退出去。突然又被叫了回来，蓝海森微微躬着腰等候命令，其实是不敢看上司的脸，认为这是维护她尊严的方式。

姚琳希努力平静下来，抽泣着说："你会开车吗？"

"会，"蓝海森说，"不过是刚领的驾照。"

姚琳希甩出车钥匙，用命令的口吻说："你这就去备车，送我去 MC 集团总部。"

悲伤至极的她无力承担这绝望给予的痛苦，急着去找彦真。

在办公室里一见面，她就扑到彦真怀里大哭，把彦真都急坏了，问她究竟发生了什么事。姚琳希只是哭，话都说不出。

姚琳希重复了黎景明的话，彦真非常气愤，立刻劝她放手，不要再想这个男人了。

姚琳希又伤心地哭了起来，摇头不肯，“不行，如果我放弃他了，我妈肯定让我嫁给付家的公子，那整天和明星闹绯闻的男人，你叫我今后如何过活啊！”

“那还有其他人啊，”彦真安慰她说，“天下的男人那么多，你又何必吊死在一棵树上？你看你，都成什么样了，整天哭哭啼啼的，这日子同样没法继续。”

“不，我接受不了……”苦恼地捂住脸，“我们十八岁认识，十年过去了，他已成了我生命中最重要的部分，根本割舍不掉，如果没有他，我宁可去死！”

这话让彦真倍感震撼，鉴于她之前的作为，她相信她肯定敢为他去死。

片刻，她坐到姚琳希的身边，拿起她的手轻拍，用温和的语气安抚她道：“如果你真的不肯放手，也不是没有办法，我对你说过，商场上的男人都有一个共性，那就是出了成绩便傲视群雄，目中无人，一旦溃败，那就是堕落如狗，给点施舍就认主人。”

姚琳希停了一会儿，认真地对彦真说：“你说过的，要得到他，就得先毁了他。”

彦真阴险地笑，“那就先毁掉他。”

与彦真告别后，姚琳希依旧愁眉苦脸，失魂落魄，心里非常彷徨。

彦真让姚琳希参与计划，协助她和黎光泽兴办装潢公司，最终目的就是吞掉彩纳艺术，只要成功，她不仅在这项大计划里占有足够多的股份，重要的是，通过这件事，姚琳希极大可能俘获黎景明的心。

可是善良的姚琳希却想象着这给黎景明造成的伤害，想得越深越不忍心。可彦真却一味地安慰她要想开点，商场上的男人不会战死，只要姚琳希在关键的时刻给他带来曙光，他会对她屈服。而要做到这一点，凭姚家的实力，她完全能办到。

姚琳希不曾怀疑表姐的谋略，而且还察觉到她已经在启动这个计划了，他们合办的装潢公司已经在选址，申请注册，用不了几个月，一家新公司就会出现，凭彦真的聪明才智和她所拥有的社会资源，黎景明不见得是她的对手。自己将要得到的利益，她不心动，只要能得到黎景明，一切都无所谓，甚至她都计划好了未来，就算黎景明一无所有，她依旧爱他，到时候跟父亲求情，他们可以去经营加拿大的公司，永远离开这个是非之地。

想到这些，姚琳希的心情舒服了些，可还是笑容不展，行动木讷地朝等在楼下的车走去。

蓝海森赶紧下车上前迎接，见她脸色不好，很关切地问："您没事吧。"姚琳希没反应，神情麻木地钻进车里。

蓝海森赶紧回到驾驶室就位，问她要去哪里。姚琳希像是没听见似的，没说一句话，过了良久才说："去南京西路找个地方坐坐。”

来到南京西路，已是夜幕降临，他们进了一家法国人开的酒吧。

姚琳希像是这里的常客，喝了几杯红酒后，到吧台去用流利的法语和老板交谈，把蓝海森抛在一边。

他不敢去打搅，只远远注意着自己的上司，全力保护她的人身安全。在他的眼中，她的背影是如此迷人，犹如开在夜色里的昙花，高贵而优雅。

美丽的女人最易招引起男人的注意，渐渐地，她的身边多了一个白种男人，那个白种男人个子非常高，与她攀谈愉快，两人频频碰杯，相对而饮。

这情景让蓝海森不免难受，便不再扭头看他们，双手抱头闭目养神，就为能让自己静心，别胡思乱想。

他想到了刚去深圳不久的姐姐，不知她现在过得怎么样，当初她独自在上海读书，一味地叫他毕业后来上海发展，也好姐弟团聚，今后站稳脚跟后再把妈妈接过来。可是，当他想方设法来到上海一家知名集团里工作后，她却突然去了深圳，直到现在，也没一个电话报平安。

此时，蓝海森很想知道姐姐的情况，于是就拨电话过去，她说还在加班，问他正在干什么。蓝海森说自己没事，正在陪同事泡吧，然后扭头往吧台那边望，看到那欧洲男人正抱着姚琳希，亲吻她裸露的手臂。姚琳希不仅不拒绝，还在说笑，推搡他，两人当众玩暧昧。

凭着男人的理解，蓝海森感到事情不妙，潦草和姐姐结束通话，急忙走过去，把姚琳希从欧洲男人的怀里夺过来。他的突然介入引来了欧洲男人的不愉快，他用美式英语问他是她什么人，他则用纯正的英国口音回答他，“她该回家了。”

未等醉醺醺的姚琳希弄清楚是怎么回事，他便强行将她搀了出去，玩疯了的她有些反抗，他干脆把人抱起来，二话不说地往外走。

从酒吧出来到泊车的地方，这段稍微长的一段距离，蓝海森没将姚琳希放下，像收获珍宝一般将她紧紧抱在怀里。神志恍惚的姚琳希对此感觉似曾相识，以为自己在黎景明的怀里，十分享受这感觉，还亲昵地把脸贴在他的脖子处，深深地吸入男人的气味，轻抚他的肌肤，她喷出的酒气几度让蓝海森迷失，无力抗拒这个大自己很多岁的美丽女人。

他将她放入车后座，然后开车去外滩，希望黄浦江的夜风能将她吹醒，然后才好回家。

在外滩一处老公馆改建的咖啡厅的露天阳台上，姚琳希慵懒地靠在沙发椅上不省人事，不愿喝咖啡也不要茶水，精神亢奋地胡言乱语。

她的表现令蓝海森很担心，设法让她快点醒酒，否则就不好交差了。

无奈下，他和她坐在一块儿，将人搂在怀里，抓住她的手，以免她胡来，端起咖啡，小心哄她说：“姚主管，喝一口咖啡好醒酒。”

精神麻痹的她猛然抬头看他一眼，像面对陌生人一样，眼睛天真地眨，然后嗤嗤地笑，“我不要醒，就要这么醉着，什么都不想，也不用管……”然后双手架到蓝海森的肩膀上，抬头与他近距离对视。

她的气息吹到他的脸上，令他心潮澎湃，难以自持。可她还在继续诱惑，在他的面颊上留下轻吻。把这涉世未深的男孩子吓住了，身体不禁颤抖，双手不知所措。

姚琳希陶醉于男子散发出的气息里，脑海里浮现的全是黎景明的音容，仿佛回到了当年他们在法国的海边小镇度假时的情景：在海边的石崖上，他们依偎而坐，她就这样搂着黎景明，在腥咸的海风中吮吸他身体上的味道。

当她的嘴游弋到他的唇边时，蓝海森的所有坚持已全然崩溃，他亲吻了她，非常果断勇敢。在久违的来自男性的温暖里，姚琳希那颗压抑的灵魂获得了释放，内心熊熊爱恨一刹那间燃尽悲喜，她的眼泪不觉流下。

3. 铤而走险

不论做了什么，姚琳希的心里只住着一个男人，这是谁也改变不了的。可蓝海森却对此抱有幻想，尽管酒醒之后，姚琳希对自己的所作所为毫无印象，可他却不可自拔地爱上了这个女人，发誓要从灵魂到肉体都忠诚于她，不求回报地默默守候她。

然而，姚琳希只想着黎景明，不管他如何伤害她，永恒不变的是，她的心就像月亮围绕着地球那样，永远以他为中心，永远都不会偏移。

而这个时候的黎景明四处借钱，却毫无门路。签下的项目合约必须履行，时间天天流逝，工作必须开展，罗捷也像热锅上的蚂蚁一般，天天催他要钱开工。

或许是因为蓝水悦而引发的过节，内心敏感的黎景明开始提防罗捷，细细观察他的言行，将频繁催促看成了故意刁难，以给他施加压力而作为报复式的回击。

那天，罗捷又来问他何时能开始订购材料，黎景明的脸立刻沉下来，瞥他一眼说："暂缓几天吧，现在还没金融公司答应给钱。"

"再拖下去，恐怕就难以按合约上的时间交付了。现在好的施工队都很精，加急工不干，不管你给多少钱，"罗捷叹气道，"如果没钱，吃不消这大单子，我们只好解约了。"

"既然答应了人家，肯定要做，否则我就不会签约。"黎景明说，"如果今天金融公司还没反馈，我就不指望他们了，再想其他办法吧。"

"还能有什么好办法?"罗捷很生硬地问。

"你就别问了，"黎景明保证道，"我保证钱明天到位，你先去联系材料渠道吧。"

这话让罗捷舒了一口气，站起来说："行，我这就去安排。"

待他走后，黎景明无力地倒在皮椅上，被现实的压力完全击垮了似的，他双手握拳抵住下巴，深深陷入纠结里，犹豫着该不该走这一步棋，并逼自己下决定。

次日中午十一点，罗捷从外面回办公室，正巧看到黎景明和秘书送几个五大三粗的中年男人从楼上下来，其中有一个光头手臂上有刺青的北方男人他认识，那是整天来游说黎景明借高利贷的龙老大。

待黎景明回来，罗捷跟着他进办公室。房门一关，罗捷便劈头盖脑地质问：“你打算借高利贷?”没等黎景明做出反应，他便嚷起来：“我看这家公司趁早要败在你手里!”

“罗捷，你冷静点，”黎景明唬住他，“你保证好工期质量，其余的事不要管。”

“我不管?”罗捷不服他的态度，顶撞道，“我叔叔辛苦了一辈子的公司，就死在一次高利贷上，如今，我把丑话说在前头，如果你要走这条路，那我只好提前退股!”

“你不要在这种时候威胁我!”

“老黎，你太武断了，永远都无视我的意见。”罗捷没任何退让，坦然地说出心里话，“我们合作的五年来，你很少采纳我的意见，非要所有人听从你的指挥，按你的想法去实施，说实话，有时候你是对的，的确成功了，但是，这件事我劝你不要太过刚愎自用!”

“钱明天就能到账，”黎景明固执地说，“现在，我只想知道项目开展的情况。”

“行，行……”罗捷冷笑道，“既然你已决定，那我们就无话可说了，你另请高明吧，我罗捷不陪你玩儿了!”说着，转身拉门而去。

黎景明没追他出去，他清楚，此刻的他们已出现了裂痕，不再是五年前感情至深的老同学了。

罗捷和黎景明是高中时期的同学，两人关系很要好。家境平平的罗捷之所以能与这个豪门子弟做同学，都有赖于罗捷的叔叔是个靠煤矿发家的暴发户，膝下无女，担忧事业无人继承，看到罗捷聪明有志气，便过继来重点培育。他被送入贵族学校，有幸与黎景明同桌，却时常遭到这些纨绔贵族子弟的欺负，瞧不起他是个暴发户的养子，唯有黎景明愿意接近他，跟他交朋友。

高中毕业后，罗捷进了上海大学的土木工程系，黎景明去了法国。没想到就在他毕业找工作之际，黎景明突然出现，邀他一起经营彩纳艺术。这对于他来说，当然是个更胜一筹的好机会，不仅满口答应，还尽心去做，努力将公司扭亏为盈，发展壮大。到了今天，他对公司的感情就犹如自己养育的孩子，若说要离开，他比谁都心痛，可这次，他却真的下了决定。

次日，罗捷没来上班，手机关机，不知踪影。那些之前与他接洽的建材销售商纷纷打公司的电话找人，有几家建材商的业务经理还亲自跑到公司询问情况。

因为罗捷突然罢工而引发的矛盾全部凸显，问题都涌到黎景明那里，让他措手不及，工作全被打乱了。

公司上下得知这件事，员工个个人心惶惶，接连就是这家公司的未来，有不少员工开始动了跳槽的念头。

鉴于文静曾跟随罗捷工作一段时间的缘故，她被临时派去解决罗捷的烂摊子，一个个地与建材商接洽。但由于缺乏经验，她处处碰壁，茫然无措，不但吃力不讨好，最终还把事情搞砸了，谈下的板材不但价格居高，工程部的人还嫌质量差，逼她一定要全款退货。

文静打算找罗捷出面，同她一起去商讨退货的事。可是，她也找不到他，曾经的手机号码已停用，去他的住所找，拍了半天门都没半点动静，问隔壁邻居，都说好多天没见人了。

“罗捷逃跑了！”文静的脑海里闪现一个很不好的预兆，心里一阵慌乱。她不敢将此事向公司汇报，或许黎景明他应该清楚这件事，否则就不会安排部下去接手他的工作。可是，就单靠她一个新人，如何去让那些刁钻的建材商全额退款？她无计可施，十分为难，心里的怒火瞬间燃烧到极点，几乎要把她的胸腔烧穿了。

于是，她拨打蓝水悦的电话诉苦，问她是否知道罗捷在哪里，这时候，她已经不顾及那些旧怨旧爱了。

蓝水悦得知罗捷失踪的事，非常震惊，“什么，他就这样离开公司了？”她以为是自己听错，“这怎么可能，他可是公司的核心人物啊，不可能就这样走了。”

“说你都不信，对吧，”文静如实说，“你不知道，他都离开好几天了，现在公司可乱了，黎总又要管设计又要管工程，现在澳门的项目启动了，一大堆的原材料需要采购，害我都被调到工程部去为他们跑原材料了。”

“我的天啊……”蓝水悦想象着黎景明的处境，为此心痛不已，“他怎么能这样呢，到底出了什么事了？”

“唉……你真的不知道吗？”文静无奈地叹，“就你刚走没几天，公司就在澳门签了个上亿元的大项目，据说是因为资金跟不上，黎总借了高利贷，两人闹翻了。具体我也不清楚，反正就是罗捷那家伙不见了，落下一大堆做到一半的工作，让我愁死了。水悦，再这样下去，我看我也撑不了几天了。”

“不，文静，你现在不好乱想，好好地在公司里干，”蓝水悦说，“我想办法找到罗捷，不管发生什么不愉快，他这样做也太过分了！”

有了蓝水悦的安慰，文静的悲伤突然减轻了许多，收拾好心情，继续投入到她不愿面对的工作中去，直接去建材商那里谈退货。

而远在深圳的蓝水悦心情却变得很沉重，她身在曹营心在汉，放下手中的工作，设法寻找罗捷。拨他的手机号码，果真如文静所言，号码已停用，于是她在他的电子邮箱和QQ上留言。到下午下班前，她收到了回信，罗捷在QQ上回复道：我还在上海，你在哪里？

蓝水悦欣喜若狂，赶紧在键盘上敲字：你的手机号怎么停用了？大家都在找你。

罗捷说：心烦，不想见他们。你现在深圳怎么样，过得好吗？你就是不愿与我联系，看来，你真的太讨厌我了。

蓝水悦：我们只是好朋友，谢谢你的关心，我挺好。

罗捷说：我好想去深圳，有你在，感觉那破城市也会变得可爱起来。

蓝水悦：不，你现在不能离开上海，更不能离开公司，黎总他需要你。罗捷，不管发生什么事，你们都不能闹分裂，不管失去谁，彩纳艺术都会黯然失色。你回公司好吗？帮帮他们吧，没有你真的不行，黎总为这个项目借了高利贷，这更说明你的重要性了，假如项目搞砸了，这高利贷可是会一口吞掉这家公司的。

聊天页面上突然安静了，久久都没弹出罗捷的消息。蓝水悦急了，拼命地敲字：罗捷，你回话啊，你不要躲着我不说话，罗捷，你快出来，跟我说话，罗捷……

蓝水悦不断地刷屏，不断地发出焦急的信息，他总算发出了一个笑脸。这让蓝水悦舒了一口气，然后再慢慢地和他说理。

可罗捷却说：水悦，我想你，我去深圳看看你，好吗？

蓝水悦：罗捷，现在这个时候，你不要离开上海。快回公司，黎总一个人权衡不了这么多事情。一向你们分工有序，很多领域他都没经验，你就这样离开不道德。

罗捷却说：我爱你，水悦，我不能没有你。

蓝水悦纠结极了：我不希望彩纳艺术倒掉，这家公司是我一生的情结。

罗捷说：我知道了……

半响，罗捷发来了如下的字：但是，我还是希望你能接受我。只要你爱我，让我去做什么都愿意，只要你想要的，我都会尽可能达成。水悦，我是真心的，全心全意的，请你相信我。

看着聊天页面上的字，蓝水悦几乎要晕过去了，虽然他没明说，这显然是在提要求，如果想要他听话地回公司，继续与黎景明合作，那只有一个办法，就是接受他的爱，成为他的人。

蓝水悦深呼吸，双手伸到键盘上，敲字时手指止不住地颤抖，她说：我现在关心的是彩纳艺术的命运，如果这家公司因这个项目而出现不测，那么，我将一辈子也不想见到你。

罗捷说：如果我把项目做好了呢，你愿意为我回上海吗？

水悦，我的妻子必定是你，无论如何，都肯定是你。

他这话蓝水悦听起来，就是不择手段地要得到她。

于是她安抚他说：你明天回公司好吗？现在不是谈论我们的时候，等这个项目完工后再说吧，现在彩纳艺术全部的筹码都压在这项目上了。

罗捷说：你真的会接受我吗？

蓝水悦：看表现。

罗捷很高兴，发来了一个笑脸：我知道了，我一定会回去的，而且这个项目竣工的时候，我的新房子也开始装修了，年底我就带你回去见爸妈。

蓝水悦没回话，整个软在椅子上，无力地望着聊天页面上的那些对话，心情跌到谷底。

她希望黎景明能顺利躲过这一劫，也深知只要他安然无恙，她就要牺牲爱情，和罗捷纠缠不清。然而，到了这个时候，蓝水悦似乎对这种事已有点麻木了，变得有些无所谓。

其实，她早就看清与黎景明的未来，深知她和他不是同类人，虽然相爱却难相守，障碍重重，不可逾越，虽留得情种一枚，最多也只能是在心灵深处的孤野中花开花落，自生自灭了。

第八章

1. 世界那么小

不管有多失落，蓝水悦还是时刻心系黎景明，为他的处境担忧。几乎每天她都打电话给文静，询问公司的情况，听说罗捷回来后公司整体的起色，她高高悬挂的心总算落了下来。

等吧，等待上天来宣判感情的走向。

就在她心如死灰地数着日子，等待命运对感情的判决时，突然接到了一个猎头公司的电话。对方称上海某家装潢公司愿高薪聘请她，并开出长远的培训计划的条件，只要她签约，公司将派她到意大利学习。

为期一年的意大利培训计划？蓝水悦眼睛一亮，这是逃避罗捷的不错选择！

向公司请了几天假期，蓝水悦悄悄飞回上海面试，直接投奔文静。

在文静那狭小的租房里，两个女孩聊到深更半夜也没睡意。

几个月不见，文静变化很大，听说还交了新男友，早把那可恶的罗捷抛到九霄云外了。

听文静这么说，蓝水悦心里的罪恶感才消散，因为她一直担心文静还会为罗捷而怨恨自己。

文静问起她的感情时，她没对文静透露半点他们之间的协议，不怕文静无法理解，只怕不慎传到黎景明的耳朵里。同时，她要求文静不要走漏风声，让他们知道她已回上海。

文静这下明白了过来，还说："原来你去深圳就是为躲着他俩。"

"当时我已想不出更好的办法了，"蓝水悦感叹道，"与其夹在中间无能为力，还不如一走了之，他们也必定会明白过来。"

"假如回来工作，你和黎总还能好吗?"文静问。

她这个明确的疑问让蓝水悦很吃惊，没想到她也知道了，也不再隐瞒，"不可能了，"她自嘲地说，"他并不适合我，也不会属于我，我去深圳这几个月，我们没任何联系，事情就如此。"

"唉……"文静深有感触地叹，"我们又何必苦苦追寻着不爱自己的人呢，我现在想通了，想当初那样对罗捷，真够傻的，现在的男朋友对我那么好，想想，这才是幸福。"

蓝水悦赞同地笑笑，不再说什么，她清楚自己的爱绝非是俗世男女的卿卿我我那么简单。她的爱在心里，假若心有灵犀，肯定会有感应。

去新公司面试，蓝水悦才知道这家“光泽装饰”的投资人来自 MC 集团。按道理说，这应该算是该集团的子公司，可人力资源部的经理却要矫正她这个认识，“这是一家刚成立的公司，资产独立，与 MC 集团毫无关系。”

话虽这么说，她还是心有余悸，很不安地问，“公司不会受到集团的监管吧？比如纪检会之类的。”

“没有，我保证。”然后对方说，“你别紧张，这家公司和你之前工作过的彩纳艺术只有竞争关系。大家是同行嘛，这是在所难免的。”

这话让蓝水悦听了很不舒服，当场对人力资源部经理说：“那算了，我觉得这里并不适合我，谢谢你。”不给对方半点挽留的机会，起身就走，心里一直在后悔，当初没弄清该公司的底细就签了那些协议，亦不知道会惹出什么麻烦。

工作泡汤后，蓝水悦对上海失去了信心，还是打算回深圳。临走前，她约弟弟蓝海森见面，吃完饭就乘夜班机回去。

掐指算算，她快一年不见蓝海森了。这个弟弟仅比他小一岁，从小智商过人，与她同时读书和毕业。由于家境清贫，姐弟俩从小就懂得相互照顾，但凡有心事都会拿出来与对方交流，感情非常深。当时她去深圳，与弟弟擦肩而过，如今见到他变化不小，高挑的身材穿上黑白工作装，俨然几分职场精英的派头，不用问就知道，想必他的工作和生活不会太糟糕。

他们和文静在小饭馆里吃饭，氛围融融，蓝海森希望姐姐回上海工作，这样他们姐弟俩当初的计划就会向前推进一大步了。

蓝水悦不敢给出承诺，只是告诉他暂时不是时候，一直笑得很惆怅。“你放心，我也在努力，”她安慰蓝海森说，“只是机会还不成熟，得慢慢来。”

“没事，我在上海等姐姐，”蓝海森高兴地说，“我现在这家公司算站稳脚了，明年有望晋升，开始学习带团队。”

“那就好，看你有所进步，我和妈妈都会很高兴。”蓝水悦的笑容变得甜美了，但心里还有失落，她清楚自己肯定要回来，只是前景不光明。

就在这时，蓝海森的手机发出一串铃声，打断了他们的谈话，他看到是姚琳希的，就没回避，当着蓝水悦的面接电话。

还耗在办公室里的姚琳希无所事事，想找他一块儿去吃饭，她用很亲密的语调问他在哪里。他则如实回答，“正和姐姐吃饭，她等会就要飞深圳了。”

姚琳希有点好奇，八卦地问：“你还有姐姐？你姐叫什么？”

蓝海森如实回答。

姚琳希立刻跳起来，一下子就联想到黎景明公司里的那个蓝水悦，又不敢相信地质问道：“你说什么，蓝水悦？”

蓝海森很疑惑，“对啊，怎么了？”心都悬起来，姚琳希什么都没说，接着就是忙音。

通话被掐断了，蓝海森冒了一身冷汗，看着掌心的手机发呆。

蓝水悦看出他肯定是遇到麻烦事了，小心地问他究竟发生什么事。

蓝海森心慌意乱地说："暂时还不清楚。"

蓝水悦安慰他别担心，如果有要紧的急事，就先走吧，别拖得太久惹麻烦。

蓝海森接受了姐姐的意见，匆匆离席，以最快的速度赶回姚琳希的办公室。

这个时候的姚琳希可不仅是他的上司，还是他的恋人，是令他匍匐于石榴裙之下的女神，只要是她下达的指令，他都会赴汤蹈火，说一不二。

然而，他刚开车到公司楼下，姚琳希又打来电话，让他去徐汇区的新乐路找她。于是他又调转车头，毫无怨言地寻她而去，历经几番辗转后，才在一家意大利餐馆里找她。

当时的姚琳希已喝下半瓶红酒，脸红得像一枚熟透的仙桃。她点头让蓝海森坐，他却站着，躬身说对不起，为自己临走时未对她禀报自己的去向而道歉。

姚琳希轻笑，摇着手里的酒杯说："你没什么可道歉的，只是我今天特别想有人陪吃饭。"然后又挥手请他坐。

这下，蓝海森才稍稍地放下忐忑的心，正襟危坐地立在她面前，默默地看她喝酒，小声劝她说："你少喝点行吗？喝酒伤身。"

她才不听他的话，抬起头，用一种狐疑的声音问他："有你姐姐的相片吗？"

蓝海森有些疑惑，不知她怎么会那么关注姐姐的事，想了想，又觉得这大概是情人之间有必要想知道的问题。于是摸出手机，翻出相片，递给她。

他没想到姚琳希的反应如此剧烈。

她拿着他的手机看了又看，痴痴地苦笑。

正在蓝海森困惑之际，她愤怒地将手机往远处的墙壁狠狠地砸去，手机在墙上瞬间破碎，引来了不小的惊动。

蓝海森吓得瞪圆了眼，愣着不敢动，他不明白，姚琳希究竟为什么要砸他的手机，之前还好好的，怎么会突然变成这样。看姚琳希那神经质的模样，她愤怒得似乎要撕碎自己，然后双手揪住头发抓狂，在沙发上狂叫不止。这时，蓝海森才赶紧跑过去，将她抱在怀里，妄想能稳住她，不想却被她用力推开，撞到对面的墙壁上。

餐厅里的客人都纷纷侧目，服务员围上来维持秩序，餐厅经理上前询问情况，蓝海森赶紧道歉，掏出钱放在桌面上，搂着精神失控的姚琳希出去。

到了餐馆外，她猛然挣开他，蓝海森以为她在发酒疯，紧抓住人不放，不停地劝她别闹，可姚琳希却发疯似的尖叫道："你放开我，放手，我不要再看到你，我恨你！"

蓝海森怕她会闹事，说什么都不松开她，哀求她说："琳希，你冷静点，为什么突然会这样，是不是我做错了什么，请你告诉我！"

姚琳希一边拼命挣扎一边撕声裂肺地吼道："我再也不要见到你，你被解雇了……你为什么会是她的弟弟，为什么！"

悲痛令她变得无力，软在蓝海森的怀里哭到无声。

蓝海森已不知该怎么安慰这个受伤的女人，只好将她抱进车里，让她在后座上躺着，随便她怎么尖叫与抓狂，他只是屏住呼吸，默默地听她的哭泣和辱骂：

“是蓝水悦抢走我的爱人，她夺走了他的心，他不爱我了，都是因为蓝水悦，都是因为你的姐姐……蓝海森，我要解雇你，我要杀了你，连你也来骗我……”

年轻的蓝海森难过极了，经事不多的他有种想哭的感觉。他怎么会想到，她与自己的姐姐相识，还发生过那么不愉快的事。

上海那么大，人山人海，可这商圈怎么会那么小？

在姚琳希没有节制的宣泄中，他仿佛看见，这里面的人关系复杂，恩怨丛生，他只要稍有不慎，便会被轻易卷入这片浩瀚怨海之中……

2. 各有图谋

蓝水悦回到深圳不久，见到了一位特殊的客人，他毫不遮掩自己的身份，称自己是“光泽装饰”的老总，借来深圳出差之际，希望顺便与她见个面。

鉴于对方的真诚态度，蓝水悦虽然答应了请求，对他的来意却丝毫没放松警惕。

在她所在的公司附近的咖啡馆里，这对陌生人相对而坐，彼此打量，各有好奇。

见过蓝水悦后，黎光泽总算理解了表弟的痴迷，这女子不仅能助他一臂之力，而且模样如此美丽灵秀，算是世上难寻的尤物了。于是他感叹道：“我久闻蓝小姐大名，今天一见，果然名不虚传，伶俐，漂亮，听说还很能干。”

蓝水悦感觉到这个黎光泽圆滑，目的性强，出手大方，行事果决。他大约三十六岁左右，看上去似乎更老成些，面颊的轮廓与黎景明有几分像，却是性格截然不同的两种人，至少他没黎景明的清澈，看人的目光有点狡黠。

她无心与这种人绕弯子，开门见山地问他的来意。

黎光泽从公文包里掏出一份协议，递过去，“听说你曾与公司签订了这份协议，”他说，“可见是位热爱学习的人。我们公司也非常注重人才培养，虽无缘与蓝小姐合作，但我们与意大利学院签订了合约，今年要派三名员工去深造，如今，物色到的人选名额不足，我的意思是，假如蓝小姐有心学习，不如就和我们公司的其他两位学员一起?”

这消息让蓝水悦激动了一阵，脸上慢慢舒展出喜悦的容颜，“可我不是你们公司的职员啊，这合适吗?”

“这不是问题，”他说，“不过，费用方面就要蓝小姐自己承担了，我们公司只提供渠道。”

“好啊。”蓝水悦高兴得合不拢嘴。

“不过，我还有个小小请求。”黎光泽虔诚地说，“今后，公司有些无法消化掉的客户，能否请蓝小姐代劳？薪酬方面，我们肯定按最高比例给。”

“报酬方面倒没什么，”蓝水悦谦虚地说，“只是我的工作经验浅薄，恐怕难以胜任一些有太多特殊要求的客户。”

“我见过蓝小姐的作品，”他说，“怎么样的客户适合蓝小姐，我心中有数。这个行业，优质的设计人才原本就匮乏，公司才刚刚运作，人力方面毫无储备，所以，今后还有劳蓝小姐多帮忙。”

话说到这份上，蓝水悦也没什么推辞的，“到时候看情况吧。”

她心里很清楚，得别人一分好，就要赔上一分辛劳，她是个懂得感恩的人，既然想搭乘顺风车去意大利进修，为他们做点外单，也是情有可原。

就在罗捷为能与心爱的人重逢，拼上全力，长期驻守在澳门，全力以赴监控项目施工时，蓝水悦却在为意大利之行做准备，通过黎光泽的公司进行报名和护照办理，预计在她启程之时正巧澳门项目竣工。

时光流逝，四个月很快过去。澳门项目的工期进入最后的验收工作，罗捷打电话询问蓝水悦回上海的日子，开始计划筹备她归来后的生活。蓝水悦没对任何人透露去意大利进修的消息，在罗捷面前，敷衍地说：“等你回上海了再说吧。”

罗捷有些性急，“下个月中旬我就回来了，不会超过20天，你回来后打算住哪里？”

“我去找文静，这些事不用你操心。”她说。

“那好吧，”他有些失望地说，“我这就给她换个两室一厅的房子，提前把你的卧室安排好，我的新房已在装修了，不过，需要再等两个月。”

听到他说新房子，蓝水悦就厌烦，不想再与他聊，敷衍说：“突然有些急事，先这样吧，我挂了。”

为了不惹怒罗捷，蓝水悦还是按他希望的时间返回上海，只是没通知他具体行程，下飞机后自己打车去找文静。

如罗捷安排的那样，文静换了一套精装修的小两居，家具齐全，配备有独立的厨房和宽敞的大阳台，而且租金罗捷自己承担了三分之一。

见罗捷对蓝水悦那么好，文静很羡慕，虽嘴上不说，却在背后以此要求自己的男友，常常将他与罗捷比较，心里越来越感到不满。

刚回到上海那几天，蓝水悦整天躲在屋子里不出门，尽量封锁消息，唯一想见的人就是弟弟蓝海森。

应姐姐的邀请，他来她们的新租房里做客。此次相见，蓝海森心事重重，完全没了上次会面时的春风得意。

蓝水悦亲自下厨，给弟弟烧制家乡菜，特意做了他从小爱吃的凉拌茄子，还开了一瓶青梅酒庆祝。

可蓝海森在姐姐面前却怎么也提不起精神，心里有个坎儿将他永远地绊倒在那里。

蓝水悦怀疑他是工作上遇到了难题，吃饭期间便关心起他的工作和生活情况。

他说工作还行，按部就班，生活过得去，其实他已被姚琳希逐出公司，正在茫茫人海之中寻找下一个雇主。

对于姐姐的私事，蓝海森觉得不该多嘴，但由于姚琳希将他赶走，心里委屈不小，他说什么都不能就这样忍忍就过去。

饭后，他找姐姐到阳台去谈话，不好直接开口，闲聊了一些小时候的趣事后，借机直切主题，“姐姐，我想问你一个问题，”他犹豫了一下说，“我希望你不要隐瞒我。”

由于之前的那些轻松话题的铺垫，蓝水悦没任何提防，满口答应：“你问吧，我们姐弟俩还有什么可隐瞒的。”

“你的男朋友是黎景明吗?”他很直接。

蓝水悦愣住了，怔怔地看着自己的弟弟，怎么也想不明白他怎么会知道这件事。

见姐姐半天不回话，他无奈地摇头，鄙视地笑着说：“姐姐，我真想不通，这种事情会发生在你身上，当一个第三者有意思吗?”

“海森，你不明白，或许，这只是一场意外。”她不解地问，“可，你这是听谁说的?”

“我是怎么知道的，你就别问了。”蓝海森忍住汹涌而来的伤感，“我只希望你能看清自己，不要因为感情的事犯傻，还有，不要夺人所爱，这是妈妈一直告诫我们的。”

“你怎么会知道这些，告诉我!”蓝水悦激动地厉声命令道。

蓝海森微微地摇头，坚持不说，他哪里敢对姐姐坦诚，他爱上了一个从骨子里想将她置于死地的女上司。

被姚琳希开除，蓝海森唯一的抱怨是，他将无法留在她身边，聆听她悲戚的心声，安慰她绝望的灵魂，遏制她病态的疯狂，一旦自己离开，他不知道她将如何生活下去。

他清楚，自己不是合适她的男子，却渴望能以最朴素的方式服侍左右。然而，姚琳希不肯原谅他，就仿佛不能原谅黎景明。

从姐姐的住所离开，蓝海森开着姚琳希作为精神补偿赠予他的车，以仓皇逃走的形式，一路狂奔在高架桥上。这辆车曾满载着关于她的，最真实最私人的秘密，包括她的爱与痛，欲望与疯狂，以及他对她一次又一次的表白。

蓝水悦的心里很不是滋味，生怕弟弟会将这些告诉妈妈，心里忐忑不安。弟弟离开后，她越想越不对劲，急忙打电话跟他说明情况，告诉他这都是半年前的事了，她早与黎景明了断了关系。

而事实本来也是如此，自从她去深圳后，未曾与黎景明有过联系，她不知道他现在过得怎么样，也不再相信，他的心里还有她。

罗捷回上海的第一件事就去看望蓝水悦，为她带来了在澳门购置的皮包和鞋子以及奢侈的美容化妆品，供订婚时穿戴使用。

蓝水悦不想扩大声势，罗捷却不同意，“至少要让圈内的人知道吧，”他说，“以免他们又在背后胡说八道。”见蓝水悦还是没首肯，他便多疑地说：“你是不是还在顾及他的感受?”见蓝水悦撇了一下嘴，他便装出一副心知肚明的腔调说：“水悦，你别再幻想了，老黎没姚琳希这后台的话，凭他这点力量保不住彩纳艺术。你不知道，我们前期的订单都是客户看在姚家的面子上才接下来的。他小子再多情，最终还是要妥协于现实，乖乖地回姚家当女婿。”

“我又没问你他的事情，”蓝水悦白了他一眼，“你唠叨那么多干吗?”用生气来掩饰自己的尴尬。

罗捷赶紧道歉，小心哄她说：“好好好，我们不提他了，过去的事就过去吧，现在说点高兴的事，订婚时，打算请一些亲朋好友吃饭，好让他们认识一下我美丽的未婚妻，以免到时候撞见了，还要我啰啰唆唆地介绍一番。”

见蓝水悦没多大反应，他又哀求道："没个仪式，哪算订婚啊，你说是不是？你放心，我绝不跟你裸婚，到时候，房子戒指车子什么都有，你就在家做全职太太。"

蓝水悦突然笑了，这可是一种嘲笑。

她笑话他太天真，把未来规划得太美好，不曾想到她早做好打算，订婚之后她将飞往意大利进修，尽可能适应国外的生活，找机会扎根，用遥遥无期的分居生活击溃他的等待，以至他最终放手为止。蓝水悦心里很清楚，这辈子就算她还会再爱上黎景明之外的一个人，但绝不是罗捷。

3. 告别时刻

从秘书那里，黎景明听说蓝水悦要和罗捷订婚，非常震惊，差点控制不住自己。

待冷静后，他又觉得这是情理之中的事，她不辞而别至今，已过半年时间，彼此没有联系，再浓烈的感情也会被如此长久的时光冲淡，而且她完全有权利选择自己的未来。

他尊重她的选择，却非常想见见她。分别这些日子，他无数次想去找她，可又怕被拒绝，以致他用时光的长度，去衡量自己在她心中的热度。当他全力挺过公司最艰难的关口时，蓦然回首，他们已在无声的世界里疏离了半年之久，而半年的光阴早就足够结束一段爱情，再促成一份缘分了。

罗捷给黎景明送来请柬，上面赫然写着他和蓝水悦的名字。

黎景明表现镇定，带着无伤感情的神情对他说："祝福你们。”而内心里，他非常强烈地要见蓝水悦，至少要说完最后的话。

待罗捷离开办公室，他马上拿起座机电话拨打蓝水悦的新号码，听到接通的提示音时，他却突然没了勇气，泄气地把电话放了下来，只感到心头一阵闷痛。

他不知道该对她说什么，那些虚假的祝福，并非发自内心，那些宣言式的爱语，早已丧失力量。他与她的感情，就像一间无法建筑的居室，谁也不能再给谁承诺与名分，谁也不能要求谁成为自己的眷属。那些绕梁不去的爱的记忆，最终只能成为各自生命中永远被隐藏的局部，仅剩自己把所能拥有的晨光化成一声叹息。

就算知道黎景明曾打来电话，蓝水悦也未做任何回复，假装不知，但却忍不住阵阵心寒。

她能想象到黎景明的感受，却不打算对他做任何解释，因为自感无用。事到如今，还能说什么呢，如果他来参加自己的订婚仪式，那么，就等于他已默认了这个事实，并以行动作为祝福，希望他们百年好合。如果他不来，她也不再对他心存期望。她曾以为自己的爱情能爱到无所求，爱到只有给予，无需承诺，可她又如何面对姚琳希以及自己的母亲对女儿的期望？眼看事已成定局，她已顾及不了他如何看待自己了，唯一的期望就是，他能理解她所做的、这般愚昧而无私的牺牲，不要在心里记恨她。

罗捷把订婚宴安排在公司附近的一家酒店里，包下一个大包间，足够容纳四十多人同时进餐。

入场前，罗捷在门外迎宾，见黎景明应约而来，他万分感慨，亲切地握住他的手，“兄弟，谢谢你，”此话还是不能表达自己的激动心情，罗捷握住黎景明的手又用力地抖了抖，“说老实话，你真的是我的好兄弟。”

黎景明的神情始终淡漠，用很平淡的声音说：“别想太多了，我早有言在先，就是尊重她的选择。”

罗捷感激地点点头，觉得有些难为情，生怕自己激动得不可自持，便招呼他先进去坐。待他走后，黎景明情不自禁地双手握拳，庆祝自己的胜利，整个人得意扬扬的。

然而，他没料到，此时的蓝水悦却提着行李，搭乘机场快巴逃走了，让文静捎去一封信，在订婚礼上宣读她的决定。

曾经，文静也不理解蓝水悦的做法，当蓝水悦恳请她捎信时，文静非常抵制，劝她看在罗捷对她那么好的份上，别那么残忍，要学会珍惜，况且意大利那边的学校没开课，她独自跑去国外多不好。

这下蓝水悦却急哭了，满怀苦恼地质问她：“你怎么都不明白我的意思呢!”

文静并非不明白，而是可怜罗捷的一片痴心，她希望他开心。

左右为难的文静最终还是倾向于蓝水悦这边，帮她实现了这个伟大的逃离计划，就在罗捷一遍遍地追问她和蓝水悦何时到酒店时，她总是违心地说，“快了快了，堵在路上了!”

结果却是她一个人入场，怀抱着逃逸者的捧花和她的白色礼服，缓缓走上小舞台上，向在座的各位宣读蓝水悦的决定：

亲爱的，很抱歉我的缺席，也敬请你的亲朋好友们原谅我的失礼。由于我要去意大利修学，暂时还不能和你在一起，到了国外，也不知道情况如何，未来会怎么样，也说不准等到我们重逢时，这世上的月亮会变成什么模样。我不是担心自己等不起，而是考虑到你与我，能否禁得起这么漫长而孤寂的等待。既然人生有那么多不确定，看眼前也不像是花好月圆时，于是我决定不将你的自由带走，而是自己悄悄地离开。你别责怪我好吗，或许，给彼此一个冷静的空间，用再长一点的时间去考验感情，得到的结果才是最坚贞的抉择。亲爱的，草率的爱就像露水，我怕转眼就会消散，亲爱的，别怨我好吗……

没等文静念完信，罗捷便疯似地冲出包间，势必要把这临阵逃脱的未婚妻找回来。

黎景明听蓝水悦的信，仿佛那些话是她在对自己说的，心情荡漾不定，有些按捺不住了，悄悄离开包间，朝车库飞跑而去，希望在蓝水悦离开上海之前，能再见她一面。

在熙熙攘攘的机场，蓝水悦刚办理完登记手续，突然听到罗捷呼喊自己的声音，她惊讶地瞪圆了眼睛，赶紧拿上登机牌逃脱。

可为时已晚，罗捷蹿了过来，拉住她的手，非常激动地说：“你要去意大利？为何不告诉我！你以为一封信就能解决问题吗，水悦，你今天的做法好让我心痛，有什么事就不能与我好好商量，竟然选择这种方式逃避。”

罗捷一连串的责备让蓝水悦有些恼怒，她挣开他的手，心里乱极了，不知该拿什么理由搪塞他。突然，她在人群里看到黎景明，他匆匆赶来，满脸汗水，大约看到罗捷在她身边，于是驻足，默默地看着她。

行人在他们面前往来如梭，爱人近在咫尺，却不能靠近，更不能大喊对方的名字。

面对着这两个男人，蓝水悦窘迫极了，她很担心罗捷看到黎景明，然后增加更多误会。于是她设法稳住罗捷，对他低头坚定地说："你放心，我会信守承诺，只要你能够等我回来。"

"你要去多久？"罗捷满腹怨言，"这么大的事，你事先也不跟我商量，偏偏还要今天登机，水悦，你到底在想什么，你这样做让我多难堪啊！"

"很抱歉，"她说，"我怕你想不开，不让我去意大利，而且，我担心你等不了我，所以就想先别订婚，等我修学归来了再说。"

"谁说我等不了的？"罗捷拍着胸脯发誓道，"你要我等多久就等多久，等到海枯石烂也行，反正我这辈子就等你了！"

蓝水悦勉强地笑了笑，然后说："那好吧。"用余光朝黎景明的方向瞟，发现他还在，就催促罗捷快点回去，"我就要登机了，你快回去招呼客人，既然把人请来，就要礼数做尽，免得别人在背后怪罪。"她的话刚说完，机场的播音就响起，乘客向进站口聚拢，不一会就排成长队，她对罗捷说："好了，我真的要走了。"说完转身去拉行李箱的拖杆。

"你等等，"罗捷从口袋里掏出一只戒指，"你把这戴上，以免国外的蜜蜂不知情，整天骚扰你。"

蓝水悦迟疑了，僵住身体不敢抬手。罗捷长久地把戒指举在面前，等待她的决定。

她有些慌，犹豫不决地看看周围，发现黎景明还站在那里，貌似恋恋不舍，却一直没靠近，突然心就冷了。

在这最困窘的时空，彼此散坐于人海之中最凌乱的蓬壁，他就徘徊在不远的对岸，却久久不敢走近，显然爱情已徒有虚名。

蓝水悦不再对他抱有期望，就因对他那懦弱的表现，不敢向前逾越半步，像一名手无寸铁的人，如此顺从人世的游戏规则，任由命运吞噬自己的感情。

她失望极了，似乎所有的爱，在突然间向四面破裂，瞬间毁灭。她苦苦凝眉闭上眼，以不羁的个性，拍案下注，把手朝那枚钻戒伸了过去。

4. 阴谋与叛变

蓝水悦走后，黎景明失落了好长一段时间，任何事都提不起他的兴致，哪怕是澳门的项目通过验收，他也显得索然无味，只是让秘书去安排庆功宴，自己则躲在办公室里，翻阅当年和蓝水悦合作的设计稿，独自喝掉一瓶红酒，不知不觉地度过了一夜。

他深深地沉浸于失败感情带来的伤痛里，借此放松了所有的坚持，自由地享受着堕落给予的快感和放松。

从来，他都是个认真活着的人，讲章法，求效益，为占取项目而专心致志，他的人生都在一个又一个目标中进行。而在机场目送蓝水悦后，他开始嘲笑起自己，痛悟人生，回望那些所谓的成功，觉得它们不值一提，再多的胜利都不如灵魂的自由那么重要，就好比生命道义远胜于世俗的荣华。

然而，澳门项目的成功却让那些埋伏于暗处的猎食者心慌。

在高尔夫球场上，彦真向黎光泽汇报了这个消息，用一种非常焦虑的心情去分析彩纳艺术的此次成功。

彩纳艺术能逃过这一劫，将会进入另一番新境界，此役不但奠定了公司信誉和品牌能量，还给这家公司带来了大量的资金和订单，用不了太久，这家公司将会发展壮大成行业里的大象，可不是“光泽装潢”这种小公司能随便兼并的，到时候恐怕连 MC 集团都会对他束手无策。

黎光泽却分毫不慌，镇定自若地挥杆打球，为自己打出的好成绩而自豪，见彦真在身后催他快想办法，他则不紧不慢地说：“别急，好戏还在后头。”

事实的确如此，局势完全顺着黎光泽预计的去发展。虽然项目已通过验收，工程款却迟迟没有结算。项目方的借口很多，一天一个理由，空中催款分文不得，后来更是连电话都不接了。眼看就要到期，公司的账户却空空如也，假如不能按约还钱，这笔债务将以惊人的速度翻倍递增，转眼间就会变成能一口吞灭这家公司的怪兽。

黎景明欲飞澳门当面催款，刚派秘书去订机票，接待室的职员就前来禀报，说刚才龙老大打来电话，要是公司在明天中午十二点之前就要打钱过去，否则就上门来砸东西了。

黎景明顿时陷入了两难之中，亦不愿被人看出，挥手让职员出去，招秘书进办公室，安排他继续打电话催款，从其他工程上想办法，一刻也不能停，能给多少都要，尽量凑钱。

秘书虚心接受命令，待他交代完毕后说：“刚才姚琳希小姐来电，说让您给她回个电话。”

这消息令黎景明很提防，总觉得她这个来电不怀好意，大概她已听说公司目前的财政困境，趁火打劫来了。于是他绕开这件事，对秘书说：“麻烦你把罗捷经理找来。”

“他不在公司，”秘书说，“听说去苏州催款去了。”

“我知道了，”他交代道，“我飞澳门后，公司上的事就交给罗捷经理。”

对于此次澳门之行，黎景明发誓不结款就不回来，又暗有预感，此程恐怕并不顺利。如今高利贷那些人追得紧，公司正处于岌岌可危的关键时刻，他不该离开，但是，又迫于时间紧急，在这里守株待兔结果更糟，他还是决定亲自过去，唯有把钱追回来才是王道。

于是，他赶紧拨打龙老大的电话，先稳住这群人，对他承诺时间，给他们打安定剂。

电话里，龙老大的口气很绝对，三天的期限，如不还全款，那就不客气了。

黎景明毫无反抗的余地，只好灰溜溜地答应，他心里有数，这些黑帮惹不起。

和龙老大结束通话，他又拨通了罗捷的电话。

这时候的罗捷并非去苏州催款，而是和黎光泽在上海郊区的温泉山庄泡澡，两个男人正身穿洁白的浴袍在湖边的花棚下喝茶。

他突然接到黎景明的电话，有点心虚，看了一眼身边正在抽雪茄的黎光泽，赶紧站起来，走到对面的水池边去接听电话，“有什么事，请说，”他掩口小声说，“我正和谭总谈话。”

见他在忙，黎景明就长话短说，告诉罗捷他两个小时后将要飞澳门，他不在的这段时间，公司的大小事务都由他主持。

听说黎景明要去澳门，他连忙拧了一下眉头，刚想提醒他一些事，想到黎光泽刚才对他说的那番话，很快又忍了下去，心想：“反正这家公司已经没救了，他爱怎么折腾就去吧！”他邪恶地笑了一下，违心地说：“好的，我把这边的事处理完后就回上海，你放心地去吧。”

收线后，罗捷走回原来的位置，纠结地长叹一声，对黎光泽说：“你的表弟飞澳门了。”

黎光泽幸灾乐祸地哼了一声，慢条斯理地将雪茄摁灭，“等这件事过后，你再回我们公司吧，这段时间就麻烦你把彩纳艺术这边的事处理干净。”

“你放心，这些我会安排妥当。”罗捷说，“我手上掌握的客户名单已给客服经理了，现在最主要的问题是，公司的设计部整体实力太弱，没有核心设计师，如果按他们现在的水平，不出多久就会出现客户流失。”

“公司里的事今后都由你安排，”黎光泽打断他的话，慷慨地说，“我相信你的能力。”

罗捷点点头，心中志气高昂，他的心早被黎光泽收买，特别是当他听说蓝水悦就掌握在黎光泽的手里时，满口答应做“光泽装潢”的总经理。

如今，他的心早不在彩纳艺术，他不过是在等时间，将这盘残局收拾干净后就转向他所谓的事业，从此将能实现一个男性角色该有的称霸欲。

第九章

1. 困　境

黎景明飞澳门的第三天中午，一伙人突然冲进公司，举拳挥刀地到处吓唬人，领头的嚷着要见老总，把办公室里的员工全吓坏了，一个个双手抱头，躲在桌子下不敢动。

这时罗捷从楼上下来，看到一楼大厅里黑压压的人头，他感到不妙，拿出一副江湖腔对领头的说："有话请上楼说，咱好茶伺候，别把公司里的人吓着了。"

领头的从人群里走出来，绕着罗捷打量了一番，笑容阴险地问道："你就是黎总?"

"不是，"罗捷装作镇定地说，"他外出了。"

"你们黎总不接电话，也不在家，想跟我们玩躲猫猫是吗?"领头的诡诈地笑，"老大发话，今天一定要见到钱，你看着办吧，是给钱呢，还是让我这帮兄弟练练手?"

这局面，让罗捷是冷汗直流，他虽然现在心思也不在这里，但看到如此场景，也不忍心辛苦五年创造出来的公司被这伙人蛮横糟蹋。但他又不知道该如何将这群莽夫请走，黎景明去澳门已三天，音讯全无，公司账户上一分钱都没有。于是他对领头的说：“很抱歉，钱在黎总手上，得等他回来才能给。”

“他什么时候回来？”领头不耐烦地嚷嚷道，“三天期限，到现在还不见人影，你少耍我们！现在就一句话，给钱，否则我们这些兄弟就不客气了。”

罗捷很为难，依旧坚持道：“也许他下午就回来了。”

“说真的？”领头的粗鲁地嚷，“你少跟我开玩笑，下午是多少点？”

“他没说。”罗捷的后背已被冷汗浸湿了，他以为这群莽夫会不讲理地动手，不想那领头的却摸了一把自己的山羊胡子说，“下午五点之前我们再来，赶快去联系你们黎总，假如再给我们白跑一趟，那就别怪我们不客气了！”

领头的举起拳头在罗捷面前示威，让罗捷谨记他的话，挥手叫兄弟们退下。

他们一走，公司里的员工都惊慌失措地往外逃，一个个排队向罗捷口头请假。

此刻，罗捷万般失落，基本听不进外人对他都说了什么。回想当初，他无不深深地埋怨黎景明，痛恨他的傲慢与自大，到此刻，他恨不得临阵脱逃，永远都不要与这家公司有瓜葛。

罗捷也逃了。公司上百号人，仅剩总经理秘书和文静留下来。

他们分头行动，一个想办法筹款，一个设法寻找黎景明。

可是不论怎么打黎景明的手机，都在关机状态，网络通信工具上的留言也没有回复，无奈下，文静只好通过关系网去找，问遍所有可能知道线索的人，甚至不放过蓝水悦。

远在意大利的蓝水悦正和一群学生上户外课，看到越洋来电，心里不禁一阵欣喜，拿起电话就开玩笑地说："哟，懂得想我啦？"一边跟着同学往前走。

文静却慌慌张张地问是否知道黎总在哪，他不见了，出差澳门至今没有一点消息，现在放高利贷的人上门要债，说下午再不见人就要砸单位了……

听文静这一顿说，蓝水悦吓坏了，焦急地厉声问："那罗捷呢，找他想办法啊！"

"罗捷也跑了，"文静哭丧道，"中午的时候他被人威胁，刚才就不见人了，水悦，我好怕啊，再找不到黎总，我也要跑了。"

"文静，你不要走，"蓝水悦焦急地说，"你在公司顶着，等黎总会来，千万不能让那些人进到黎总的办公室里去，千万不能碰他的电脑和保险柜里的资料，你明白吗？无论如何，你要设法保护好那些东西，那里全是彩纳艺术的命脉。"

"我明白，"文静警醒过来，还是哭了，她抽泣道，"我就死守在黎总办公室里，你要帮帮我，赶紧去找黎总，叫罗捷回来，这王八蛋太不是人了！"

收线后，蓝水悦赶紧拨罗捷的电话，他很快接了，用暧昧的语调问她在干什么，很好奇她怎么会在这种时候打来电话。

蓝水悦没心思寒暄，当即下命令让他回公司。罗捷则冷笑道："原来你打电话不是想我，而是为了和我说这个。"

"罗捷，你也太不是人了吧?"蓝水悦气冲冲地吼道，"公司发生那么大的事，你竟然当逃兵，你太让我失望了!"

"我已经辞职，不再是彩纳艺术的人。"罗捷说，"你怎么看待我都行，水悦，这样做是为我们今后的发展考虑，总有一天你会理解的。"

"你让我如何去理解你?"蓝水悦急得直吼，"公司出那么大的事，你不但不设法保全，却躲起来视而不见，罗捷，你不要忘了，如果这家公司有个三长两短，你一辈子都别想见我。"

"我爱你，水悦。"罗捷不想与她发生争执，调转话题，非常诚恳地说，"我等你回来。"

他这态度让蓝水悦悲愤不已，干脆挂断电话，不想再对这种人浪费时间。

这时她才发现周身空无一人，同学们不知去向，自己掉队了，孤零零地被抛弃在荒凉的山坡上，唯有呼呼山风撩人心扉，把她那颗焦虑的心吹得那么乱。

她拨通黎景明的号码，得到的是"用户已关机"的提示音，她顿时感到一阵恐怖，车祸、打劫、谋杀等各种不好的联想涌上心头，让她心急如焚，拼命地拨打他的号码，哭着对手机喊："景明，你不要吓我，快接我的电话呀，景明，我求你了……"

没人知道黎景明在澳门的遭遇，更不会想到，他到澳门后，就马不停蹄地找关系，希望能通过其他方式促使项目方尽快结算钱，也好解决燃眉之急。

这次，他改变策略，不再去找项目负责人商讨，而是直接去到幕后股东的家中，不想刚到股东的豪宅门口，就被几个黑衣年轻人包围，没等他说明自己是谁，就被一闷棍击中后脑勺，当场晕过去。

等他醒来时，发现自己正躺在一张华丽的波斯地毯上，抬头看周围，凭墙壁边缘华丽的手工欧式浮雕判断，这绝非是一般人家能拥有。

他艰难地爬起来，感觉头又晕又疼，前额和后脑都有瘀伤，完全想不起自己是怎么来到这里的。

他的第一念头就是想离开。跌跌撞撞地跑到房门前，拼命地敲击叫喊："你们快放我出去，放我出去"，并不断地用身体撞门，折腾了半天都没人来，他绝望了。整个人的意志全溃败下来，整个人软在地上，还不放弃地用拳头捶门，用尽全力在呐喊，"放我出去……"

不知过了多久，门外传来的脚步声和钥匙开锁声将他惊醒，房门被打开，一道强烈的光线随之蹿进来。

他感到非常刺眼，用手遮挡住，努力辨认依次走进来的黑衣人的面孔，结果一个都不认识。过了一会，有位身穿唐装的老人走进来，他看上去六十岁的样子，头发秃白，有着一双目光锋利的眼睛。他看了看蜷缩在墙角边落魄的黎景明，然后对身边的人吩咐道："把人带走！"

黎景明因此获救，却不知对方是谁。回到老人的庄园后才知道，那是姚琳希的义父，人称德叔，此人曾与他的父亲周志和有过交情。当年父亲在香港开公司时，他还是街边的小混混，曾为收取保护费而与父亲大打出手，结果却结为朋友，且通过父亲认识了姚家的人。

周志和转入内地经营生意后，他也离开了香港到澳门发展，通过姚家的资源做起了、做大了生意，对姚家的恩情，他是十分看重的，后来，他收姚琳希为义女，以示亲如一家。为此，德叔狠狠地教训了黎景明一番，就在他古色古香的书房里，关起门来大骂他妄自尊大，不懂做人，命他回去要好好地感谢姚琳希，要不是她及时找到义父反应情况，他这条命就捡不回来了。并提醒他做生意要谨慎，不要见钱眼开，什么都乱做，凡事看上去越美的东西就越危险，就好比这单项目，肯定是有人在身后设计好陷阱，否则，怎么会舍近求远地跑到上海去，又偏偏找到他的公司。

“他们早算到你会主动上门，”德叔无奈地叹，“陷阱都布好了，幸好我发现及时，否则，你不知道要在里面困多久。”

“谢谢德叔相助，”黎景明说，“只是我的工程款，还等着回去还钱呢，眼下也不知上海的公司怎么样了。”

“你要谢，就谢小琳吧，那孩子，真难为她了，处处都为你着想。”德叔感慨道，“景明啊，做人不能太绝情，特别是对女人，感恩的心一定要有。”他想了想说：“这样吧，明早我跟你去找点关系，想办法把工程款催回来，能催回多少是多少，看到我们这些老朽，我想他们多少会给些面子。”

黎景明当即站起来，感谢万分。

德叔却打住，让他先别致谢，想了想说：“我看这款子不会那么好拿，远水救不了近火，你还是想其他办法先垫上，咱没必要去捅这种马蜂窝。”

黎景明认为德叔的话有道理，点头说：“我明白了，那就有劳德叔，为我盯住那工程款，我这就先回上海处理事情。”

即使乘夜机赶回上海，他还是回来晚了，公司人去楼空，办公室里一片狼藉，桌椅东倒西歪，到处是纸片和暴徒们泼洒的油漆，墙面上写满恐吓语。

黎景明缓缓走上楼，一间间办公室查看损失，他的心全碎了，落魄地坐在一张椅子上，懊悔地拼命用手捶打自己。

就在这时，传来一阵急促的足音，似乎在朝自己逼近，他连忙从情绪中抽离，警惕地站起来，不知这时候还会有谁来，心里充满提防，操起家伙做好自卫防备。

可他怎么都想不到的是，冲进来的人竟是蓝水悦，她行色匆匆，满脸疲惫，眼睛里布满血丝。看到黎景明额头上的暗紫色瘀伤，她惊呆了，难以接受这样的局面——这个男人和他的公司一样落魄。

此时此刻，蓝水悦焦虑不安的心总算松懈下来，唯有感慨万千催人泪下，她在他面前肆无忌惮地哭，伸开双臂去拥抱他，“总算把你找到了，把我担心死了，还以为你真的不见了……还好，你还在。”

黎景明惭愧至极，紧紧地拥抱住她，纵有千言万语，却只是沉默。

2. 趁火打劫

由于利滚利债务越积越高，结算回来的工程款也只是杯水车薪，只抵得高利贷的三分之一，依旧还有7000万需要偿还。

黎景明做好最坏的打算，实在不行，就把新办公区连同自己手头上的房子全部卖掉。

蓝水悦不同意他这种破釜沉舟的做法，设法从其他渠道想办法，她整天走访金融市场，设法获取正常渠道的借贷。她一天跑十几家大大小小的公司，不但颗粒无收，还因过度劳累而感染了风寒，高烧不退，因不舍得花时间去医院看病，那天中午，蓝水悦刚从一家投资公司出来，就觉得浑身虚软，心跳加快，胸闷得气都喘不过来，刚走到电梯口便晕倒在地，不省人事。

黎景明接到来电，得知蓝水悦晕倒的消息时，真是急坏了，也顾不上正与人谈事，搁下一切直奔医院，路上遭遇堵车，他急得用手直拍方向盘。那时候，他发誓无论如何都不能让她再这样辛苦了，她希望公司能摆脱困境，一切都为他着想，面对她无私的爱，他觉得，是到了回报的时候了。

然而，他不知道不单是自己关心蓝水悦的人身安危，罗捷已提前一步来到医院，在急诊病房里劝蓝水悦不要插手公司的事，彩纳艺术早被黎景明败坏了，就凭她这绵薄之力，哪怕搭上性命，也挽救不了这家公司。可蓝水悦却给了他一个非常恶劣的评价："叛徒！"将他滔滔不绝的规劝打断了。

罗捷觉得面臊，体会着她的话，摸了一下红热的面颊，"无所谓，"他轻蔑地冷笑道，"任何一笔原始积累，都靠血淋淋的抢夺而来。我的成功也不例外。"

蓝水悦对他怒目，"我没想到你罗捷竟然是如此卑鄙丑恶之人，为了达到目的而不择手段！"她冲动地把无名指上的戒指拔下来，朝他砸去，"我算是看错你了！"

他却依旧不知廉耻地笑了笑，“不管你如何看待我，我都爱你，都要得到你。只要是黎景明有的，我罗捷一定要有，包括你！”

“罗捷，你休想！”蓝水悦恐吓他道，不希望他与黎景明树敌，再怎么说他可是非常了解黎景明和彩纳艺术的，如果他起坏心，这家公司和黎景明完全不是他的对手。

罗捷却笑得很狡诈，“水悦，假如我不成功，怎么配得上你的爱呢？我没黎景明那么好命，出身豪门，没法像他那样光明磊落地拥有财富和资源，因此，我还希望你原谅我的不得已。也希望你能体谅，我这么做，全都为了让你爱我。”

“你滚！”蓝水悦厉声下逐客令，“不要让我再看到你！”

罗捷厚颜无耻地点点头，自得地笑，“水悦，我们很快就会在一起了，你将是我新公司的设计总监，我希望你养好身子，早日到岗。”

“不可能，我死都不会与你这种人同流合污的！”蓝水悦发誓道，她恨不得这个卑鄙的男人消失。

可罗捷毫不心虚，很自信地提醒她道：“你别忘了，你跟我的老板黎光泽是签有协议的。水悦，你是个人才，该用在刀刃上，别意气用事，要学会明智。”

这下，蓝水悦双眼瞪直，全傻了。她努力回忆，就在去意大利之前与该公司签订的每一份协议，不知究竟是哪份约定上出了问题。蓝水悦只觉头好痛，人间险恶，暗算丛生，商场上尽是抢占掠夺，人人都握着刀。

罗捷得意地哈哈大笑，转身出门时与黎景明撞了个正着，意识到他可能听到那些谈话了，就表现出一副无畏的傲慢态度，傲慢地与他对视。“黎总，改天我找你商讨关于我的股份的事。”离开前，他留下这句话。

待罗捷走后，蓝水悦主动对黎景明澄清误会，“我真的不知道他是这种人，”她哭着说，“早知道他会这样，我打死都不与他来往。景明，对不起，我真不知道那些协议到底有什么猫腻，当时我就是想去意大利修学，什么都没多想……”

黎景明握住她的手，安慰道：“别哭了，水悦，你是无辜的，我知道。”

“我们该怎么办？”她感动地扑到他怀里，“景明，有人在我们身后布下陷阱，我们遭算计了。”

“别怕别怕，水悦，”他说，“我心里有数，不会再让你担惊受怕了。”

父亲周志和当年的经历，让黎景明变得警醒，商场上的人不会有难相助，只会落井下石，每个人都是对手，谁都想打倒对方，每一次胜利都是建立在别人惨痛的失败之上。这时候，他得知黎光泽也开了一家装潢公司之时，他们究竟想要什么，他看得很清楚。

八岁那年，黎景明被接入黎家大宅，与黎光泽在同一屋檐下成长。黎光泽大他八岁，当时已是一个俊美少年，可他却特别喜欢这个外面来的表弟，喜欢和他进行户外运动，包括学习各种贵族体育项目，比如花剑等。

黎景明十二岁时，父亲周志和到上海开公司，将他带离香港，之后兄弟感情也就日渐淡薄。黎光泽过早地开始他的商场人生，金融管理专业毕业后与沈雅联姻，在家族企业中任职，再随集团来上海发展，就在父亲收购周志和破产的公司时，他一度雄心壮志，想接管该公司，将此当成发展自我的基石，不想，却因外祖母一句话，导致他的梦想破灭。

接管彩纳艺术这么多年，黎景明清楚黎光泽一直对这件事耿耿于怀，因此他努力想摆脱集团对公司的束缚，设法购回集团最初所占有的股份，说实话，就是为摆脱黎光泽的魔咒，不让他有机可乘。当初为澳门项目向MC集团借贷，彦真所提出的股份融资，其实就是黎光泽想吞并彩纳艺术的一个最明显的证据，他很肯定，注入资金的那个股东肯定是黎光泽。

而今，黎景明不再回避，认定也只有黎光泽还认可彩纳艺术的价值肯出钱。姚家他是不会去的。当年父亲的经历早给他教训，这时的姚家不会对他敞开大门，只会再次逼姚琳希断掉结婚的想法，这种当众受辱的事，他不会再去碰。

在医院寂静的走廊外，他给彦真打电话，再次向集团求助，答应用股份融资。而这时的彦真却用懒洋洋的语调说："黎总，你觉悟得太晚了。当初你就是傲，觉得那点钱不配和你分享利益，现在公司被砸了，彩纳艺术今非昔比，我可不敢保证还有人敢投你彩纳艺术。"

"彦总监，那些风凉话你就少说几句吧，"他果断地说，"公司深陷危难，作为监管集团就不该袖手旁观，你替我向股东会传话，等过了这一关后，我黎景明定会另外答谢你彦总监。"

"答谢就免了。"彦真还在卖乖，"我这就去召集股东会议，有消息就联系你。"

当天下午，彦真就给黎景明做出答复，根据公司的现状去评估，7000 万要占到公司 40％的股份，这让黎景明非常抵制，当即厉声反对“这不可能！”

彦真也没让步，而是讪笑着说：“如果不愿意，那你就好自为之吧。现在，股东们都对你的经营能力持怀疑态度，老股东没一个愿意投资，新股东敢尝试，却要控制你的经营权。至于值不值得，你自己掂量吧。”

黎景明深深地叹了一口气，思索了几秒钟，咬牙说：“行吧，我答应。不过，我有一个请求，我想知道是谁愿意投资。”

彦真毫不回避地说：“你该好好地感谢你的表哥，他这么做，也是不希望周叔的心血付之东流啊。”

黎景明冷冷地哼了一声，事情果真如他所料，那匹狼早在背后馋涎欲滴了。

3. 沦丧的城

黎光泽听说黎景明愿出让公司经营权，十分高兴，命彦真抓紧签订协议，以免夜长梦多。就在黎景明口头答应后的第二天，彦真就发来消息，让他下午到集团董事会去签订协议。

黎景明没任何抗拒，顺从地接受现实，没将此事告诉蓝水悦。他觉得这个女孩为他承受得太多，也付出得太多，如今公司元气散失，大势已去，何去何从只能听天由命，就此，也不必再给她添烦恼了。自从知道她为了澳门项目而劝罗捷归队，并为了逃避罗捷而去意大利之后，他更加珍惜这个女孩，并在心里暗暗发誓，就算不能报答，也不能再亏欠了。

黎景明刚进集团大楼，却听到有人在身后轻声唤自己的名字，回头一看，竟然是沈雅，黎光泽的妻子。她看上去异常的虚弱，黑眼圈深重，炎炎夏日，身上裹着不合时宜的薄呢披肩。

她提醒他小心中圈套。

黎景明却很淡定，说了些感激的话，劝她不要为他担忧，既然能来到这里，他已做好一切心理准备。

沈雅纠结地叹道："光泽他，真的是走火入魔了。自从那个女人回来后，他变得无所顾忌，什么家庭，手足，都不认了，就一心想着他的事业和成功。"

"表嫂，你身体不好，就先回去吧。"黎景明警觉地看了看周围，"我的事自己能权衡，你不用过于忧虑，做生意有赚有赔，人在商场，原本就是起起伏伏、时兴时衰的。这些，我已看淡了，现在所要做的，就是不要在连累他人。"

"你有这心态，我就放心了。"沈雅欣慰地说，即便黎景明表现得有多从容不迫，她还是惋惜地摇摇头，不愿他去签协议，却不知该如何阻止这场悲剧。

来到大楼顶层的董事会，他发现会议室里坐满了人，集团董事会的成员、股东、律师和公证员都来了，黎光泽就坐在正席的身边，眼睛一点都不安分，仿佛一条正在执勤的警犬。

彦真主持会议，当众宣读会议纪律，黎景明浏览了协议条例，对其中的人员介入不满，便举起手说："我对该协议的第一百一十四条有异议，持股人只能享有公司经营意见的话语权，而不是这样直接派人介入，直接参与企业日常管理。"

“如果老弟把这项权益卡得这么死，”黎光泽发话了，“那这单生意将是水中投石，毫无意义，换言之，我也不必为这家公司冒险。一个股东，占有40%的股权，还不能介入经营管理，这传出去岂不是笑话?”他还煽动周边的股东说，“你们说，是不是这个道理?”

“你想如何介入?”黎景明虽然感到吃亏，看在公司危在旦夕之际，他还是把这口气忍下去了。

“鉴于公司的运营失利，”他说，“我当会派职业经理人去监管公司的日常运作，以免我的投资打水漂。”

这时候，那些董事会成员就纷纷议论起来，像是串通好了似的，有人赞成黎光泽的做法；也有人来劝黎景明，别年轻气盛，要正确认识自己，失小利，顾大局，方能稳固发展。多半成员都认为公司管理不善，股份融资、嫁接职业经理人也是拯救一家企业的良策。

在众势的强压之下，黎景明寡不敌众，最终还是妥协了，在那份协议上签字，现场通过律师公证，当日生效。眼看大势已去，黎景明堵在心头的那口恶气也就此疏散开，此后，公司不再受高利贷的威胁，不必担心龙老大他们再派爪牙来砸抢公司，集团会通过法律渠道处理好这件事，黎光泽成为公司的另一个新主人，势必会保全公司的未来，或许，这也不是什么坏事。

走出会议室时，黎景明整个人都空了，双腿像灌满了铅，脸上尽是丧家之犬的神情。走到楼道口，彦真在身后将他叫住，“黎总，有几件事还要麻烦你，”彦真快步走上前，干脆利落地对他吩咐道，“一是你回去通知员工，后天公司正常上班，二是准备好运营总监的办公室，三就是，希望我们今后合作愉快。”

黎景明惊讶地抬了一下眉毛，冲她笑了笑，没任何表示，晃晃荡荡地走了。

彦真凝望他那落寞的背影，轻蔑地哼了一声。

签字仪式结束当天下午，黎光泽趁热打铁地大办庆功宴，把仪式上在座的人都请去，在饭桌上挨个答谢那些为他说好话的人们，又敬酒又说好话，不亦乐乎。轮到彦真时，她拿着酒杯站了起来，暧昧地与他碰杯，主动邀功请赏，“黎总，你直说吧，想怎么谢我？”她狡黠地笑，“你要是给得不让我满意，这杯酒我就是不赏脸。”

旁边的人在起哄，集体催促黎光泽快说，到底要怎么谢她。喝了不少酒的黎光泽自得地笑，一把搂住她的腰，“我给你皇后的宝座！”当即全场鼓掌。

这时的彦真可是幸福得心花怒放，故作谦虚地含羞笑笑，与他碰杯，两人颇有默契地一饮而尽。

而黎景明从集团大楼出来，并没急于回去，而是开车在城市里乱逛了一圈，直到太阳西去时才开回公司。

一进小院，就听到蓝水悦的声音，她正在指挥几个临时工清扫残局，将需要维修的电脑和桌椅集中在一楼，等待维修公司上门。

眼前的一切，让黎景明的心变得很柔软，更加体恤蓝水悦的不易。他拉她坐下，不愿她大病初愈就这么辛劳。

蓝水悦却逞强说："在医院躺了那么久，早就没事了。"话音未落，便止不住地咳嗽。黎景明心疼地轻拍她的后背，无可奈何地叹息，她不好意思笑，"不小心呛着了，喉咙有点痒，不是什么大事。"

见蓝水悦这么逞强，黎景明的罪恶感加重了，想到公司的明天，他的心情突然变得灰暗，感觉做什么都没劲儿，什么都不愿面对，他不知该如何对蓝水悦说明情况。一旦过了今夜，彩纳艺术将有新的主人进驻，他有种很不好的预感，黎光泽的目的达到了一半，他肯定会得寸进尺，直到实现他的梦想。

他落寞地步步上楼，再将这旧貌看个遍，最后一次细细感受自己的王国，再把那些美好的回忆认真收起，深深地藏在心的湖底。回到自己的办公室，坐在皮椅上对着墙壁上的《春彼岸》凝神。

蓝水悦敲门进来，打散了他的思绪，只见他一副如梦初醒状，还故意掩饰着什么，然后对她说："你让秘书明天把我的东西都搬到隔壁去，这间屋子让给新来的 CEO。然后让他通知员工，后天正式上班，愿意来的就来，有辞职的，需要等到下周五。"

"谁，谁要来当 CEO？"蓝水悦瞪大了眼，惊讶地问，"到底发生什么事了？"

"别问了，水悦，"他回避道，"你按我说的去办。"

见黎景明固执把脸转过去，她知道他心情不好，便不再打搅，无声地退了出去，心里却非常担忧，生怕黎景明就这样沉沦下去，一蹶不振。不管公司遇到什么挫折，不管眼下是光明还是黑暗，最重要的是保持士气。

于是她没正确传达黎景明的旨意，而是让秘书将隔壁的办公室布置一番，在上面挂上 CEO 的牌子，并教育他们说，不管谁来监管公司，黎总就是黎总，他是这家公司的核心。

可是，又有谁能再造黎景明内心中那座坍塌的城池，他的世界已沦丧于黎光泽的淫威之下，当他看到黎光泽的阴谋一步步得逞时，他就清楚自己转败为胜的可能性很小，就算还不甘臣服地挣扎，结果也不会有太大的改变，而是徒增疲惫和伤害罢了。

面对着这座无力拯救的城池，他泄气了，由此变得更加冷淡，任何溃烂崩盘的事都不再引起他的注意、触动他的心，亦无所谓任何的失去。

第十章

1. 被逼无奈

事实上，彦真的行事风格比黎景明预想的还要卑劣许多。她不仅带来了财务总监、客户经理、办公室主任、人力资源部主任等一伙人马，还亲手辞退了黎景明的亲信，将那个在紧要关头时，奋不顾身守护总经理办公室的文静给予劝退处理，并以蓝水悦不是本公司员工而对她约法三章，勒令她离开。

接到人力资源部的通知时，文静感到非常委屈，拿着通知书去到人力资源部大闹，扬言要找黎总评理，可对方却傲慢地对她笑，“随你的便，反正现在黎总不管行政，只管设计部。”

文静惊呆了，不敢相信这家公司突然之间就沦落到这步田地。她去找蓝水悦去倾诉，蓝水悦说自己正在处理棘手的事，对此也是无能为力，就劝她直接办理辞职手续。

彩纳艺术因彦真的到来，进行了大刀阔斧的改革，老员工所剩无几，公司里全是彦真派进来的新人。而就在这时候，罗捷来向黎景明要钱，想挟股份离开，永远结束他们的连带关系，顺便把蓝水悦带走。

在办公室里，罗捷将这些年来对黎景明的不满全摆出来，痛骂他的独裁和自负，因此才会导致他们的商业帝国遭此下场。如今，他不再与黎景明合作，树倒猢狲散，他势必要去到另一片天地开拓人生，黎景明没一句阻拦，非常通融地说："如今公司的财政大权在彦真手里，能否拿到钱，这由她说的算，至于协议，我给你签字。"

这时蓝水悦冲进来，大喊："不行！绝不同意他提走股份！"打断他们的谈话。

罗捷见到蓝水悦却笑了，"我正好找你呢，"他说，"等会我再与你详说。"

她鄙夷地冲罗捷哼了一声，"我都听说了，现在就给你答复，我不会去你的公司上班的，哪怕法庭上见。还有就是，你罗捷做了那么伤天害理的事，到如今还有脸在这里跟黎总谈股份吗？说实话，你不配！"

罗捷无奈地低头笑笑，"我们的事，找个合适的机会我们好好说。至于我与黎总的事，麻烦你不要插手，好吗？"

黎景明不愿他们发生争执，便劝蓝水悦先退下。蓝水悦不服，大声说："他就是来抢劫的！"希望黎景明警醒，可他却一味地命令她先离开。

走出黎景明的办公室，蓝水悦感到累极了，满怀失落，无人泣诉。

这时，文静正巧办完离职手续走出来，看到蓝水悦失魂落魄地走在前面，她便迎上去，问她到底怎么了。一看到文静，她的委屈就来了，扑到她的怀里说："一切都完了，什么都努力都无用了……"

文静轻拍她的后背，安慰道："你哭什么呀，公司又不是你的，人家都不着急，你那么伤心有何用？好了别哭了，反正我们都努力了，问心无愧！"

"我伤心的不是这些，"蓝水悦说，"我被他们算计了，文静，刚才黎光泽给我电话说，既然不修学，那就回公司上班吧，现在公司很需要你。这肯定是罗捷干的，我现在恨死他了。"

"啊？"文静大吃一惊，"你怎么会和这家公司勾搭上的啊？"

"我哪里知道啊，我当时就想去意大利上学，就是想摆脱罗捷那家伙，可是自己承担所有费用太贵了，我没那么多钱，公司就换了一份协议，说今后只要为公司挣回6000万就行了。我心想，在彩纳艺术，一个大项目就上千万，这不是轻而易举的事吗，于是就签下了。"

"我晕……"文静泄气地垂下头，无力地看着蓝水悦，"我看，你真的完蛋了，没法救了，要是他们拿这协议将你告上法庭，你妈的心脏病肯定又犯了。"

"哎呀，文静，你就别吓我了，"蓝水悦急得要哭，"快给我想办法，你说我该怎么办啊！"

文静垂头丧气地说："水悦，你不见我都被辞退了吗？失业了，没钱交房租，我们都要喝西北风去，现在，还有谁能袒护我们呢？"

这番话让蓝水悦一下坠入阴暗无底的井里，她感觉自己就像一只束手无策的井底青蛙，只会盲目地跳，却抵不过人们在身后的轻轻一击。

可是，蓝水悦还是不甘心就这样缴械投降，她主动给黎光泽电话，希望通过协商和求情，求他先放过她，等协助彩纳艺术渡过难关后，她再报恩。

然而，在电话那头，黎光泽丝毫不做让步，还把想法说得很明确，首先，在未给他带来效益之前，她哪家公司都不能去，要么回意大利完成最后的两个月课程，要么回公司任职。其次他还软硬兼施地谈到黎景明，告诫她不许私下接黎景明的订单来做，否则他对谁都不客气。“蓝小姐，我是个遵守原则的人，”黎光泽说，“我也希望我的合作伙伴遵守规矩。”

“可是黎总，我现在真的很为难，”蓝水悦还不放弃地求情，“拜托你放过我，我保证，等明年春天，我肯定回去给你完成 6000 万。”

“不用说了，”他厌烦地打断他，“我知道你和黎景明的关系，若要等到明年，你也就没价值了。蓝小姐，对不住了。”说完，他便掐断通话。

紧接着，罗捷的号码又打了进来，蓝水悦烦透了，将手机扔到一边，双手捂住耳朵不愿面对。

眼看无路可退，蓝水悦把决定权寄托在黎景明身上，想通过他的想法去决定自己的走向。如果他还有绝地逢生、突出重围的念头，那么，她肯定舍生忘死地愿陪他冲刺，不管将面临多大的风险。

她打他的电话，问他在哪里，能否抽空见一面。黎景明却推辞说有事，迟迟不愿见面，就连说话的机会都不给。他的故意回避让蓝水悦陷入茫然无措之中，失落与悲哀汹涌而来，让人想哭。

“如今这般，还有什么指望，还有什么值得顽抗的？”她自暴自弃地想，为了他，已付尽无底的爱，祭献出最顽劣的劳役，忧患为他，欢乐为他，不惜走贫沙、啃粗粮，不曾因贪恋安逸将他遗弃。可现在，他连最后的梦土都要收缴去，剩给她的，是深深地痛恨自己。

“现世里的大悲大美已被肢解得够直白了，人情生冷，你也该有所总结，放手吧，蓝水悦……”她对自己说，眼泪情不自禁地涌出。

然而，就在夜幕降临时，黎景明却打来电话，叫她到过去常一起吃饭的日本料理店找他。蓝水悦破涕为笑，放下所有赶去赴约。

她刚入座，便有服务员纷纷上菜，所点的菜肴与他们初次来这里吃饭时的一模一样。

黎景明显得非常寡淡，神情麻木，动作缓慢地为她夹菜，倒清酒，始终是不言不语，很显然，他在压抑着自己。

这让蓝水悦心生惭愧，他越沉默她就越慌张，急忙解释道：“景明，我不是故意的，当时我没想到他们会对我下圈套，如今我也在设法解决这件事，说什么都不会去他的公司。如果他们真要上法庭，我奉陪！”

“你去吧。”黎景明突兀地冒出那么一句。

“啊？”她的反应很剧烈，“你说什么！”以为自己听错了。

“罗捷肯定把资源带过去了。”他说，“那些都是彩纳艺术的根基，有你在，我放心。”

蓝水悦恍然大悟，用手拍拍胸口，“有你这句话，我就放心了。”

她舒心地拿起茶杯，喝水压惊，却听到黎景明在自责：

“说心里话，我这样做很卑鄙，”他说，“像是在利用你去实现我的梦想。水悦，如果你不愿意，那就算了，我也不希望你去做这种危险的事。”

“没有没有，”她赶紧说，“我现在觉得轻松极了，我愿意为你做这些，这是一举两得的好事，这就叫做以牙还牙！”

蓝水悦说得心舒气爽，总算不为这事纠结了，而且，还保全了黎景明的感情。为了这个男人和他的公司，蓝水悦什么都敢做，也不怕辛苦和危险。

黎景明送她回家，车开到小区附近的马路上停靠，告别之时，黎景明交代她今后不要使用网络信息和手机和他联系，以免被监控，如果有事，就通过匿名信件寄送到他们曾在一起工作过的小区的信箱里……

这让蓝水悦听得毛骨悚然，不曾料想到，此行会有如此多的凶险。

交代完注意事项后，黎景明又满怀愧疚地叹道：“这样对待你，我真的于心不忍，水悦，你本不该插手公司的事，卷入这场乱局里。如果是别人，我无所谓，可偏偏是你。”

“你别自责了好吗？景明，”她扑进他的怀抱，“要怪就怪我吧，是我自己不好，没看清他们的面目就签了协议，你不要怪自己，要怪就怪我，就让我这次负荆请罪地为你做点事吧，你不要想多了。”

“你自己要保重。”黎景明说，心情仿佛生死离别般沉重，那一刻，他对这个善良的女孩又有了新的认识，发誓要暗中保护好她，不惜一切代价保护好她。

2. 最煎熬的日子

蓝水悦听从黎景明的安排，主动来“光泽装饰”报到，她的转变让罗捷有些吃惊，未让她直接办理入职手续，而是招她到自己的办公室里谈话。

罗捷的办公室非常豪华，二十平方米的大开间，装饰非常摩登，黑色的陶瓷地板，配备白色的法国枫木书架和办公桌，就好比是漂浮在深海里的孤岛，他坐在其中，就像遗落于荒蛮时代的野人，难以给人亲和力。

罗捷请蓝水悦到沙发去坐，用质疑的目光打量她，直言不讳地问：“当初你发誓不肯过来，怎么突然就想通了呢?”

“人往高处走，哪里收留我就去哪里，”蓝水悦落拓地说，“既然黎总非要我过来，还开了那么好的条件，我再不有所表示，这也太不识抬举了。再说，我一个穷打工的，和一家大公司闹上法庭，那不是鸡蛋碰石头吗?”

“水悦是个聪明人，我坚信这点。”罗捷放下了提防的心，夸奖道，“你过来后，我们公司的设计我就不愁了，我们好好干，下辈子不愁好生活。”

蓝水悦婉转地笑，把脸微微地转向一边，不愿与他对视。

罗捷对她依旧宠溺，当着所有人的面，光明正大地照顾她，不仅给她安排了单人办公室，还给她配专用车，薪水是设计部里最高的，提成是最优厚的，但安排的职位却不是什么主管，这样她无需为团队的杂事操心。并且，他还命保洁员每天早晨清扫她的办公室后，不忘在桌面的玻璃樽里放一支红玫瑰，倘若她扔掉，那就再补上一支。

即便如此，在罗捷的手下干事，蓝水悦还是感到无比痛苦，她整天想着黎景明，惦记他每天的生活和际遇，却无法将思念传递。

自从彦真介入公司，黎景明的日子一天不如一天，工作性质完全是一个设计部的客户经理。不过，是他主动申请这么做的，聪明的男人心里明白，有客户就有机会，等累积到一定程度后，他完全可以抛掉彩纳艺术这个空壳，另起炉灶，开始他一直期待的自由生活。

他整天在市场一线跑，与蓝水悦联手，不断地收买客户，拉拢人心，尽量钻空子做一些轻巧而稳妥的订单，通过关系找好的施工队，收入归于自己的账户里。短短三个月，他所掌握的订单就上千万，按照这进度，不用两年时间，他们就能金蝉脱壳，翻云覆雨了。

为此，他们冒险相见，为庆祝光明的前途，也为缓解彼此按捺不住地思念。

那天晚上，蓝水悦以和文静上街购物为由，半路将文静抛下，躲过罗捷的耳目，搭乘的士去和黎景明约会。在住所见到他的那一刻，蓝水悦奋不顾身地扑进他的怀抱，他将她的头紧紧摁入胸膛，她的脸全埋在他的西服衣襟里，两人犹如经历过生死离别，久久相拥不放，“我感觉有一千年不见了，”蓝水悦感慨地说，“感觉好漫长，这思念的日子真熬人啊。”

“我也是，”黎景明说，“感觉我已深深地陷下去，真的被你完全俘虏了。”

“难道你不愿意吗？”蓝水悦有些埋怨地问。

“当然愿意了，”他把她推开，注视着她的眼睛说，“我还想早日将你这小精灵收入门下呢，让我每天都能见到你，和你在一起。”

“原来希望我当你的女秘书啊？”蓝水悦故意不满地说。

“错了，应该是好太太！”

蓝水悦高兴地笑了，攀上去紧紧抱住他，脑袋靠进他的脖子里，贪婪地吸着他的体温和气息。

那一夜，他们兴奋得无法入睡，两人依偎在晚风习习的阳台上，各自说着童话般的梦想。

“只要你靠近我，”蓝水悦说，“我就能感应到你，信不信？”

“我相信。”他答。

“为什么你就信了？”

“因为我们前世是孪生。”

“不会吧。”

“如果不是这样，怎么会有那么多共同点？怎么能够做同一份设计案，还会这样相爱？”

“是啊……我们对味的东西太多了。”蓝水悦感叹道，“高中到大学追求我的男生无数，偏偏我就是喜欢你，有时我感觉自己就是你身体的一部分，有时自己想到要割舍，或者是失去你，我就忍不住地流泪，试过很多次都这样。”

“我不会轻易地离开你，你对我很重要。”他说，“这可不是针对事业而言。”

“真的?”蓝水悦需要他的肯定。

他点点头，“是我不好，有太多负重，不能全心全意。”

“我不怪你，”蓝水悦为曾经的动摇很惭愧，觉得自己不该去怀疑他，与他有太多计较，她对着天边的一颗星星说，“要是人间没那么多险恶，就好了，此刻到永远，我都不想与你分离，就这样与你到老。”

“我在努力，水悦。”他在她的额前轻吻了一下，“一切会好起来的。”

“是的，我相信。”她的头靠他的肩膀上，心安地闭上眼，静静地享受着有他的时光，祈祷上天，梦不要醒，天不要亮。

谁知天空偏不作美，他们的联手拉拢客户资源被发现了。

一切都源于绍兴楼盘项目的偶遇。本来，这是蓝水悦的一个客户介绍的，她将这资源转给黎景明后，便没对公司承报。却不知为何，罗捷突然间说要去绍兴见客户，非要蓝水悦陪同，说是第一次接触的新客户。

去到该项目开发公司，在门口看到了黎景明的车时，蓝水悦吓了一跳，她不敢吭声，心里祈祷千万别撞上黎景明，否则就露馅了。这时，她急中生智，一下车就抱着肚子蹲在地上轻声呻吟，说自己胃疼，可能是一路颠簸的缘故，现在已疼得受不了，想去医院看看。

罗捷拿她没办法，依旧熄了汽车发动机，“你先忍忍，我进去跟他们打声招呼后，再带你去医院。”然后打开车门就跳下去。

蓝水悦还是不放心，摇下车窗叫住他：“罗捷，我都要疼死了，你就不能先送我去医院吗?”

他回头看她一脸生气，很烦躁地叹气，走到车窗边安抚她说：“你忍忍，就几分钟的事，我打声招呼就回来。”

蓝水悦也不好再强迫，有些不大乐意撇了一下嘴，神色焦虑地看着他。

而就在这时，一伙人从大楼里走出来，黎景明就走在前头，手提电脑包，扭身对公司的几个项目负责人挥手说：“你们别送了，效果图五天后出来，到时候我们再见。”

站在不远处的罗捷看呆了，突然明白过来，用锋利的目光瞪了蓝水悦一眼。

他迎了上去，先满面堆笑地与那几位项目负责人打招呼，然后对黎景明说：“真巧啊，黎总。”

黎景明有些心虚，不过他看上去很镇定，“确实，”他点头承认道，“原本这圈子就很小，偶尔撞车都应当。”

罗捷狡猾地笑笑，早把一切看穿了，他走到车边叫蓝水悦下车，她推辞不肯，他就抓住她的手，硬把人拖下来，“这件事，由你来解释，”他当着黎景明的面说，“你去问问黎总，这单生意我们还有没有份儿!”

蓝水悦被愤怒的罗捷揪痛了，生气地尖叫道：“你放开我！”被硬拖到黎景明面前时，她尴尬至极，故意要脾气不去面对，专注地搓手臂上的伤。

罗捷一副洞察事理的神态，硬逼她解释，黎景明怕她遭委屈，便挺身而出地说：

“如果贵公司很看重这项目，我愿拱手相让，你没必要这样压迫职员。”

“黎总，谢谢你的慷慨，只是我们不稀罕。”罗捷换了一副面目，对他说，“我正在处理家务事，麻烦您不要插手。”

“罗总，得饶人处且饶人。”

“谢谢提醒。”罗捷圆滑地笑，然后对蓝水悦说，“亲爱的，我该送你去医院了，你不是说肚子疼吗？让医生好好地看看，到底都疼在哪里。”

这话让黎景明震惊，刚想阻拦，蓝水悦却使眼色让他别动，乖乖地跟罗捷上车。

两人并排坐在驾驶室里，蓝水悦害怕极了，双手紧紧地拽住自己的皮包，观望他的举动，不知这个阴狠的男人究竟在想什么。

他当然不会带她去医院，而是直接回上海，回到公司里直接将人揪入办公室，非常不客气地给了她一个耳光，她像柔软的柳条一般，倒在沙发上，动都不动一下。

“婊子！”

罗捷的嘴里吐出了这么恶俗的评语，还不解气，再抓住倒在沙发上的她，捏着她的下颌骨说：

“我罗捷一片真心对你，你竟然出卖公司，去跟他暗中勾结!”

“你带走了彩纳艺术多少资源，不用我说你该清楚。”她嘴硬地说，“如今，我们只是在以牙还牙罢了!”

“我们?”他说，“我完全有办法将你送进监狱，让你生不如死！蓝水悦，请你不要挑战我的底线。”他放开了她，用手整理自己的衣着，刮了一下额前的乱发，“从这一刻开始，你将接受公司的监控，最好别再给我耍花招。”

3. 绝望深渊

罗捷对蓝水悦布下层层监控，完全剥夺了她的人身自由。她被迫搬出与文静合租的小屋，住在罗捷特别为她提供的居室里，她的手机和电脑全部被人装了窃听器，她若要外出，必须有人跟随，她所接到的包裹信件，必须要在罗捷的面前打开，以此证明自己的清白。

蓝水悦忍气吞声地接受惩罚，不敢再反抗，因为罗捷威胁她，最好别触怒黎光泽，否则，就黎景明那点能力，他随时都能像摁死一只蚂蚁似的，将黎景明摆平。

彩纳艺术由于财务亏空，在彦真的领导之下快速崩溃，很快就要变成空壳。黎景明暗度陈仓地转移资源，结果，因那场偶遇而败露，他遭到了彦真的制裁，手上的单子全被没收，辛苦三个月积累下的财富就此成空。

在联系不上彼此的日子里，他特别担心蓝水悦的安危。为此，他特意来找文静帮忙，打探她的情况。文静却说自己好几个月没见她了，自从她被罗捷接走后，她们就没联系过。

黎景明很疑惑，她怎么会愿意跟罗捷走，文静也不清楚，总之，蓝水悦什么话都没留下，跟罗捷两人收拾东西后就走了。

没人理解蓝水悦的无奈，身陷绝境的黎景明的希望就此破灭了。他变得很消极，不爱管事，整天就闷在办公室里，两耳不闻窗外事，快快不乐地虚度时光，开始以酒精来麻醉自己。

这一切彦真看在眼里，她知道姚琳希的好机会来了，便邀请她来公司做客。

在无人打搅的办公室里，彦真对姚琳希展示成绩，信心满满地说："现在，你尽可放心地接近他，因为，这只小刺猬的刺儿已被拔得差不多了。"忍不住对自己恰当的形容而自喜。

姚琳希却高兴不起来，"景明的个性我了解，再落寞，他的身上依旧流淌着贵族的血液，黎家人就是敢作敢为，好比他的母亲。"

"怎么？"彦真警觉地问，"听你的这意思是不想要他了？"

"我不知道……"姚琳希摇摇头，心里很乱。

"别想多了，"彦真给她打气，"我能理解你的心情，失望太多，所以就不敢再期望了。可是，真爱总是在千锤百炼之中被鉴别出来的。你这个时候还爱他，这也证明你的爱是纯洁的。"

"可是……"姚琳希欲言又止，她不知该如何对彦真说明自己的情况，模模糊糊地接受了她的安排。或许，在那一刻，她还是希望能在黎景明身上找到寄托，让余生的幸福与他有关。她确实爱他，只是太多的拒绝让人恐慌，从而不敢再去触碰。

彦真以公司接待为由，召黎景明一起去吃饭。数个月不见，姚琳希都有点认不出他了，黎景明瘦了一圈，脸部线条锋利如刀削，胡子凌乱，很是落寞。彦真早分析过，女人的光彩靠男人，男人的精气神靠的是金钱。

黎景明变得异常沉默，在宴席上孤独地喝酒，不与任何人邀杯或者攀谈，姚琳希坐在他身边，为他夹菜，替他接受劝酒和回敬，为他说话，而他却显得无动于衷，沉浸在自我的世界里，不想喝酒，便不打一声招呼地黯然离席。

姚琳希追他出去，在酒店大厅跟上他，陪他默默地往外走。

出了酒店，她问他去哪里，打算怎么走，他没理会她，只是沿着大马路不停迈步，姚琳希紧追着不放，两人沉默无言地走了好长的路。

看到路边有一家咖啡馆，姚琳希提议进去坐坐。黎景明没同意，低头继续往前走，姚琳希在身后大声喊："景明！"他愣住了，停住了脚步，她赶紧跑到他面前，双手扶住他的双肩说："你振作起来，好么？商场有赔有赚，人不可能一直赢。"

"你回去吧。"他淡淡地说，"别管我了。"

"不，你这个样子不对劲，"姚琳希难过地说，"你不能就这样消沉下去，你必须站起来。"

"我挺好的，你不用担心。"

“我想帮帮你，我不愿看你这个样子。”

“不用了，琳希。”他断然拒绝，“谁也帮不了我，我也不需要什么帮助。”

“难道你就想这样倒下去?”

“我还能怎么样?”他自嘲地哼了一下。

“其实你完全可以不沦落到这步田地的。”

“确实，可是那样的交易我不愿意。”他很果决地说，“那不值得。琳希，就好比你来到这里，非常不值得。”

“你真的不会再接受我吗?”

“当年我还是黎家少爷时，我以为自己有资格拥有你，如今我就像一条丧家犬，就不再值得你收留。”

“可是我爱你，不管你变成什么，我都愿意跟着你!”她急忙大声说，眼睛湿了。

他默默地望着姚琳希脸上的眼泪，心头不免一阵闷痛，可是却不曾妥协。“可是，我不愿成为我的父亲周志和一样的人。”他坚定地说，毫不犹豫地扭头而去，大步走进夜风犀利的街巷深处，很快在灯火阑珊处消失。

被黎景明抛弃在街头的姚琳希难过极了，蹲在原地放声哭泣，她知道，这份爱情已没了转机，彻底完了。

记得当年他俩感情还完好无损时，黎景明就发誓不做豪门的上门女婿，一辈子屈就于人，像他的父亲那样，畏畏缩缩做人。因此他要奋发图强，一定要变得有钱之后，才会跟她结婚，今后一定要让他的子孙姓周，而不是黎或者其他。

这个桀骜的男子确实做到了，五年时间让彩纳艺术风生水起。而今他溃不成军，显然这时局与他当初的预想背道而驰。姚琳希想到此，恨死了自己，她怎么就忘了他曾说过的话，忘了他有怎么样一颗桀骜不驯的灵魂，即使坠落于一介微尘，仍旧难以屈服他本质中的骄傲。

姚琳希彻底绝望了，跑到酒吧去买醉，一边喝一边打电话找人倾诉，希望这种发泄方式能让她暂时忘掉痛苦。

就在她喝到烂醉如泥、趴在酒桌上无法动弹时，蓝海森出现于她面前，沉默无言地拿掉她手里的酒杯，把人抱走。她没反抗，像个急需要保护的小女孩，乖乖地搂着他的脖子，脑袋枕在他的脖子处，早就忘了他们年龄的差距，感觉他向大树一样挺拔伟岸，可以让她这只受伤的小鸟永生依靠。

4. 无力的抗争

那夜买醉之后，姚琳希与蓝海森重归于好，爱情急剧升温，两人不再偷偷往来，并一起去日本游玩，亲戚朋友们得知此事，一个个面面相觑，咋舌无语。

蓝水悦在罗捷的高度监视下生不如死，她日夜思念黎景明，偷偷给他写信，通过文静进行传递。那段时间，文静成了他们感情的联络员，每次文静来找她玩，都会悄悄将黎景明的信塞到她的皮包里，然后，蓝水悦就把回信藏在她送文静的礼物里。

是爱情，一度让这对男女获得了坚持的力量。在文静的帮助下，他们总算有了见面的机会，就在熙熙攘攘的淮海路步行街。

蓝水悦在约好的地点等着，焦急地盼望着对方快出现。看到黎景明在人群中闪现，转进一家法国餐厅，她连周围都忘了巡视，便不顾一切地追他而去，就怕他是昙花一现，瞬间不见。

他们在餐厅最隐秘的角落相遇，紧紧地相拥在一起，黎景明的脸全埋在她的发丝里，激动得不知该说什么好。他不知道这世界到底怎么了，和平年代，怎么还会有这么艰辛的相爱。蓝水悦却安慰他说："我已完成800万的订单了，很快就自由了。"

"你在那边还好吗?"黎景明担忧地说，"实在不行，你就别回去了，我想办法找钱来把那些学费补上。"

"你别去找黎光泽，他只会借机抢劫!"蓝水悦急忙提醒他，"罗捷说的，他就是想逼你上钩，只要你有求于他，肯定不会便宜了你。"

"我知道……"黎景明为难地说，"只是我怕你受委屈。"

"罗捷只是监视我，他不敢对我怎么样。"蓝水悦说，"他也担心我会罢工，现在公司的设计全靠我了。"

"我就知道，你去那边肯定会成为顶梁柱。"

蓝水悦给出了一个灿烂的笑容，"我喜欢你这句赞美。"

这时候，文静从外面进来，打断他们的谈话，焦急地说："水悦，我们得走了，刚才罗捷打电话来问我们在哪里呢。"

黎景明也焦急地站起来，蓝水悦恋恋不舍地望着他，临走时又很留恋地跑回去与他拥抱。听到黎景明说"保重"时，她哭了，说什么都不肯放手。这让文静好为难。黎景明便狠心将她推开，头也不回地消失在人海里。

那一刻，他看到了自己的无能，家产事业是负担，让人身不由己，这大半生面对自己想要的、喜爱的，都因顾于大局，不敢轻易决断。就仿佛他的父亲，为了公司和事业，面对族人的冷眼和嘲讽竟然还能拱手作揖，以笑和解。突然间，他烦透了身上所谓的使命，厌倦了母亲遗留给他的血脉，他想的不是所谓的重振家业，而是为一个人遮风避雨，执戟侍卫，为她奉献出彩霞般的初心。

那次短暂会面激起的觉悟，让黎景明有了放弃的心。他再也没去公司上班，也不工作，手机永远处于关机状态。他对彩纳艺术不理不管，任由彦真去败坏。

他想开始自己的暗暗转型，去寻找新的商机。

然而，有人却不肯放过他。那日，有个陌生男人上门传信，说他的一位朋友求见，正在小区对面的咖啡馆里等，递出一封信，便匆匆离去。

黎景明拆开一看，上面简短地写着：我有些当年你父亲遗留下的话，需要向你转告，希望你愿意见我一面。沈雅。

这位客人特殊而重要，不可怠慢，黎景明当即赴会。在约定的地点见到沈雅，发现她比上次的脸色还差，黑眼圈呈紫红色，面色蜡黄，仿佛一个病入膏肓的老妇人，完全看不出她只有三十八岁。

她告诉黎景明自己刚进行了一场手术，昨天出院，一切感觉还算好。然后她从自己的皮包里拿出一份名单，递给他过目，“这些是他要送答谢礼的名单，”她说，“为何你当初无法贷款，都因为这些人已被他买通了。”

这种事虽不新鲜，黎景明还是不免惊讶，眼珠子微微瞪大了。

沈雅无力地叹息，“龙老大也是他牵线的，包括那澳门项目，早你一步已接洽上了。光泽就是咽不下去那口气，他一直觉得彩纳艺术是他的。”

“我清楚他的心思，”黎景明说，“而今我也想通了，他想要，那就拿去吧。”

“你不要这么想，景明，如果这家公司值得相送，当初你的外祖母就不会顶着那么大的压力，硬压住他们的口舌，把彩纳艺术给你，我也不会抱病来到这里，跟你说这么多。景明，你当时还小，很多事不懂，这家公司不仅仅是你父亲的遗产，还是你母亲的命脉，她呕心沥血地经营这家公司，就是为了给你留着。”

“这有什么意义呢。”黎景明茫然地笑。

“这个世界，很多事情原本没有意义，包括感情。”沈雅说，“你父亲和我关系不错，我知道这家公司对他们的重要性。可以说，他们的精神和灵魂都在里边了。”

虽然，黎景明不能完全体会沈雅话中的含义，不过，多少得到了些鼓舞。他那颗堕落的心开始在思考，犹豫在“要悬崖勒马还是顺手放绳”之间。

然而，此次对黎景明说出心底话后，沈雅对黎光泽彻底失望了，亦不愿在这婚姻的空壳里，为了那华而不实的名誉，再让这个男人胡作非为下去。

她把律师请到家中，说明自己的意图，除了法庭上，她不愿再见这个男人。其实，结婚十余年，他们同居的时间未过半，沈雅一直是个体弱多病的女人，婚后没几年，她就难以履行妻子的义务，两人基本分开过，互不干扰，除非一些重大活动需要他们同时出现，才会在人前假扮夫妻。

黎光泽在住所里接见了沈雅的律师，快速浏览了离婚协议后，他抬了抬眉毛，对律师说："协议您请带回吧，我觉得，这件事我与她当面解决比较好。"

"可是……"律师为难了，"黎太太事先交代过，她不愿见您。"

"她的心情我能理解，"黎光泽圆滑地说，"协议我留下，不为难你们，麻烦您代我向她问好，改天我会找她细谈。"

律师走后，在背后监视这一切的彦真再也坐不住了，当即跑出来质问黎光泽："怎么，你反悔了？"

"这不是反悔，"他心里有数地说，"这叫谨慎。"

"哼，我看你是不舍得沈家的门脸吧。"彦真一针见血地说。

这话让黎光泽羞赧，他冷冷地白眼她，"你懂什么，关键时刻她这么做，分明是想与我撇清关系，然后背后好做手脚。"

"谁那么大胆，敢动你黎光泽的手脚哟！"彦真很不开心地说风凉话，"我看你是留恋她沈家的好门脸，生怕没那些大舅子撑腰，今后不好伸展腿脚罢了。我知道，我爸就一个跑龙套的包工头，比不上她沈家霸业。"

"哎呀，你又来了。"黎光泽不耐烦地打住她。

“我怎么了？”彦真跟他吵，“对，我傻，偏偏看上你黎光泽！我老实告诉你，你不要让我等得太久，我都三十三岁了，可再没时间陪你玩！”

“好好好，我知道，”黎光泽从身后搂住她，耐心地哄，“现在是非常时刻，不适合办这种事，你再忍忍，少说也要等我们把彩纳艺术并购了再说。”

这理由算是将彦真的火气压下去了，但她还是不开心，撅着嘴赌气，黎光泽又说了些好话哄她，她才算舒心。

她是一心要嫁给他的，岂能放过他的一丝犹豫，为了安全起见，她私下约见了沈雅的律师，希望能通过收买人心，加速他们的离婚进度。律师却告诉她，问题不在沈雅身上，而是黎光泽不愿签字。

对此，彦真再无法保持沉默，一见到黎光泽就大发雷霆，哪怕是在公司里。黎光泽把这个女人拖进办公室，本想狠狠地教训她，不想彦真的气焰却高过了他，指着他说：“黎光泽，我警告你，要是今年不离婚，我就将你那些丑行全捅出去！”

黎光泽急忙抓住她的手指，摁下来，“你这是在干什么，不问青红皂白就放大话，谁说我不想离婚？现在泰国公司刚起步，上海这边的公司入不敷出，现在哪里有钱付她的损失费啊。再说，并购彩纳艺术的时候万一有个闪失，我不找沈家，难道去找你的父亲？”

门第等级一度让彦真抬不起头。这次同样，她深知自己并非出于豪门，母亲与姚琳希家也只是远亲关系，万一有事，姚家也不会赴汤蹈火。面对黎光泽摆出的理由，她深受其辱，忍了又忍，全盘接受了他的计划。

“快了，你表弟这个空壳公司撑不了多久的。”她扔下这句话，灰溜溜地推门出去，在心里暗暗希望，她所等待的这个男人能从中得到提示，别让她等得太久。

第十一章

1. 弹　劾

姚琳希与蓝海森从日本回到家里，刚进门，就被姚母领进书房训斥，盘问她这些天都和谁在一起。她谎称只是一个普通朋友。不想，姚母什么都知道了，就连他的名字和年龄都精准不二地一一道出。

“小琳，你不要忘了你的身份，”姚母气愤地用戒尺狠敲桌子，“你是姚家的小姐，是个有头有脸的人，不该与这种男人为伍！而且，你能保证他看上的不是你的姿色和家产吗？”

眼看骗不过母亲，姚琳希便当面承认，但她并不接受母亲的评价，“我从不以自己是姚家人为荣，”她说，“你们一定要我嫁得门户当对，一定要我嫁得风风光光，结果呢，景明他不要我，现在他也败了，爸爸肯定不答应。如果你们非要我嫁给那个花花大少，我宁可现在就死在你面前！”

“小琳！”姚母生气急了，“我们这样做都是为你好。”

“我只和与我有感情的人结婚。”姚琳希发誓道。

“你不要犟，小琳。”姚母厉声喝道，“下周就给我订婚，你这闺女真是无法无天了！”

“我绝不！”她生气地大步迈出书房，正巧撞上彦真，连礼节也不顾了，匆匆跑开。

姚母心肺不好，气得直咳嗽。

彦真受姚母委托，前来劝姚琳希，生怕她想不开。

在后花园里找到姚琳希，她正坐在藤椅上，面朝那一盆盆枝繁叶茂的铃兰无声地流泪。彦真走到她身边，顺着她的目光看了看那些铃兰，便知道她的心里在想什么。“这个时候你应该守在景明的身边，”彦真说，“而不是和一个其貌不扬的男生去旅行。”

“我和景明不可能了。”她木讷地说，“我们相识十年，缘分到头了。他不再爱我，不管是在什么状态之下。”

“男人总有被打动的时候。”

“他不是你所认识的男人。”

“说句心里话，你不该和那样的男生在一起，这简直是在糟蹋你自己啊。”

“那我能和谁在一起，”她扭头质问她，“你说，谁会来爱我？”

“你不要糟践自己，不要放低对自己的要求。”

“我不觉得。”她狡辩道，“至少我们还有爱情。”

“你太感性了，容易被爱情蒙蔽！”

“那你呢，你和我又有什么区别？”她反驳道，“为了那男人，你什么都肯做。你把黎景明毁了，可是恰恰相反，我还是什么也得不到。”她激动地吼起来，“你这些听明白了吗，我什么都没有了，他永远都不会接受我，就因为我是姚家小姐！”

彦真深深叹气，矫正她的想法说：“商场输赢，这跟我没直接关系。”

“你还想推卸责任吗？我亲爱的表姐！”

“住口！”彦真慌了，“不许你胡说八道，否则你也难逃干系！”

姚琳希承认自己的错，她也不希望有一天被黎景明憎恨，于是软下语气来，哀求彦真：“表姐，收手吧，把人家的东西还回去。”

“你说什么？”她鄙夷地冷笑，“不可能，现在已太迟了。”她直摇头，不停地说“不可能”，像疯了似的。

姚琳希的心全冷了，她不知该如何面对这摊乱局，也不知该如何在父母面前，坚持自己想要的爱情。而就在那一刻，她感觉自己失败极了，看似自己出身名门，应有尽有，其实一无所有。

姚家不顾姚琳希的感受，私下与香港巨富付家的孙子定亲，双方所下的聘金轰动媒体。

蓝海森从报纸看到这则消息时，将信将疑，怎么都不能接受。刚经历过甜蜜浪漫的旅行，曾与他在游艇上，在酒店的游泳池里，在无人海滨的沙滩上彼此交换身体体液的女人，回上海不到一周，怎么就会与香港富豪定亲?!

他打电话给她，想要核实消息，可是她的电话已打不通。

公司的人都说没见过她，大家都认为她现在应该在家里，为下周的订婚礼而忙碌。

勇敢的年轻人跑到姚家去找人，被一次次地劝阻。他仍不服气，在围墙外呼喊她的名字，结果却是被警察带走。

蓝海森再也找不回爱人，姚琳希也不会再见他，越是美好的爱情就越容易破碎，在她的心里，他不过是用来忘掉黎景明的一杯苦酒，酒醒了，痛散了，她又将变成曾经的、那个为爱疯狂的女子。

姚琳希答应了家里安排的亲事，并将自己收拾干净，飞到香港与付家公子会面。在临行前，她要求父母安排黎景明与她见面，算是把最后的话说完。

为了让女儿死心，姚母照办了，并设法说服黎景明一定要来。

接到姚母邀请那天，黎景明做了一件非常激奋的事。在去集团参加公司经营会议时，他当着集团董事和各大经理人的面，公布了本季度的公司财务报表，直指彦真的管理问题和财务政策上的失误，并大胆提出，如果公司再按这样的模式去管理，那么他只好提前卖掉自己的股份，让公司彻底崩盘。

由于证据确凿，股东和董事都对此高度重视，经营会后，再就彩纳艺术的管理问题召开会议。经商讨决定，再聘其他经理人，在新的经理人未到位之前，返聘黎景明担任临时总经理。彦真在此会议上风头丧尽，颜面大失，退居行政版块，不再监控财务。

此次成功弹劾，让黎景明不免人心大快。黎光泽则又警惕三分，这是他万万没想到的，平时看黎景明一天不如一天地在衰败，没想到他却在背后养精蓄锐，在恰到好处时奋力反击。同时，通过这事，黎光泽也开始对彦真的能力质疑，指责她目光短浅，战略有误。为此，他们不顾情面地大吵了一架。彦真非常生气，再加上他不肯离婚的缘故，以从来没有过的激烈态度与他对抗，最后，猛地摔门而去。黎光泽没空去理会她，打电话给罗捷，让他提高警惕，小心自己的人才和客户。

彦真的势力被削弱，黎景明重掌“彩纳艺术”，他对公司重建充满了信心，一心想与蓝水悦分享内心的喜悦，却把姚家的邀请抛在脑后。

他让文静给蓝水悦带信，告诉她自由的风已从远方吹来，再不久，他就有办法解除黎光泽对她的控制。

可他没料到，罗捷已在暗中捣毁黎景明的市场，抢夺他的业务资源，而且，以蓝水悦的设计为拿手好牌，提早抢走了不少客户。

当然，罗捷想要抢走的还有蓝水悦的心。他天天逼问她，何时愿意结婚。她很清楚，这并非是因为爱，只是为了满足得到的快感。可是，他那温柔而甜蜜的进攻实在令她烦恼，每天她要在他布置好玫瑰花的办公室里工作，不管去哪里，都由他陪同，大事小事都要向他汇报并由他决定。

他用尽心思，让她的世界里只有他，他势必要得到她，否则，就将她毁掉。那天，他们去洽谈一个项目归来，在车里，罗捷很突然，也很直接地问："什么时候嫁给我?"

蓝水悦没看他一眼，很生硬地答："永远都不会。"

罗捷却无所谓地笑。

"你何时会放了我?"蓝水悦反问他。

他则复制了她的回答说："永远都不会。"

两个人被工作这样捆绑着，没有感情，却整天形影不离，双进双出。几乎每天罗捷都会挟持蓝水悦和他出去见客户，有一次，他带她去见客户，不想却来到曾开发过盛天城的那家公司。

蓝水悦当即警醒，认为他肯定又在暗中捣鬼，便执意不进去，"我有做人的原则，"她说，"哪怕扣薪水，我也绝不进去。"

"你不要意气用事，"罗捷说，"交易市场，本没规定谁就是谁的，今天是朋友，明天是敌人，这种事很正常。"

"算你说得没错，"蓝水悦还是不肯接受，"但是，这单生意我做不了，没那能力。"

罗捷却一把揪住她，硬往里拉，并在她耳边提醒道："把这单搞砸了，我俩都要去喝西北风。"

那一刻，蓝水悦算是明白了，或许，她的一举一动都被黎光泽监视着，任何事都由不得她愿与不愿，唯有执行，如果做得不好，罗捷也要承担连带责任。

如今，她就是一个傀儡，是对付黎景明的武器。

2. 宿命的沉沦

求见黎景明未果，这次的姚琳希不哭不闹，出人意料的安静，毫无反抗地接受家里的安排。

姚母身体不适，便让自己的妹妹陪同女儿去香港，临行时再三叮嘱注意事项，让妹妹多加警惕，别让她干傻事。

出发那天早晨，阳光出奇的灿烂，柔柔的阳光照在姚琳希的身上，映出一种死一样的白色，再喜庆的颜色，都无法温暖她麻木僵硬的神情。

在姚母的目送下，她乖乖地上车，任由小姨将她带到远方，将她当成一份诱人的菜肴端给另一个陌生男人，以此结束她一世的念想。

女儿麻木的表现让姚母满意，同时心生怜爱，车启动后，她挥手让司机摇下车窗，探头进去对自己的女儿说：“小琳，祝福你旅途愉快，不用急着回来，多在香港玩几天。”

“谢谢你，妈妈。”她冷冷地说。

姚母听不出她话里的憎恨，反而热泪盈眶起来，并祝福女儿一帆风顺，到了香港就给家里打电话。

没人会想到，有人已在背后做足准备，打算半路拦截，挟人逃跑，这连姚琳希也毫不知情。

就在她的车开上机场高速不久，突然发现有辆车在身后穷追不舍，司机没多想，便减速先让对方超车。然而，这辆车往前飞驰了两分钟后，突然横着停下来，司机眼疾手快赶紧急刹车，把姚琳希震得前俯后仰。小姨更是吓得不行，放声质问是哪个亡命徒。

错乱之中，姚琳希才发现那是自己送给蓝海森的车，蓝海森此时已从驾驶室下来，往自己跑来，伸开双臂拦在车前。

“我需要见姚小姐一面，”他挥手着手势说，“麻烦请她出来。”

眼前这一切令小姨愣住了，她刚想出去扫清障碍，姚琳希却把她拖住，“让我去吧！”

小姨惊呆了，“你们认识?”

姚琳希默认，缓缓下车。

她料不到他会这么做，与他面对面时，她有种想扑上去狠狠地捶打他的肩膀痛快哭一场的冲动。可她不能够，因为有人在身后，也因为，她已做了去香港的决定。

见到自己思念已久的人，蓝海森的眼睛湿了，唯有自己知道，这场相见是多么惊险，多么不易，在她面前，之前想好的千言万语都化作只想流泪的悲酸。

她先开口了。“你何必这样，”她责怪地说，“假若刚才不是司机驾驶经验丰富，肯定要出人命了。”

“我管不了那么多，”年少轻狂的蓝海森说，“我只想见你，无论如何，都要见到你。”

“你太傻了。”她感到愧对。

“是的，我很傻很笨，你不接电话，也不回信息，我依然放不下你。”

姚琳希无言以对，愧疚地低下头。

他走上前，伸手握住她的双手说："跟我走好吗，我会好好努力，给你好生活。"

一瞬间，她身不由己地心潮澎湃，当即喜笑颜开。这男孩太天真，太单纯，自己说什么都不能再欺骗他。

她的笑让蓝海森看到了希望，兴奋地问："你答应了，是吗，太好了！"

却在这时，姚琳希挣开他的手，固执地把脸别过去。

蓝海森惊愕，愣愣地听她说："海森，原谅我不敢与你道别，因为，我知道你的爱是真诚的。我终归要去香港，完成我的使命。或许，你不曾想到，我们这些大小姐，与生俱来的不是高贵和金钱，而是被规划好的命运。爱情对于我们来说，是多余的，是累赘，当初我与景明抵抗家里的反对时，我就悟出了这个道理。"

"不，不是这样的，自由全靠自己争取，"蓝海森急于矫正她的想法，"只要你还相信爱，现在我就带你去寻找，我都计划好了，我们可以去北京、广州，去中国的任何一个城市，我可以出去工作，养活你。只要你相信我。"

"海森，你还太年轻了。"她婉转地笑，"还没把生活看明白。"

"为了你，我愿意这么做，辛苦也不怕！"

姚琳希只是笑，笑得想哭，"你走吧，"她低下头恳求道，"我要上路了。"说着她转身而去，动作迅速地上车，把蓝海森抛在那里。

"琳希……"蓝海森不停地呼喊她，希望能再次说服她，能与他相爱、厮守，做他一生的新娘。

她还是走了。飞机越过蓝海森的头顶时，他双手抱头痛哭，非常地埋怨自己。其实，他也辨不清究竟该埋怨什么。原本，他们就是天空两朵形态各异的云，有缘相遇、交集，发生过电闪雷鸣，凝结过绵绵细雨，但最终还是要各自上路，回到自己的归属地。

蓝海森明白她的话意，他原本就是个孑然一身的小职员，而她，注定是姚家稳固商业地位的棋子，再多的抗拒，也摆脱不了洪水覆舟一般势不可挡的宿命沉沦。

3. 狭路相逢

黎景明不愧商业俊才，其经营能力令人惊叹，他代理彩纳艺术 CEO 一职不久，公司在短短的一个月内订单就有所攀升。

这让黎光泽忧心忡忡。同时，他的焦虑和不信任大伤彦真的感情，彦真态度也开始恶劣起来。在情人面前开始失去信任，在彩纳艺术暂时也无法夺回 CEO 职位，这让彦真愤怒万分，她决定不顾时机成熟与否，拿出杀手锏，在公司股权分配上做手脚。

彦真是金融方面的行家，对公司股权运作非常在行，当然，这也是彩纳艺术最终走向破产的罪魁祸首。可是，当时的黎景明并不警醒，因为他的强项是在业务维护和品牌建设方面，很有战略眼光地连续参加了几个大型竞标会，奠定这个其实已虚弱不已的彩纳艺术的无形品牌实力，公司在很短的时间内取得了一定业绩。

不过，他的竞争对手已在背后做好了进攻准备，并在竞标会上狭路相逢。

蓝水悦将终生难忘那次竞标。那天，她和罗捷进入竞标会场，一眼就看到黎景明坐在那儿，心里不禁咯噔了一下，心想："这下完蛋了。"当场就想逃避，找借口说上洗手间。

罗捷早把她的心思看穿，有些不情愿地答应了，并命她快点到位，使眼色叫她别耍花招。

待她回来时，发现罗捷竟然坐到黎景明的正对面，这当然是罗捷故意的。两人亲切交谈，仿佛他们不仅是老相识，而且如今的关系还不错。

蓝水悦别无选择，只好硬着头皮坐在罗捷身边。她难堪极了，爱人就在面前，自己却以敌人的身份出现。

她不希望黎景明此时失利，但罗捷时刻以用眼神警告她，别动了私心。

前来竞标的公司有二十多家，论品牌和实力，当然不是黎景明的对手，而罗捷有信心用蓝水悦打败他。

抽签时，黎景明排在他们前面讲解 PPT，这更让罗捷有了胜券在握的得意，他凑到蓝水悦耳边说："你把他们的优势都记下来，不管是价格还是工期，都要略胜一筹。我会想办法。"

蓝水悦斜眼瞪他一下，没说什么，心情变得紧张起来，上气不接下气，轮到自己上台时，她感觉大脑全被腾空了，双脚像棉花一样软，事后基本都想不起自己是怎么走上去的了。

或许，并非她故意想搞砸这件事，只是罗捷对她的期望太高，自己对黎景明的愧疚太深。在讲解时，她说话吞吞吐吐，一味地摁激光笔，不断地翻页，数十页的幻灯片很快就到了最后一页，于是她羞涩地说了声谢谢，傻气地鞠躬，其实是希望罗捷能原谅她。

这时，罗捷飞快上台接过她手里的激光笔，郑重道歉，希望能给他十分钟的时间做补充。然后他再把 PPT 从头播放一遍，细细讲解，他的精彩演讲吸引了会场所有的目光。唯有黎景明注意到蓝水悦回到位置上后，无力地伏在腿上，不敢抬头，像生病了似的。

竞标会结束，一出会场，罗捷就忍不住满腹的火气，责备蓝水悦敌我不分，吃里爬外，扬言要扣她这个月的薪水作为责罚。蓝水悦没妥协，放声跟他吵架，骂他是叛徒，责怪他忘恩负义，还要恩将仇报地拿她去伤害别人。“我再也不为你干事了，”她厉声说，“大不了上法庭，我再不怕你们了，你敢控告我，我也有理反驳你们！”

罗捷却一把揪住她的手，用阴狠的眼神瞪她，威胁道：“快给我闭嘴！”便冲上前用手捂住她的嘴，连拖带扯地把人弄上车，任由她挣扎，都不曾心软。

其实，他们时常这样吵架，就像冤家一般动口又动手。罗捷不再对她行君子之风，因为他知道她不爱他，她也不曾对他示弱，为了出气，甚至不顾淑女形象，拼命挣扎，就是不愿再跟他走。

这时，黎景明恰巧从楼道里出来，听到蓝水悦的声音从停车场深处传来，便警惕地跑过去。看到罗捷正对蓝水悦动粗，便冲过去猛给了罗捷一拳。蓝水悦趁机脱身。黎景明拉着蓝水悦开车就走。

车开到外面路口，发现罗捷的车正追来，黎景明赶紧打方向盘，拐小路逃离。在巷子里兜了许久，从城南上高速路，一直往杭州方向开。可是，不一会，罗捷的车又出现了，他以箭一般的速度往前赶，不停地超车，犹如一条巨龙，张开凶残大嘴，要以最邪恶的气势将他们吞灭。

这时，蓝水悦紧张地大喊：“我的天啊，他疯了！”黎景明也跟着变得紧张起来，不知采取什么办法才能终止这场较量，显然罗捷不想输给他，更不愿在蓝水悦的面前认输。

两辆车以死亡的速度你追我赶，罗捷的车已经在追到身后。

蓝水悦问黎景明怎么办，他说：“你保持镇定，不要慌，我要加速了！”说着他狠踩油门，蓝水悦能感觉到车像火箭一样飞出去。

而就在这时，一辆车从后面冲上来，一下就插入他们中间。黎景明不禁快速打方向盘右靠，他担心这是罗捷的援军，为专门制造事故而来，不想罗捷的车仍然加足了马力挤了过来。

蓝水悦吓得大声尖叫：“难道他要把我们撞了才甘心吗？这个疯子，他简直不要命了！”黎景明急忙打转方向盘，甩开他的追击。

两辆车较劲了不知多久，黎景明都有些累了。他决定改变策略，在超越一辆车时，来了个完美飘移，溜到了该车的前面。罗捷照样想挤过来，而就在一刻，他的整个车突然失去了平衡，像落叶一般失控地飘了起来，一头撞在公路旁的防护栏上。

4. 告　白

这场车祸，仅让罗捷折断了右手。从重症监护室转入普通病房后，罗捷要求见蓝水悦一面。

在文静的劝说下，蓝水悦同意去医院看望，还带去一束百合，将花插入瓶中时，她说："白色的花朵能净化人的心灵。"

罗捷麻木地躺在床上，眼睛随着蓝水悦转动，浑身僵硬，他的手臂折断了，头部被严重撞击，幸好抢救及时，大脑中枢神经未死，整个人尚有痊愈的可能，只是需要时间和运气。

蓝水悦坐到他面前，并不为他这样的下场感到庆幸，心情非常沉重，她注视着他眼睛说："恶有恶报，善有善果，罗捷，你该醒过来了。"

"游戏还在继续，"他颤抖着，艰难地吐字，"这趟车，停不下来了。水悦，请你快点归队。"

"我不会再回公司。"蓝水悦很坚决。

"他，"罗捷皮笑肉不笑地说，"就快完了。"

"你吓唬不了我。"她发誓道。

"我说的是实话。"罗捷很诚恳地劝。

确实，彦真经过充分的准备后，将彩纳艺术推上了募资市场。在董事会上，她花了半小时对议员们分析这家公司进行上市募资的必要性，一针见血地抨击公司这么多年仍处于股权单一的状态，导致公司难以壮大，这是绝对的失误。

她拿当年周志和的失败，以及前不久的高利贷事件举例，惹得议员们纷纷交头接耳。对此，黎景明无话辩驳，那场高利贷确实是他的错，错就错在他太单纯，没想到自己的兄弟会下毒手。可是，要他面对公司股权结构再增加一些虎视眈眈的人进来，他是很抵制的。

在关键的时候，他起身反驳了彦真的想法，理由是公司尚未从她引起的财务亏空里走出来，暂时不适合融资。如果要走这条路，须等到门户清理干净，公司有良好的业绩变现之后。

这下，彦真可是大伤自尊，很失礼地站起来与黎景明对峙："公司管理造成亏损，你也有责任！就因为现在公司继续资金运作，所以，才需要融资。"

"彩纳艺术现在家徒四壁，"他毫不让步地说，"我看，愿意投资的不是劫匪就是白眼狼。"

"你！"彦真气得脸色发青，"请你注意你的修辞！"

"彦总监，我很佩服你的高明之见，"他说，"融资是把双刃剑，有利有弊，我虽然不如你金融出身，但多少知道一点，如今的彩纳艺术，与其说是靠募资解决企业资金困难，不如说你想借增股、配股来更换朝野。"

彦真的企图似乎全被黎景明看穿了，她心虚起来，不敢再与他直接交锋，而是鼓动董事会和彩纳艺术的三位原始股东就此问题展开讨论。三次会议下来，以过半票通过，同意将公司推上资本市场。这让彦真有了一种打了胜仗的快感。

黎景明说不服众人，也拿不出更有利的证据反对，导致他从此失去了话语权。很快，他也失去了CEO的宝座，集团已为公司选定了一位海归职业经理人，下个星期任职，他只能作为一个股东退居二线。

会议决策下达那天，彦真又和黎光泽飞台湾的温泉度假山庄庆功，两人尽兴地玩了三天。

黎景明的心情一落千丈，即使与蓝水悦通电话，声音也变得力不从心。

敏感的蓝水悦察觉到异样，便主动来住所看望他，给他烧了莲子汤，送进书房，轻轻放在桌上。他便抓住她的手，神情满是惆怅，有话想说，却欲言又止。蓝水悦看出他有心事，默默地陪着他，然后说："凡事都有好坏两面，不管怎么选择，都不是最好和最坏的，想开就行了。"

他慨叹："你已经变得懂得拿大道理安慰人了。"

蓝水悦羞涩笑，其实很喜欢他这句表扬。

"我们认识有两年多了吧。"他问。

"两年四个月零三天。"她记得很清楚。

"对，那时是夏天，荷花刚盛开。"他叹，"这两年来，你走过了我的风雨，我见证了你的美丽，不知不觉，我才发现自己始终忽略了一件关键且重要的事，那就是给你一个正名。"

"正名？"蓝水悦有点懵。

“我该郑重地问你，是否愿意做我的妻子。”

蓝水悦顿时雀跃，又觉得自己该矜持点，硬咬着嘴唇不好意思表达。

可是，不待她回答，黎景明又说：“可我没给你买戒指，你会不会恨我？”

“怎么会呢？我从来都没有催促过你。”蓝水悦开明地说，“爱情是自愿的，你愿意娶我，我愿嫁给你，一切本是自然而然的事，我为爱而结婚，从不想只为结婚而结婚。也不想向我妈那样，就是担心自己老了，随便嫁给我父亲。”

黎景明心里舒坦了些，但，面前的女孩表现得越完美，他就越内疚，他不想说自己一无所有了，你还会爱我吗，还愿意跟随我生生世世吗？

只有懦弱无能的男人才会乞求女人的原谅，用自己的最悲哀的部分去俘获女人的怜悯，借此获得懒惰的借口。他不会说出口，即使自己将面临事业上最大的重挫。假如他以后穷如乞丐，更不会绑架这个女孩，要她陪他辛苦一辈子。

香港。

姚琳希的一切全部由小姨安排。

她与花花公子付家豪在一家五星酒店的西餐厅里会面。付家豪三十有二，到了家里认为早该成家了的年纪，或许是缘于对富家小姐的尊重，他对这见面非常重视，穿了全白的礼服，并带来一大束黄玫瑰。

而姚琳希只是随意打扮，穿印花及膝裙和罗马凉鞋，头发披散，施很淡的粉，唯独口红娇艳，仿佛熟透的桃子挂在脸上。

起初，小姨对她这打扮很反对，非要带她去专业的造型工作室去打理一番，她犟着不肯，就想这样奇装异服地上阵，恨不得凭此将人吓跑，闹得小姨对这次相亲没了底气，悄悄念起了“上帝保佑”。

两人见面，姚琳希的表现更加怪癖，疯言疯语，言行怪异。她说：

“我喜欢蓝色，很讨厌谁穿得一身苍白。”于是那花花公子便不由地看自己一眼。“我喜欢木质香水，而不是这种俗气的龙骨香水，”他则笑了笑，沉默地继续听。“我不是淑女，别指望我像你所认识的那些女人一样搔首弄姿，”他微笑着点点头。“我对感情有要求，如果对方无法忠诚，那么，我将永远不会付出感情。”他只是笑，用一种非常绅士的语调说：

“可见姚小姐是个很独特的人，对生活很有追求。听说小姐还会绘画和钢琴，哪天有空移尊到我家里弹一曲？我可以邀请朋友来跳舞。”

小姨说连声说：“好，好好。”

姚琳希却傲慢地说：“早就荒废了，那是小女孩才做的事。”

“那……”付家豪文质彬彬地问，“敢问小姐你现在都在做什么？”

“和你干着同样的事。”姚琳希连分寸都不顾了。

付家豪依旧微笑，自悟地说：“没错，我们年纪差不了几岁，算是同辈人。”

“今后也如此，”她说，“你怎么做，我就怎么做，两不相欠！”

这话有几分威胁的意味，小姨吓坏了，她赶紧向付家豪道歉：“哎呀，我想我家小姐肯定是累坏了，您可别介意啊。”

付家豪却对她兴致勃勃，“我很欣赏姚小姐是直爽的人。”

姚琳希桀骜地笑了笑，像是很得意似的。

小姨头疼死了，不想再参与他们的谈话，借口上洗手间，到外面去吹风。

待她回来时，宴席散了，付家豪主动送她们回酒店，一路上举止优雅，并没像小姨想象的那么糟糕，相反，在对方道别时留下邀请，两日后麻烦到付家参加舞会。

待付家豪走后，小姨高兴得手舞足蹈，嚷着要立刻打电话回家报喜，而姚琳希却趁机给她泼冷水，“乐什么呀，”她说，“这事儿还没算完呢！”

“付家豪已经看上你了！”小姨提醒她，“这天大的喜事，得让你妈也高兴高兴。”

“那是他的事情，跟我没关系。”姚琳希冷冷地说。

“唉？你这孩子怎么这么说话啊，”小姨教导她说，“这男人不差，付家也不差，哪点就比不上那姓黎的了？我说啊，你现在就是还没忘掉他，等放下了，就不这么想了。”小姨一边帮她找适合参加舞会的裙子，一边说：“舞会你给我打扮好了，别再像今晚这样吊儿郎当的，给你爸妈脸上抹黑……”

姚琳希自己坐在阳台上，不愿去听小姨唠叨，她感觉这个才四十多岁的女人真的烦透了，像一台开关失灵的收音机，将她原本就失落的心弄得凌乱不堪。

此刻，她心里想的不是黎景明，而是被自己甩在大马路上的蓝海森，思念的原因或许不是爱，而是辜负，还有深深的遗憾。

第十二章

1. 患难真情

为了改变彩纳艺术的股权分配和往下的公司并购，彦真极力将公司推向股市，从而临时组建了融资部，并高薪将曾听姚琳希提起的、对他的能力评价一直都不错的蓝海森聘请了过来。

起初，黎光泽并不理解彦真所设下的这步棋子，鉴于蓝海森与蓝水悦的姐弟关系，非常反对她用这个人。可彦真一句话就把黎光泽的气焰压下去了："他和黎景明表面是亲眷，其实是情敌，"她说，"况且，你也要把蓝水悦派走了。"

罗捷负伤后，"光泽装潢"处于无人管理的状态，彦真只好回来接管公司，新官上任三把火。当天召开管理层会议时，下命令把蓝水悦召回，让她月末动身前往黎光泽在泰国的分公司。

去泰国？这分明是故意整蓝水悦。

接到通知的蓝水悦与黎景明商量后，决定找律师咨询，看能否摆脱掉那份协议，恢复自由身。

律师对他们说了实话：“如果按法律的正常渠道去处理，你们肯定败诉，协议上把双方的履行职责写得再清楚不过了，也很符合职员和公司之间签署培训合同的范围，只怪蓝小姐当时没把那些条例弄清楚就下笔了，而且还去了意大利，这就证明协议生效，责任不可推脱。而且，有一条是硬伤，即服从公司的人事安排，以公司发展所需为准则。”

蓝水悦不愿黎景明再为这件事烦恼，就劝他说：“景明，算了，我自己的事自己承担吧。”

黎景明不愿放弃，继续问，“应该还有其他办法，我想我该跟黎光泽谈谈，多少钱我都愿意出。”

“不要，”蓝水悦很抵制，“别找他！”

“水悦，这件事你就别管了，我自有办法。”

“他不要你的钱，只想要你的命，”她喝声道，“难道你还看不出来吗?”

黎景明的脸绷得发黑。

律师这时站出来说话：“蓝小姐说得对，他们不愁那点钱。不如我先来协调这件事，看看对方是否有达成和解的可能，这样你们双方也好回避一些不必要的冲突。”

他们接受了律师的建议。

这一做法让彦真大动肝火，当着律师的面放说：“没门，她必须履行合同。协议上写得清清楚楚，无需我多言，现在公司人才奇缺，我要将这个辛苦培养出来的人才用在刀刃上！”

她霸气逼人的女王风范让律师汗颜，语气和缓地与彦真商量，认为职员受公司培训，对其公司报答是必须的，但这不是卖身契，回报该有个限度，比如为公司任职多久，为公司创造多有形和无形利润。

可彦真一口就回绝了他："她才刚刚为公司做了不到 1000 万的业务，就想跑?"她冷笑道，"我不要求年限，在泰国给我把 5000 万挣回来就够了。"

得知自己依旧要按命去泰国，蓝水悦的表现尚乐观，只是放不下黎景明。她安慰他不要自责，他已尽力了，也许到那边后，很快就会回来。"我不在的时候，你要好好照顾自己，"她对他说，"不要熬夜，不许喝酒，如果心情不好，那就想想我。"

黎景明被她的纯真感化了，一把搂她入怀，"我无能保护你，也一直自私地不给你承诺。水悦，你放心，我会等你回来。"

"其实你很早就给我承诺了，"她甜甜地笑，"你说过的，你愿意给的，至少是心灵。"

"我是真心喜欢你的。"

"我信你。"蓝水悦感慨地说，"能得此人，别无所求了。不管贫贱富贵，能得此心，人生圆满，无所缺憾。"

黎景明为她的话深受感动，两人深深拥抱，尚未别离，便期待着重逢的日子。

这时的他们都学到了生命道义，知道成全胜过占有，自由胜过收藏，信任胜过厮守，她在他面前如此诚实，他也发誓，今生绝不会给她假面。

不久，蓝水悦得到黎景明送出的传家首饰，这是一套非常华丽的翡翠白金链子，据说是外祖母传给母亲的，父亲自杀前，将这物件交给他，当时没交代给谁。或许是父亲的这个暗示，他就没将这套首饰赠与姚琳希。

蓝水悦深知这套首饰的贵重，也明白黎景明的心，只是东西太贵重了，她不敢带去泰国，遂留下期许，等婚礼时，请他为她戴上。

即使婚礼尚是渺茫无期，黎景明也不曾提起，在蓝水悦的心里，她觉得那日子已很近了，仿佛就是明天，她还梦中看到自己穿着洁白的大纱裙，头发高高挽起，戴上圣洁的白蔷薇花环，身后拖着浩瀚无垠的白纱。黎景明牵着她的小手，转进月光明媚的森林里，陪伴她寻找传说的仲夏夜之梦。

可突然间，她身边的人变成了罗捷，正在对她阴阴冷笑，一下就把人吓醒了。

在医院养伤的罗捷一直由文静照顾，为了能全心全意照顾他，她请了长假，不久就被公司辞退了。罗捷得知此事，非常愧疚，可他却不曾因为感动而对她萌生爱意，有时还对她发脾气。那天，就为一个不顺心，罗捷就板起脸，喝令她走，不想再见到她。

从来，文静都很能容忍人，觉得他作为一个病人，身体难受会加剧内心的痛苦。可是，她还是忍不住伤心，非常委屈，很不甘心地问他："如果换作水悦，你还会不会这样态度恶劣？"

罗捷心里一怔，被她触动了伤心处，顿时大怒，"你少提她，那个执迷不悟的女人！”

“你的心里还是放不下，”文静失望地说，“所以你才会这样。可是罗捷，你要明白，也许这个世上愿意原谅你的人，也只有我了。”

“我什么都没做错，要你们的原谅干什么？”他咬牙切齿地说，“生意场上那些人，有哪个敢拍着胸口说自己是好人？有钱大家抢，没钱就抢自己人。什么诚心道义，全都是哄骗人的！”

听罗捷在那滔滔不绝，文静的心全冷了，突然觉得好累，或许是这长达一个多月在医院过度操劳，也许，是她心中的憧憬全被给磨碎了，猛然从谎言的绚丽之中浮出，只见现实四面楚歌，容不下她半点期许。

对于这个男人，她还指望什么，曾经有过的幸福，早成了她的精神流刑，蒙蔽了眼睛，让她错过了本该相爱的人。看着他那副嘴脸，文静好倦好倦，只想有一张柔软的床容她安眠，渴望有一个坚实的胸膛，让她发泄。

于是她默默地走出病房，没道别，也没说去哪里，以最轻盈的姿态跳脱罗捷的世界。

在医院大楼外仰面看到天空里孤独的星辰时，她流下眼泪，掏出手机拨通男朋友的号码，“我好累好累，”她说，“我不闹了，我们结婚吧。”

2. 幸福时刻

得知姚琳希将参加付家豪的舞会，远在上海的姚母不顾身体欠安，直飞香港，将年轻人的舞会变成了亲家见面会。

小姨深知这场宴会的重要性，拖姚琳希去香港最大的礼服店挑裙子，中式礼服一套，作为她和姚母进入付家时穿的；另一套是窄腰身的大圆裙，由柔软的香槟色绸缎制成，塔肩设计，配有轻盈的飘带，衣服穿在身上，姚琳希就仿佛是古典油画里走出来的公主。

未等姚琳希点评，小姨就笑眯眯地对导购员说："就它们了，清洗干净后麻烦按这个地址送去。"姚琳希对此倦了，连感受都懒得表达，任由摆布地接受了小姨的安排。

当天早七点就开始去美容院做皮肤护理，午睡到两点，然后去工作室做造型。姚母赶到时，她已在镜子前变成了一个迷人的公主，就等着被人领进宫殿的红毯上。

那天晚上，付家车马盈门，热闹非常，亲朋好友都想来目睹姚家大小姐的风采。

那一夜，姚琳希的美让付家很有面子，不单是付家豪，几乎到场的亲朋好友都赞许这桩婚姻，付家豪的几个挚友还拍着他的胸口说："娶来这样美丽的淑女做太太，你也该收心了。"

姚琳希对自己的美自信，只要她愿意展现，要多美就有多美。她是训练有素的富家女，既能在舞厅中央优雅地弹钢琴，能用最优雅的华尔兹与付家豪共舞，也可以和婆婆聊家常，还可以和付家豪的父亲聊公司管理上的心得。

付家完全被她征服了，两家人笑得合不拢嘴，决定一周后订婚，年末就正式结婚。

宴会散后，付家豪陪姚琳希逛他们家宽敞的后花园。在月光皎洁的紫藤花架下，他郑重地问她的感受。她的回答很令人失望：“毫无感觉。”

“怎么会?”他第一次听到女人这样对他说话，“难道我真的令你索然无味?”

“我没说你，我是说这个夜晚。”

“难道你不喜欢这样的舞会?”

“我倦了，真的很倦。”

“你是我见过的最独特的女孩，”他说，“告诉我，你喜欢什么?”

“我喜欢的，你未必能给。”

“这我承认，不过我想知道。”

“太过了解一个人不好，这样会让你对她提不起任何兴致，就好像吃腻的一道菜。”

“你说的有道理，你的话一直很有道理!”付家豪天真地笑。

姚琳希觉得，虽然他交往过无数的影星和模特，却实在是个肤浅的家伙，与黎景明截然不同。在他面前，与他交流，姚琳希有种凌驾其上之感，非常过瘾，就这一点，她不反对与他结为夫妇，因为，黎景明给予她的失败和伤害，足够让她已畸形的心态，渴望寻到某种驾驭的快感。

其实，如今的黎景明已不值得姚琳希寄予思念或者憎恨，他不再是昔日的王子，在蓝水悦世界里，他像一只自由的鱼，深深体会到徜徉和轻松，并寸步不离地陪她度过了启程泰国前的时光。

他们舍下繁忙的工作，无所顾忌，在公众下牵手，相互介绍着自己的什么人。周末，一起去购物、吃饭和看电影，像小情侣一般依偎在公园的躺椅上，蓝水悦将头枕在他的大腿上，看流云和飞鸟，多么惬意。

他们完全成了一对心心相印的温馨恋人，开始计划婚期。蓝水悦希望等她回来，和弟弟一起回小城看望母亲，陪她过一个热闹的春节；他也计划，待明年春天，他俩一起去给去世的父母上坟。想到要见公婆，蓝水悦有些心虚，“你说，”她问黎景明，“要是你的爸妈还在世，会喜欢我吗？”

“你是个伶俐的孩子，他们不会讨厌。”黎景明敷衍地说，其实他明白，假如父母健在，他能否脱下王子的盛装，与这平凡的女孩在这里晒太阳，还真是个未知数。

“那么说，还是谈不上喜欢。”

“你何必为这庸人自扰呢？”

“有吗？”蓝水悦狡黠地说，“我就是丑媳妇见公婆，心里没底气罢了。”

“我喜欢的，”他安慰她说，“他们肯定会喜欢，而且还会在天上祝福我们。”

蓝水悦心安地笑了，闭上眼，细细享受着幸福的每一个细节。她相信自己会很快回来，就在今年的春节之前，明年春暖花开，未来已安排就绪，此时需要做的，就是等待。

黎景明送蓝水悦上飞机。文静也来了，手挽着他的男友，两人恩爱甜蜜。文静告诉她年底她就要登记了，酒席回老家办，希望她能早日回来，当她的伴娘。蓝水悦不服气，抢先说：“不行，你不能抢先一步，因为你答应过我，要当我的伴娘。”

“拉倒吧，”文静打哈哈说，“你让黎景明花钱请大明星来伴你出嫁吧，他有钱。我们沾沾你的光就够了。”

“你真这样看待他？”蓝水悦很讶异。

“同学们都传开了，大家羡慕死你了，都说你实现了小说的剧情，嫁给了总裁。”

蓝水悦感到眩晕，不知该如何对世人解释自己的感受。在她的眼里，黎景明只是个平凡的男子，经历过常人所没有的困境，而她，为了这份爱，也付出了一般女子所不该经历的痛苦和磨难。而今，还要分离，虽然两人现在如胶似漆，但，却难以估算出明天的变故，漫漫长夜，谁敢保证谁的梦里会不会变秋色？

突然，蓝水悦心虚了，让这场本该甜蜜的离别多了几分伤感。见黎景明拿着登机牌走来，神情专注，略微带着笑意，她却变得不安了。很奇怪，为何他不会因这分隔两地而伤感。

这些奇怪的想法让蓝水悦的心沉了下来，她凑到文静的耳边说：“我不在的时候，你替我照顾好他。”

文静不懂她的用意，很疑惑，“他一个大男人，我怎么照顾？”

“我不是说那意思，”蓝水悦含糊地说，“总之，你为我多份心。”

“哦，我明白了。”文静呵呵笑，“爱到深处总多疑啊……”

蓝水悦并非是质疑他的感情，只是心里有种不好的预感，聪明的女人只要认真爱上一个人，总是天生敏感，想得多，便顾虑多，不免疑心重重，彷徨丛生，生怕梦隔三日春宵冷，等到回归时，这个世界早被偷天换日。就因深知他的美，他在她心里，一直甚美。

3. 水深火热

蓝水悦的疑虑并非无中生有。泰国那边完全是个陷阱，她一到那边，就完全失去了人身自由，所有的通讯工具全被监控，不能随便与国内联系，如有要事联系别人，需通过申请审核。

得知蓝水悦被派走，罗捷非常生气，他不顾伤势，拖着艰难的步履去找黎光泽讨说法。

办公室里，彦真也在，见罗捷一副惨相，她鄙夷地瞥了一眼，把头扭过去。

罗捷质问黎光泽为何要遣走他的蓝水悦，现在公司唯一能确保订单不流失的人就她，也唯有她，能服务好他手上那些客户。“她是黎景明培养出来的，”他很武断地说，“那些老顾客的品味就只她能抓得准，换了别人，我不敢保证公司的业务不会大面积下滑。”

“老弟你言重了，”黎光泽轻拍他的肩膀，安抚他坐下说话，“你现在的工作重心不再是跟黎景明抢市场，而是要到其他市场去开发新客户。”

“为何？”罗捷惊愕。

“我要增加彩纳艺术的业绩兑现能力，”黎光泽说，“所以，你那些老客户能放的尽量给我放回去。”

“那蓝水悦这事怎么解释?”

“你的心情我清楚,”他白了他一眼说,“她是个年轻而有个性的设计师,泰国公司一直亏损,把她派过去有好处,留在上海,反而后患无穷。”

罗捷明理解了他的意思,没再说什么,唯一遗憾的是,她临走之前,他未能见上一面,说上一句“再见”。不管她如何憎恨自己,她在他心中,永远是荷塘边阳光下的精灵,有着耀眼的光芒,令他不由自主地俯首叩拜。

待罗捷走后,彦真看了黎光泽一眼,狐媚地笑。“你看你的爱将,”她说,“被车一撞都变傻了。”

黎光泽叹道:“年轻人嘛,容易感情用事。”他想了想又叮咛她道,“彩纳艺术的上市费用你打算怎么办?如果从公司里挪,黎景明他肯定会有异议。”

“我都准备好了,”彦真夸口道,“我可不会那么傻,会按正规手续,只要我能稀释他的股权分配就够了。”

黎光泽放心地点点头,一向他对这个女人的金融手段和狠心很佩服,如果她留在美国华尔街,那么,她完全可以扮演一个金融巫女,坐拥罪恶之巅,用秃鹫般锐利的目光去搜寻资本市场中的腐肉。或许,他就喜欢她这点,感觉与自己很像,人生能遇到一个肯与自己同流合污的伴侣,也算是幸事。

在彦真的安排下,蓝海森接手了彩纳艺术的招股说明书修改和增股办法,并按需在其中设圈套,从而获得彦真的首肯。不知内情时,他有种大快人心感,误以为这样做,是为姚琳希报了耻辱之仇。

他时常听到姚琳希关于黎景明的抱怨和痛恨，在他的想象里，这个男人卑鄙龌龊，自私霸道，毫无人情味。得知姐姐和他有往来，他三番五次做她的思想工作，并扬言不要让他见到黎景明，为这事，姐弟两几乎闹翻，好长时间都没相互联系了。

蓝海森最想念的人是姚琳希，即使她冷酷无情地抛弃他而去，依旧用浓烈感情，等待她再现的那一刻，就算他们不能表白和用情，他仍然渴望能用她的真颜告慰灵魂的孤寂。

完成订婚仪式，姚琳希和亲人们一同飞回上海，发现自己的电子邮箱里连续收到了三十六封蓝海森发来的情书，每天一封，秀美的文字倾诉着男人最柔软的感情，读起来，仿佛是她高中时读的徐志摩的情书。

她越看越开心，却没回复。情书按时到来，流动的情感，真挚的言语，让她获得了精神的慰藉，却无法改变她的决定。姚家接受了那巨额彩礼，她参加了付家豪的订婚礼，一场仪式结束后，她成了他的准新娘。

情书达五十封时，她给他回信。这让蓝海森乐坏了，一看到信就给她打电话，以为男人顽强而霸道的精神将她征服，她总算接了电话。听到她声音的那一刻，他居然眼睛湿了，哽咽着，不知该说什么才好，这五十天里，他已在残酷的思念里尝尽了人间疾苦。

抵挡不了浓烈感情的诱惑，她还是决定见他，决定在曾经常去的饭馆会面。

那天晚上，他精心穿戴，很早就坐在她喜欢的靠窗的位置上等她，桌子上放着鲜花和礼物。见姚琳希走来，他便站起来迎接，眼神焦灼，想上前拥抱，却被她举手拦住了。“我们已经不能和过去那样了，”她说，“需要顾及影响。”

蓝海森承认失礼，收敛住感情，恭敬地请她坐，亦不再提鲜花和礼物的事。

两人正面相对，姚琳希大胆地凝视着他，默默无言。她这个样子让蓝海森不免难堪，赶紧拿起菜单子，把头埋进去，假装点菜，又不忍小声问：“你真的成了别人的未婚妻了？”

“他们不会为我白跑一趟。”她的声音很冷。

虽然早有心理准备，蓝海森的心脏还是一阵抽痛，只感觉血液都凝固了。他躲在菜单的背后，不愿再面对她，因为，他们已无法相拥，亲吻，说着人间最幸福的语言。

点完菜，姚琳希问他这段时间过得怎么样，当得知他已到彦真手下干事，就问他具体做些什么工作。

蓝海森如实回答，“现在正在做彩纳艺术的增股，配股设计。”

“你说什么，”姚琳希惊异地瞪大了眼，“彩纳艺术要增股？”

“对啊，这是公司进入资本市场首先要做的。”

“这是你们黎总的主意？”姚琳希知道，黎景明一向抵制公司上市融资，他不愿与陌生人合作，生怕自己失去对公司的控制。

“我受彦总管理，”蓝海森如实回答，“而且，这是得到集团董事首肯的。”

“集团董事里全是他们的人！”姚琳希激动地嚷起来。

蓝海森理解她为何那么激动，感到很无辜，好声劝她说：“你别生气……你们早没关系了，何必管这些，而且，你不是很恨黎景明吗？”

“你懂什么！”姚琳希霸道地要他闭嘴，当即起身离开，跑到餐厅外的天井去给彦真打电话，质问她到底想对彩纳艺术怎么样。

当时，彦真正和黎光泽吃饭，听到姚琳希气势冲冲地责问，她故意回避，说晚点再给她电话。

彦真的冷傲态度让姚琳希火冒三丈，蓝海森追出来劝她回去吃饭，她不给情面地指着他的鼻子说：“你给我说清楚了，你们到底对公司做了什么！”

蓝海森怕得直哆嗦，连连说：“我们边吃边聊。”

姚琳希瞪了他数秒，极不友好地走回餐厅。

第十三章

1. 捍卫家园

彦真并非真的想让彩纳艺术上市，而是借上市这个幌子，对公司进行股权改革，借机增大黎光泽对该公司的控股，最终达到并购目的。

姚琳希通过蓝海森所提供的证据，意识到黎景明不是他们的对手，并连夜给他电话，揭穿彦真的真实嘴脸。

可黎景明的反应却很麻木，“我早就知道她有这企图，”他很平静地说，“就在她提出资本运作的那一刻。”

“可是你为什么不早点制止她，”姚琳希激愤地说，“为什么不制止这件事的发生？她是个行家，敢想敢做，我太了解我的表姐了，只要她想得到的，哪怕杀人放火也要得到。”

“我努力过，可是股东都被他们收买了。”

“你可以拒绝啊，”姚琳希急得要哭，“你是公司最大的股东，你有话语权。”

“你错了，”他说，“现在持股最多的是黎光泽，不再是我。”

“怎么可能……”姚琳希像听到一则未刊登的新闻。

“昨天，有一个股东抛售股权，他接下来了。”他说，“眼下，不知是否还有下一个。”

“那你打算怎么办？”见他久久不回应，她猜测地说，“难道你要放弃？那可是你父母亲的命脉啊，景明！”

“如果这些很重要，那么，我想父亲不会跳楼自杀。”他麻木不仁地说。

“景明……你要我说什么好，”姚琳希哭了，“当年你说，等彩纳艺术重新站起来，就去姚家提亲，娶我为妻。我等了5年，等到今天，我对这个公司给予了多少感情，你知道吗？”

“我能体谅你的心情，”他很纠结地说，“琳希，你已订婚了，忘掉过去吧。”

“你认为我能忘吗？”姚琳希哭着大声说，“我家院子里种满了铃兰，你知道吗？我永远忘不了那个五月，我们在法国，你送给我三束铃兰，它们是我的一切。”

“对不起……”他逃避地说，“我的事你不要再管了，年少轻狂说的、做的，都忘了吧，琳希，你命中注定要嫁个有钱人，如今功德圆满，你该抛开一切，我会祝福你的。”

“那有什么用？”姚琳希用哭腔问他，不愿面对他们的渐行渐远，或许等到彼此老去的时候，他们已不再记得对方的名字，亦不会再为对方动容。见黎景明不回答，她更加痛恨自己，当初听信彦真的诡计，将他毁掉，这个男人有着常人不可及的高尚气度，不管何种处境，他都不会对她低头，哪怕他衣裳褴褛，穷困潦倒，他也不会用历尽流离失所的目光，乞求她赐予施舍。

而今，她依旧没得到他的心，反而因门低户落，而让他有了回绝她的理由。反之，姚琳希觉得无比愧疚，感到自己对不起他，更对不起他的父亲母亲。

没过几天，彩纳艺术又有一位股东宣布要卖股，宣称谁出高价就卖给谁，黎光泽在众人的鼓掌之下，接下了他5%的股。虽不多，却让他雄心倍增，回头不停地夸彦真有办法。

彦真趁机要挟，质问他离婚的事。黎光泽仍旧不肯让步，咬定现在不是时候，因为他没钱支付离婚引发的巨大开支。“除了这些尚不能兑成现钱的固定资产，”他说，“可以说我连个乞丐都不如。”

“这不是理由，”彦真之揭开他的幌子，“离婚这事只有想与不想，没有能与不能。”

“真真，你能不能别逼了，所谓水到渠成，该离的时候，我自然会办！”

“不行！”彦真厉声道，“三年前你就说离婚，现在呢？她总算派律师来了，你却把人家打发回去，你究竟安的什么心啊！”

“够了，够了！”黎光泽一声怒吼，把彦真的哀怨打回去，如今他没多少有效的理由再能稳住这个女人的心，便抛出最后的承诺，“公司并购那天，就是我们订婚的日子，先订婚再离婚也行。”

“你是想让别人将我当成笑话吗？”

“那你想怎么样？”

“我等不下去，忍耐到头了。”她很固执地说，“总之，我就要你签字，大不了我去找钱。”

黎光泽厌烦至极地叹气，束手无策，既然她都肯开出这样的条件，就知道她有破釜沉舟的决心，假如不答应她，肯定闹得不依不饶，甚至还会与他反目成仇。

她的重要性黎光泽清楚，眼前这形势，他亦不敢怠慢，而是摆出一副“随你便”态度，任由她去摆布。见黎光泽一味逃躲退让，她便放开欲望，狮子大开口地说：“你真随便了？好啊，那我明天就找她的律师。”

黎光泽未阻止，明知这女人已跌入癫狂之中，不给她点现实的教训就不知收敛。

致电给沈雅的律师不久，黎光泽便收到了沈雅的电话，叫他回家，有话要说。

他们分居那么多年，这是沈雅第一次要求她回家。她的感受，或许黎光泽能猜到几分。

当晚驱车走在那条回家的路上，他感觉好陌生，周围的风景千变万化得让人慌张，甚至怀疑自己迷路了。

踏进久别三年的家门，发现大厅黑漆漆的，光线微弱，他感到寒气从里面涌进来，此时的上海秋高气爽，却让他仿佛走进黑色的冰窖里。他的步伐变得迟疑了，不禁惊慌大喊：“陈妈，怎么不开灯！”

这时，有个声音从黑暗从传来，“你来了？”阴气森森，“陈妈早走了。”

大厅中央的水晶灯突然亮起，他这才看到沈雅就坐在灯下的一张轮椅上，双腿上搭着一条白色绒毛毯子。有个年轻的丫头从大厅边沿开好灯，然后回到她身边站着，并向他轻轻欠身，打招呼：“黎先生，您好。”然后便离去。

“陈妈什么时候走的?”他望了一眼那小女仆。

“你有三年多不回来了，哪里还要管谁走谁留?”沈雅说，“再等不久，这里已不再是你家，家里的一切，不必多心。”她叫女仆奉茶。

黎光泽说不用。

沈雅却说：“你是客人，难得来一次，今后也许就不会再来了。”她艰难地滚动轮椅的轮子，往茶几那边去。黎光泽上前推她过去，将她摆正于自己的对面，默默地看着这个看似声息将尽的女人。

十四年前，她还不至于这么衰败，留着一头浪漫的卷发，齐刘海，面色比一般人要白些，眼睛水汪汪亮，坐在沈母身边，安静而甜美，不爱说话，微笑像凝固了一般保持在脸上。她的母亲向她介绍，这是黎家的大孙子——黎光泽。她便乖巧地点头问好，非常有家教，除了听闻她身体不太好之外，黎光泽对这个富家千金尚是满意，在别无选择的情况下，与这样乖巧温柔的女子联姻，也算是庆幸了。

他们先结婚后恋爱，曾有过短暂的甜蜜，她却迟迟不能生育，很快查出她子宫有瘤子，每隔三年都要进行手术。第三次手术时，医生建议她将子宫摘除掉，这样才有生存的希望。也是那一年，她对早把家当酒店的黎光泽说：“如果你不喜欢在这里过夜，那就不要回来了，这样我心情会平静点。”

黎光泽不再回来，在外面购置房产，和彦真往来密切，并在公众面前坦白他们的关系。

三年过去了，黎光泽对沈雅的生活一无所知，不知道她是否还是个器官健全的女人，不知道她都住过哪些医院，都在哪处疗养院度过上海的冬天和夏天，靠什么来维持生命。面前的沈雅苍老得让他不敢相认，让他非常强烈不愿继续和这样的女人耗费余生，哪怕再多一秒。虽然，他总认为她时日不多，再熬几年便是圆满的解脱。

可沈雅却告诉他，手术很成功，医生说只要调养得道，活个二十年不成问题，如今请了知名的老中医来把脉，定期抓药，颇有成效。

这话让黎光泽内心一抖，虽然嘴上说“那就好，那就好……”背地里却连连叫苦。

沈雅却淡淡地笑了，“我若不死，就是拖累你了。”

“哪里的话，还是活着好。”

沈雅苦笑，“我想多嘴问一句，是你想离，还是她在想？”

黎光泽深深地叹道：“沈雅，说实话，这些年我对不起你，但，这种事怎么说呢，人嘛，都想讨个更舒适的活法，你是，我也一样。”

“我死了，或者离开了，对你是最大的好处。”

“话也不能这么讲……”黎光泽把话绕开了，直接问她，“明天，我们就把字签了吧，早解脱，早心安。”

“没问题，”她冷冷地说，“我的条件就是这套房子和 2 个亿。”黎光泽瞪大眼，半天答不上话，她质疑地了看他一眼，“怎么，你不肯？”

“我没有那么多钱。”他坦白地说。

“她有。”

“沈雅，这不公平！”他的声量瞬间升高。

“世上没有一桩交易是公平的，只要有交易，可定要产生利益。”她冷酷无情地说，“这是你说的。”

“决不让步？”他商量道。

“你认为，你还好意思跟我讨价还价吗？”

“我没钱，真的。”

“我管不了那么多，”沈雅顽固地扭过头去，“你回去跟她商量吧。”不管他怎么想，会做出什么表情，是愤怒还是悲哀，她都不想去目睹，并做出怜悯。

她看透了这个男人，对他又恨又倦，尤其在她得知，他在背后煽动彩纳艺术股东们退股之后，再也拿不出她本性中的善良，去对他做出人道的宽容。

2. 贪　欲

黎光泽将沈雅的要求反馈给彦真，意思想她知难而退，没想到这个野心勃勃的女人却满口答应，并扬言钱不是问题。他很诧异，问她哪里能弄到那么多钱，彦真卖乖地说：“财务杠杆！”

见他一脸不解，她耐心地解释道：“国外有很多金融产品，大亨们整日愁着没地方投资，我们可以通过公司抵押的方式进行举债，只要彩纳艺术能提升现金兑现能力，我就能靠财务杠杆赢得 2 个亿！”

黎光泽没有异议，金融方面她是行家，于是说：“你有空找黎景明谈谈，只要他别阻拦黎宏泉退股，就让他坐回彩纳艺术的总经理位置。”

“他未必会答应。”彦真的回答干脆利落。

“那就看你的能力了。”黎光泽冷淡地说。

为了不再描绘遥不可及的幸福蓝图，彦真硬着头皮去找黎景明，趾高气扬地告诉他，黎光泽肯定要收复黎宏泉的股份，不管怎么样，他现在毫无反击的余地，挽回已成无用功，因为，就算黎宏泉不退股，彩纳艺术的最高持股人也将是黎光泽。“你的父亲遗留给你的，只不过是区区的40%持股权，他早就超过你了。”

“好吧，我承认我输了，”他冷冷地说，“输给了你们的卑鄙。”

“但是，你的兄弟不会亏待你。”彦真狡辩道，“他来让我对你宣布，从明天开始，彩纳艺术总经理一职还是由你担任。兄弟俩一起挣钱，何乐不为?”

“谢谢你们慷慨，恐怕我黎景明难以胜任了。”他很谨慎。

“黎总就是黎总，”她耸耸肩，笑着说，“你对彩纳艺术的贡献，大家是有目共睹的。如果你有何异议，麻烦直接找你的表哥谈，我就是一个传话人，抱歉。”

那一刻，黎景明只觉得心脏被重重一击，不用再去核实情况，亦知道彩纳艺术已完全掌握在黎光泽手里。他不会去见自己的表哥，就好像英雄愿赌服输，绝不求饶一般。

那天的心情灰暗到极点，爱人不在身边，电话无法联系，也没有她的音信，遥远的泰国吞没了她的一切，就像溺水身亡一般无声无息。

他很担心她，却被公司的形势牵绊着，几乎腾不出心思去询问她的情况，而是靠酒精刺激大脑神经，强迫自己思考所谓的大局和使命。

如今的公司股东已无旁人，就他们兄弟俩，黎光泽占大比例的股权，他赢了，有资格将他当成叫花子施舍或者蹂躏。

他不想接受总经理一职，但同时，也担心彩纳艺术最终像彦真管理时的那样，毁在其他经理人的手里。装潢艺术公司需要专业性很强的人来管理，曾有过成功的他不曾相信任何人。

次日早晨酒醒后，他认真整装，来到公司，向办公室传话，召开公司集体会议。秘书则告诉他，彦真将要飞美国，今天没来上班。

对此，黎景明深感蹊跷，心头袭来某种不祥征兆。过问她的具体行程，秘书如实回答，并把相应的任命书交给他过目。接着客户部的文员敲门求见，带来一些客户的投诉意见，有退订单的，也有反应质量问题的，基本都是彦真管理公司时所暴露出的漏洞，需要他即时处理。

客户投诉不是小事，黎景明当即召开客户经理会议，并挨个开车去向客户道歉，商议赔偿计划，并将当下相关责任人进行处罚和辞退。

他忙了一整天，陪客户应酬完毕已是凌晨一点。

针对今天的事，黎景明深感自己离不开公司，有他公司在，公司亡，或许他的这一生将再无华彩，彩纳艺术就仿佛是他的灵魂，不可割舍。

他没想到，彦真却在大洋彼岸，背着他在资本市场上发布债券，通过各种时髦的金融产品吸纳资金，妄想靠这家公司的财务杠杆，来撬动她那庞大到不切实际的欲望。

在纽约的第四天，彦真给黎光泽打贺喜电话，说她早上连续签下了两笔资金，再有两笔这样大的单子过来，她就能打道回府，给沈雅“发薪水”了。“你跟她说，钱很快就能筹齐，”她说，“让她做好准备，别到时又变卦，我可饶不了她。”

黎光泽连声说“好好好”，对这个聪明能干的女人多了几分敬畏，同时，也侥幸地认为自己这些年，没白白期望她。

尽管有些不忍心，他还是要与沈雅离婚的。只是他有点不解，沈雅为何突然将离婚的门槛抬高，她一向淡泊名利，需要那么多钱来干什么。

在电话里，彦真对黎光泽的这个疑问如此解释：“钱是好东西，没有爱，就要钱，这是女人的普遍心理。”

“沈雅可不同你。”

“难道，豪门大小姐就不需要钱了？”

黎光泽想了想，认为这话不无道理，便不再多虑。

到了这个时候，他越觉得彦真的重要性，这个聪明而毒辣的女人，符合他人生的需求，同样，他也喜欢她那直言直语的爽快和敢作敢为的烈性。

彦真在美国期间，黎光泽无所事事，在度假山庄里钓鱼取乐，心安理得地等待他的巾帼英雄归来。

3. 赎 罪

纸终归包不住火，彩纳艺术在外资市场成功举债的消息被美国媒体报道。

那天早上，黎景明刚来到办公室，秘书赶来向他汇报，公司在美国资本市场通过一家金融公司发放债券。

黎景明大惊，初次听到这个新闻，他问秘书在哪里看到的报道，会不会弄错了。秘书说公司相关信息完全相符，难道上海还有第二家彩纳艺术？

联想到彦真突然去美国的事，不用再去核查，黎景明已对此事深信不疑。他挥手让秘书先退下，自己急需一个安静的空间，去分解这突如其来的失望。

在无人打搅的寂静里，他能听到心脏像瓦砾般片片碎落的声音，就仿佛看到公司被一群屠夫肢解瓜分一样，到处是血光和贪婪的嘶吼声，一阵一阵地袭击着他疲惫不堪的身心。

痛苦让他疯狂地捶打自己，责备自己，埋怨自己……痛苦让仇恨像火焰熊熊燃烧，他决定去找黎光泽算账，虽然，他一直在回避问题，不想和他深化兄弟矛盾。他给黎光泽打电话，对方回避不接，显然是做贼心虚。他想亲自去公司找人，结果却被心中不好的征兆和不可释放的现实压力击垮。

那天，他断掉与外界的联系，开车在城市里无头绪地疯跑，看到一家酒吧似曾来过，便进去将自己灌醉。出酒吧时却遇上了熟人，听到姚琳希的声音大喊“景明，怎么是你?”他回头看了看她，哭笑不得地挥着手中的酒瓶，不可自持地仰头对天哈哈疯笑。

其实，这一天姚琳希在四处找他，自从听说彩纳艺术将要去外资市场举债，凭借她那点金融知识，也能猜测到这其中的风险。

她打他的手机，一直处于关机状态。她满城寻找，就如他当初对待她那样，不想却在她常去的酒吧偶遇。

她送他回住所，并亲手做了醒酒汤，静静地守在他的床榻边。

看到床头柜上另一个女人的相片，她难过流泪，面对自己无法更改的婚姻，面对这个心态意志完全扭曲的男人，她心痛极了。在公司落难之前的黎景明不是这个模样的，他高傲自信，洁身自律，事业的成功让他鹤立鸡群，风光无限，是她心目中最英俊潇洒的男子。

而现在，他完全垮掉了，胡言乱语，在黑夜中骂街。他已堕落到头发微长凌乱，胡子邋遢，就连系的领带都打成个乱结，看似将跟着这家公司灭亡。或许，他也会采取父亲周志和的方式，从公司的顶层纵身跳跃，扑向他所谓的无忧天堂。

姚琳希觉得他在某些方面与他的父亲雷同，人越成长就越像。她担忧起来，当即拨通彦真的手机，已顾不上时间差，不论这来访可否适宜。

电话一接通，她便焦急地说："打扰你几分钟时间，我有要事相告。"

彦真正在和几个投资者开会，见她口气不对劲，便撇下客人，转到办公室外的晒台去接听电话，"这么晚了，你怎么还不睡，”用责备的口吻问，“是不是又去夜店了？”她看了一下腕表，这时的上海应该是凌晨两点。

“我没喝酒，”她说，“我是清醒的，我想求你一件事，无论如何，你都要答应我。”

“你先说，”虽然是表妹，她仍保持着商人的警惕，“我看看能否帮忙。”

“你一定可以，表姐，现在只有你能帮景明了。他很不好，他要垮下去了。”

“你在哪里？这么晚了你不回家，被付家知道了可不好！”

“你不要打岔，”她哀求道，“表姐，我求求你，你放过景明吧，没有采纳艺术他就会死的，会像他父亲那样的。”

“开什么玩笑，现在一切不由我说了算。”彦真说，“我没这家公司的任何股份，也没任何话语权，唯有执行。”

“不，你肯定有办法，只是你不愿意。”姚琳希急哭了，“既然你能毁掉这家公司，就肯定有解药！”

“小琳，你今晚是不是喝错药了？”

“我没有！”姚琳希说，“表姐，我真想不到你那么残忍，就为了你的爱情，把他全部毁了。”

“无所谓，呵呵……我都混到今天，还怕被人恨吗？”

“你太卑鄙了，表姐，难道你不怕遭报应吗？”

“麻烦收回你的诅咒！”彦真威吓道，“小琳，这个世界弱肉强食，如果我不狠心，结果就会像你一样，嫁给不爱的人，一辈子勉强偷欢。我和你不一样，出生没含着金汤匙，只是一个工程包工头的女儿，没人会为我的幸福安排通天大道，也没人告诉我，今生肯定能嫁个非常有钱的男人。一切全靠我自己争取，难道你不曾听说过吗？资本的原始积累是血淋淋的！”

“难道你不想想别人的感受吗？”

“我对此都不感兴趣，”彦真怒吼道，“我只想结婚！只想结婚，你听明白了吗？”

“你不会得到幸福的！”

“姚琳希，你可以不祝福我，但请不要诅咒我！”

这对曾经亲如同胞的姐妹在电话里不欢而散，谁都没占到便宜。

姚琳希埋怨地不停用双手锤打自己，跪在沉醉不醒的黎景明前忏悔，她发誓，明天就去找黎光泽求情，希望他们网开一面，不要拿公司进行举债。

在黎光泽光线通透的办公室里，姚琳希开门见山地表明来意，希望他能看在黎景明双亲的份上，势必保住彩纳艺术，别拿去举债，让那些资本秃鹫来啄食上一辈人遗留下的心血。

黎光泽耐心地听她说完每个字，然后故意感叹，油滑地说：“说实话，我花那么大的力气，就是想在我们兄弟之间架一座桥梁，把这亲情演绎得再浓烈些，今后，完全可以当成一个典范，让那些富家子弟们模仿，你说是不？”

姚琳希感觉他这简直在敷衍做戏。

黎光泽越演越真了，“你看，我都请黎景明回来当总经理，哪怕我持了大股，也尚未剥夺他的经营权啊，我们合伙经营彩纳艺术，我想，姑姑在天之灵也会心安的。”

“公司就要上外资市场举债了，你如何去确保它安危？”姚琳希质问道。

“这个你不要愁，你表姐是行家，你应该信任她。”

“行家？呵呵……她就是想拿出 2 个亿来赔你的离婚债！”姚琳希厉声说，“你们不要哄我了，她那个结婚狂才不管公司的安危，而且她操作过两家公司的举债，结果都是破产！”

“小琳，你该回去挑婚纱，而不是来这里跟我讨论彩纳艺术，”黎光泽好声好气地哄她，“被夫家知道了多不好，还是快点回去吧，我不会瞎传出去的。”

“无所谓，”姚琳希理直气壮地说，“我只希望你明白，别拿上一辈人的血汗开玩笑。”

“快回去吧，淑女怎么能随便说无所谓呢，这可不好。”他不跟她吵，亲自送她出门。

在门口姚琳希回头质问：“真的不能改变了吗？”

“这不是孩子玩游戏，”他风趣地说，“说不想玩就不玩了。小琳，你的话我都理解，资本市场没你想象的可怕，只要你通晓游戏规则。”

“如果成功，你们就幸福了。”姚琳希讥讽地说。

“不能这么说，应该是皆大欢喜。”黎光泽抬了一下眉毛说。

出了写字楼大堂，她再也不能控制内心的悲痛，双手抱住自己，失声痛哭。她回想起黎景明落寞颓废的样子，想到那夜彦真在电话里趾高气扬的发誓：她只想结婚！

姚琳希钻进自己的车里，伏在方向盘上放声大哭，势必要把所有的懊悔和怨恨全哭出来。她多么后悔自己当初信了彦真的话，后悔自己将蓝海森介绍给彦真，后悔答应了付家豪的求婚……她有数不清的后悔，在此刻，就像千万条绳索将她牢牢捆绑，令人无法呼吸，她亡命挣脱，不可摆脱，于是她拧动车钥匙，将车箭一样开出去，只为逃避罪恶的谴责，不再受懊悔负累。

在巨大的悲痛中，她已神经错乱了，出现幻觉，听到上帝传谕如洪钟轰鸣，念着她一条又一条的罪名，接着是恶魔追杀而来的声音。她更加慌了，害怕被恶魔追杀，恐惧十八层地狱的惩治，她害怕极了，拼命地打转汽车方向盘，尖叫着，眼睁睁地看着自己冲出公路的绿化带。

4. 决　斗

姚琳希的那场车祸被看成自杀，牵动所有人的心，就连黎景明都主动前往医院探望。医生预计她再有 48 个小时不醒来，康复的可能性就很小了。

在重症监护室前，黎景明撞见了蓝海森，知道他是蓝水悦的胞弟，却因知晓他与姚琳希的私情，而不免有着怪怪的感觉。

蓝海森却约他到外面说话。两人来到寂静的楼道里，蓝海森趁人不备，揪住他的衣领，举起拳头想打，结果却被他落寞的眼神给击垮了士气。

他放了他，非常恨自己，“琳希有多爱你，知不知道!”他悲愤地说，“她今天这个样子，全是因为你!”

黎景明哽咽着，忍住内心的痛，一直对他点头道歉，不知该说什么才好。姚琳希从黎光泽那出来，便发生了这么一场惨烈的车祸，至今生死未卜。他的爱人，被黎光泽利用，安排到泰国，如今音讯全无。他不清楚还有多少人会因黎光泽而遭受迫害。眼下，公司被他们拿去举债，看似前途并不光明，资本市场那些豺狼岂会随意放弃一次觅食的好机会？

那夜，姚琳希跪在他跟前痛哭忏悔，他在酒醉中迷迷糊糊地听到了。只是，他听她说出那些真相时，内心免不了责备与憎恨，他装没听到，权当这假装没听见是一种原谅，没想到她竟然用自杀去赎罪，用于祭奠她对他的爱。

说到罪过，他也逃脱不了干系，在这场公司股权争夺里，他始终扮演着中庸的角色，每次都为大局步步妥协。而今，他一无所知，还累及旁人，已退到悬崖边上，完全没了后路。他知道，现在该自己上场了，恩怨总要解决，但他绝不选择父亲的方式，从悬崖上坠入天堂，而是挥起大刀，与这群豺狼进行最后的生死较量。

他做好了充分的准备，约黎光泽见面，晚上去他的住所拜访。

黎景明的求见让黎光泽感到很新鲜。自从周志和去世后，他们不曾相互联系，他经营彩纳艺术期间，两人除了在一些会议上见面，基本就是陌生人。

对他的来意，黎光泽有不少猜测，只是不曾料到他会拖着两把重磅长剑走进屋，在五米外站着不动，用一种挑战者该有的眼神注视他，久久无言。

黎光泽笑了，以笑掩饰内心的恐怖，一眼就看出他动机不纯，“怎么，需要佩剑才敢进我家?”他开玩笑地说，“你放心，这里不设埋伏，不会威胁你的人身安全。”

“我是找你决斗的。”

“怎么斗?”黎光泽收住笑容。

“还记得外公教我们的击剑吗?”黎景明平静地说，“从小，我都在这项运动上输给你，发誓一定要赢你一次。我想就是今晚?”

“好，咱先说游戏规则吧。”黎光泽接受挑战，“三回合，如果我赢了——”他停顿了一下，笑着说，“你知道我想要什么。”

“如果我输了，公司任由你处置。”

“一言为定!”黎光泽爽快地说。

两人就像儿时比赛那样，非常认真地布战术，设陷阱，挑衅对方，注意防守，明知此刻拔剑相向，肯定是一剑定生死。

第一回合黎景明的剑直逼他的脖子，黎景明说你输了。

黎光泽不服气，再反击，在猛烈的攻击之下，他赢了第二回合，兄弟俩打了平手。他得意地笑了起来，他说，“宝刀还不老！景明，你来跟我玩这个，要知道，你从未赢过我，今天也别想赢!”

黎景明同样以笑回应，借他得意之时，快速进攻，他则敏捷地防守，很快占上风，转防为攻，将黎景明逼到墙角，他一声厮杀，猛向前刺向黎景明。不想黎景明灵巧一躲，他刺到了墙壁上，待他回旋反攻时，剑尖已顶在他的胸前。

“你输了，表哥。”黎景明镇定地说。

黎光泽不服气地看看自己胸前的剑，瞪了他一眼，疯似的嘶喊着，举起剑向黎景明刺过去。黎景明怒火盈胸，根本没有躲闪，也将手里的剑向前一送，在自己的肩膀被刺中的同时，他的剑也刺入了黎光泽胸膛。黎光泽双眼惊愕，缓缓地往后倒了下去。空寂的客厅，回荡着长剑跌落的一声响。

第十四章

1. 逃亡之路

黎光泽剑伤严重，昏迷不醒，在医院躺了十一天都未醒来，医生预测他将成为植物人。黎景明被警察带走。

由此煽动了黎家族人的新仇旧恨，黎光泽的父亲扬言，绝不轻饶黎景明。

得知此事时，彦真还在纽约，接到母亲打来的电话时，她起初还不相信，以为她在开玩笑，非要通过互联网发图片求证。“前两天我们还通电话呢，”她含笑道，“妈，你不要瞎说，这种事可不能乱说。”

“我没胡说，是真的!”她的母亲焦急地说，“你不在上海的这段时间，发生太多事了，小琳开车自杀了，现在还在重症室里躺着呢。光泽是他被他表弟刺杀，胸口挨了一剑，还在抢救!”

“真的?!”彦真紧张起来，不愿相信这个事实。

“哎哟，真真啊，”她妈妈哀求道，“我骗你干什么，我看他这情形，命都难保了。”

“不可能，不可能！”彦真一直摇头，浑身哆嗦，不愿相信，这个男人还要为她离婚，与她完婚，怎么能够一下子就先赴黄泉？她无法面对这样的变故，眼看就要到手的幸福被残酷的现实击成粉末，痛恨、埋怨、悲伤……什么情绪都有，全部交织在她的大脑里，让她无处发泄，双手握拳，疯子一般对天咬牙嘶喊。

她没直接赶回国，而是在纽约提心吊胆地等候他醒来的消息，如果，无法嫁给这个男人，那么，她将永远不会踏入那片伤心地。

她苦等了十一天，黎光泽还是没醒来，而是等到了医生无能为力的评定——他已成植物人。这个消息，让远在纽约的彦真不哭也不闹，有着死一般的平静，她告诉她的母亲，她不打算回国，今生绝不踏入那片伤心地，哪怕会客死他乡。

她打算携款潜逃，靠举债募资得到的钱，在异国寻找人生的另一个开始，只要有钱，就会有一切，所有失去的都能再回来，她坚信这个真理。做了决定后，她于次日早晨去了一趟银行，打算办理账户资金转移。

银行的服务部经理非常惋惜地告诉她，该账户现在呈冻结状态，无法为她提供任何服务。

“怎么可能？”彦真大惊失色，“这可是我亲自办理的账户，谁有资格冻结它？”

“这个……”服务的经理说，“我这里查不到，很抱歉。”

彦真溃败而归，一出银行大门，她越想越委屈，不顾场合地哭泣，一路哭着回去。她再也不能忍受现实对自己的讥讽，曾经努力得到，结果只落得两手空空，在纽约的街头，她像流浪汉一样贫穷而无望。

她越想越恨，所有的悲伤全化作愤怒，驱使她厌世，抓狂，想用暴力去解决内心的苦痛。游荡在纽约的街头，她看到什么都很烦，见人骂人，见物厌物，她像疯子似地在大街上用中文辱骂，看到公交车从身边经过，她捡起地上的石子就砸，脱鞋子去砸，她疯癫失常的举止让路人惊恐，结果被警察带走。

关于黎景明入狱的事，蓝水悦是通过文静得知的。

她在泰国的那半年时光里，仿佛就是一只被关在笼子里的金丝雀。泰国公司为她安排住宿和车辆，里面全部有监控器。不让她私自与外界联系，所有的电话都要在公司座机上拨打，并安排一个当地的女翻译当她的监视人，和她同吃同住同工作。

有一次，为了给黎景明打电话，她酝酿好要说的话之后，借出去见客户之机，溜到街头的邮局电话亭打电话。她刚拨通号码，却发现女翻译已追来，二话不说地拉开她的手，用手摁住座机电话的挂断键，并用一种阴冷的目光看着一脸愤怒的蓝水悦，什么都不说。

蓝水悦推开她的手，想继续拨号，她不让，继续阻止，“您只能回公司打电话，”她用生硬的中文口语说，“被老板看到，我就会失业。”

“你放心，我会替你保密。”蓝水悦恳求道。

她没说话，打了几下哑语，掏出纸笔，写下几个歪扭的方块字：你身上有窃听器。

蓝水悦惊呆了，双眼瞪圆，就好像身上有蟑螂爬似的，把自己摸了个遍，然后拼命翻找自己的皮包，不知窃听装置在什么地方。女翻译也不知道窃听器的暗藏之处，但她很确定，并极少对她说话，生怕被监控者知道。

得知女翻译的家境后，蓝水悦便不再做任何威胁她失业的事，虽然她何其想念黎景明。她求女翻译给她寄信，女翻译同意了，却久久不得回信。她也不能确保信件是否安全抵达。生活变得苍白茫然，在无力反抗之时，被忙碌的工作慢慢覆盖，激情日渐淡去。

直到有一天，在毫无心理准备的情况下，蓝水悦从办公室的座机电话接到文静的来电，还一下子没听出她的声音，质问她是谁。

这下，文静急了，当即吼起来：“你乐不思蜀了啊你？这么快就把我忘了！”

“哦……文静啊，”蓝水悦抱怨地说，“你不知道我这里的状态，我整天像囚犯一样被软禁和监视，毫无自由，想跑也跑不掉，再过不久，我就被他们逼成机器人了。”

“唉……水悦，你真的不知道吗？”文静不知该如何开口。

“知道什么？我还奇怪，他们怎么会将你的电话转进来的。”

“我的天啊……你真不知道？”文静大声。

“怎么会？”蓝水悦懵懂地问，“出什么事了？”

文静说："黎景明被警察抓起来了，他们说是他将黎光泽打成植物人了，现在还在公安局等判刑呢！"

"判刑？"蓝水悦不相信地嚷起来，"有没有搞错啊，他怎么可能去做这种傻事，这不是他的为人！"

"水悦，你快回来吧。"文静长话短说，"而且，还有一件事，彩纳艺术要被拍卖了。"

"为什么，怎么会沦落到这个地步。"

"具体我不清楚，也是听你弟弟说的，大概是跟公司到外资市场发债券的缘故吧。"她说，"水悦，总之一句话，这里乱死了，而且，我还听说那姚小姐为此自杀，幸好没死。"

"我的天啊……"蓝水悦软在皮椅上，只觉得浑身无力，已听不进文静说什么，非常担心黎景明，更加后悔当初那么听话，偏偏来这个鬼地方，被这些人当不会说话的工具使用。

她想立刻要飞回上海，一秒也不留，奋不顾身地用座机电话订机票，将工作抛在一旁，随即回住所收拾东西。女翻译拦下她，"你不能走，"她说，"经理的命令。"

"谁也阻拦不了我，"蓝水悦窜到她前面，怒气冲冲地说。

女翻译冲上来拖住她，"他们不让你走，马上回去工作。"

"难道你要跟我打架吗？"蓝水悦举起拳头说，"你必定要失业，因为你没用灵魂，别再指望我了！"

这时，前面跳出两个男同事，后面又走出了几个人，蓝水悦知道他们会动真格，便软下来，往自己的办公室走。

那一刻，她难过至极，不顾众目地哭了，为遥远的爱人，也为不幸的自己，起初浅浅的抽泣慢慢变成孩子般的大哭，她感觉天旋地转，这个世界快塌下来了。

被迫留下的蓝水悦沉浸于悲伤里，整天泪水洗面，无心工作，几乎有了拼命的打算，大不了一死。女翻译对她更是严加看管，对她的悲痛置之不理，甚至不回答她的任何问题。那天，她一如既往地按时来到办公室，像往常一样接她回住所。即使蓝水悦的状态很不好，眼睛哭得像桃子似的，她也视而不见，不言不语，照样牢牢地抓住她的手，进电梯，走出大楼，却没往住所的方向走。

她感到疑惑，没敢与她说话，佯装不知地听从她的安排。到了街口繁华的地方，她把一张机票塞到她的手里说："你快走吧，还有一个小时就登机了！你的衣物今后我会想办法寄到中国。"

蓝水悦一阵惊愕，有点反应不过来，"不用了，就算是我送你的，谢谢你！"她情不自禁地上去与她拥抱，曾经让她烦透顶的女翻译，在是时候变得多么圣洁可亲。

"对不起，"她说，"我并不想那样对待你，你很可怜。"说着推开她说，"你快走，他们应该听到了，很快就会追来。"

"那你怎么办？"

"别管我了，你快走。"她跑到马路中央挥手招的士，把车子拦下，拉开车门将蓝水悦塞进去。

在告别那一刻，蓝水悦摇下车窗对她挥手，心里无限怅然，倘若今后回忆关于泰国的这段际遇，所有面孔都该淡忘掉，唯一值得惦念的就是她了。

2. 灭顶之灾

回到上海，蓝水悦首先找蓝海森了解情况，可他不愿见面，故意找借口躲避，只在电话里对公司的现状做一个轻描淡写的概述。“因为两个股东同时出事，一个还有牢狱嫌疑，”他说，“投资人对公司的前景不再看好，纷纷想退出，所以就酿成这局面了。”

蓝水悦无能为力地叹气，问弟弟现在哪里。他没说清，只是叮嘱她别挂心，寒暄几句就挂了。他不愿见她，蓝水悦多少感觉到了，亦不强求，因为，此刻，她最想见的人是黎景明。

可是，在未开庭审理之前，他们无法相见。蓝水悦央求他的律师，对方让她月底的最后一个周四下午，来参加开庭。

虽然这样的会面显得很残忍，蓝水悦还是去了。

偌大的法庭来了不少人，有媒体记者，也有公司员工，更多的是黎家族人和心系此案的朋友。蓝水悦选择最前排的位置坐，焦急地等待他出现，就在警察将他押出来时，她紧张地站了起来，神情焦灼而痛苦，急得要哭了，想喊他的名字，又碍于法庭纪律而不敢大声喊。

黎景明看到她了，羞赧得无地自容，低着头不敢看她，亦不愿面对她那双充满期盼、泪水汪汪的眼睛，更无颜面对他们曾说好的未来。

他被带到庭上，在众目睽睽之中，与黎光泽的律师面对面。那一刻，他神情镇定，毫无愧疚和悔恨，面对律师宣读的罪证，毫无反驳之意，坦然面对判决。

唯独蓝水悦在台下坐立不安，心系着台上的人的命运。当法官对他进行十六年有期徒刑判决时，她很不服气地站起来，对法官大声说："我不同意这样的判决，希望法院重审！"

这时，所有目光都朝她聚焦，媒体记者纷纷拍照。蓝水悦毫不退却，像一位视死如归的战士，对黎景明大声说："黎光泽违反商业规则，用计谋暗算你，如今遭此报应，是罪有应得，你不该是替罪羊，快把真相说出来，不必为这种人蒙受不白之冤，你才是最大的受害者！"

蓝水悦的话引起庭内不小的喧哗，这时，法官猛敲法槌，要求保持肃静。

两个法警当场将蓝水悦当成扰民，将她拖出去，扔在法庭外。蓝水悦不依不饶，非要进去，恰巧文静赶来，把她拉走，劝她不要莽撞。可蓝水悦奋力挣扎，却哭着说："不行，你让我去帮他，我不能让他白白地坐十六年牢。"

"你进去有什么用啊，"文静抓住她不放，"你这样闹，只会让他更加懊悔。"

蓝水悦吓住了，慌乱起来，"那我还能怎么办！"

这个问题太难了，文静也不知如何回答，只是抱住蓝水悦不放，默默地陪她难过。

这时，黎景明的律师从法庭里走出来，她赶紧撇下文静，冲上去拦住他，"刘律师，这样的判决不公平，一定要重审！"

律师的神情很为难，"这个得需要当事人提出上诉，"他说，"可现在，黎总他没这个心思啊。"

"怎么会？"蓝水悦很吃惊。

“原告方的律师很强势，他举出的证据确凿，最致命的问题是原告成了植物人，这损失太重了，法院在这方面追责严厉，所以……”律师没把话说透，让她自己去联想。

蓝水悦失望地叹气，“真的没一点希望了吗？”

“我再去找他谈谈吧。”律师说，“但愿他能再提供些有力证据。”

在律师的努力下，黎景明提出了上诉。

得知这个消息时，蓝水悦高兴得不禁潸然泪下，双手合十，说了无数次谢天谢地。可律师却转告她，黎景明不愿在二次开庭的时候见到她，并希望她忘掉他。

这让蓝水悦感到伤心，却没空闲去计较。眼下，她担心的彩纳艺术的命运，不希望公司在被其他陌生人买走。而在文静看来，蓝水悦这是在杞人忧天，自寻烦恼，尽做些力所不及的事。“那是公司，又不是冰激凌，”她说，“你说不愿就行啊，难道你有本事把它拿下，这样，就不会糟蹋在别人手上了。”

文静的话确实有理，可是，蓝水悦还是希望公司不要被推上拍卖场，让黎景明倾心投注的公司被毫无瓜葛的人占有。

她的想法真够天真，却愿意为此付出行动，整天四处找关系，设法找人把公司的债务填上，别以破产告终。

天真的女孩在自己的关系网里到处游说，希望能找到钱，甚至去找自己恨之入骨的罗捷，还去医院央求姚琳希。没想到，在医院的特需病房里，她首先看到的是自己的弟弟，蓝海森正守在病床边阅读财经杂志，病人已入睡，她看上去伤势很重。

这一幕让蓝水悦非常惊讶，她轻轻地走进去，与弟弟相视时，她叫他出去说话。“你怎么在这里？”在楼道里，她质问他，很快从一些细节中看出他们之间的关系。

蓝海森没任何掩饰，“我和她早就认识了，如今，照顾她是应该的。”

“那你为何不告诉我？”

“没必要。”

蓝水悦很不舒服，有些生气了，她冷笑着道：“我看你越来越不把姐姐放在眼里了。”

“我怕你们理解不了，”他固执地说，“而且，这种事，也没必要解释。”

蓝水悦压住情绪说：“这件事今后再议，我想见姚小姐，麻烦你通报一下。”

“她刚睡下，”他一口回绝，“而且，她不愿见到你。”

“弟弟，我有要事相求，麻烦你不要阻拦我。”

“你是为彩纳艺术来的吧。”他劝说道，“姐，你不要妄想了，事成定局，谁也改变不了这家公司的命运，你还是回去吧。”

蓝水悦还固执地摇摇头，哀求道：“无论如何，我都要见她一面。”她甩开蓝海森，往病房里冲，蓝海森也追了上去。姚琳希已醒了，像僵尸一般，正呆呆地看着神情焦虑的蓝水悦。蓝海森赶紧道歉：“对不起，我没拦住。”

姚琳希轻声说：“海森，送客。”她眼珠子向蓝水悦扫去，脖子戴着颈套，完全不能扭动。

蓝水悦急着说：“姚小姐，麻烦你救救彩纳艺术，那可是景明的命啊。”

蓝海森却在身后催促她说：“她不想听到这个人的名字，麻烦你别说了。”

“什么?”蓝水悦惊愕。

姚琳希闭上眼，艰难地吐出几个字：“我不爱他了。”

蓝水悦愕然，突然觉得很羞耻，才发现自己来这里，简直是在侮辱自己的爱情，嘲讽黎景明的忠贞。她连道别都不说，当即跑出病房，在走廊外不停地打自己的耳光，责备自己来了不该来的地方。

在关系生死存亡的利益面前，爱情如此微不足道，可以用于交易和践踏，却不曾有人会为爱情而放弃什么。

3. 最后一刻

命运至此，势不可挡，不管蓝水悦怎么努力扭转局面，她毕竟是个弱女子，很快就被困难重重的现实逼得束手无策。公司最终还是要被推上拍卖行。

黎景明终审十二年徒刑。

蓝水悦去探监，隔着厚实的玻璃见到爱人，她顿时热泪盈眶，赶紧拿起电话对他呼唤：“景明……景明……”曾有千言万语，却知该从哪个字说起，又该用哪个字结束，她只感到心好痛，一味地想哭。

黎景明始终很镇定，默默伸手，想给她拭泪，“你还好吗?”他的声音非常轻，像是从遥远的天国传来。

蓝水悦点点头，“我很好，就是担心你。”

“水悦，你不要再来这儿了。”他用一种淡淡的声音说，“忘掉过去那些，好好生活。”

“你要和我分手?”蓝水悦怔怔地看着他。

“做人太固执不好，不会得到幸福。”

蓝水悦碎碎摇头，很坚决地说：“我不走，我发誓做你的妻子，一定要等你出来。”

“小傻瓜，这样做不值得。”

“你不要用商人的思维来评价我，什么才是值得，难道我现在拔腿而去，跟另一个人在一起就会快乐吗?”蓝水悦生气地说，“你就是对自己不自信，才抛弃我的!”

“或许吧，”他说，“爱一个人，总想给她幸福，如果给不了，那，我宁可甘拜下风地离开。一开始，我就亏待你，总想等到时局好起来，结果呢……”他摇摇头，“我不曾后悔，只是，我真的不愿再拖累你了。”

“不，景明，你不要放弃，还会出现转机的，”蓝水悦的眼泪哗哗直流，“只要你坚持，只要设计核心在，品牌就在，彩纳艺术深入人心，任何时候都能东山再起。”

“水悦，你走自己的路去吧。”他说，“不要再去记得那些往事了，当年我自私，一味地将思想强加于你，其实你做出来的作品有你自己的风格，只要坚持，市场会慢慢接受的。而今，你已是一个有能力叱咤风云的设计师了，没必要为这样一个烂摊子伤神。”

“你不要再说这些，行吗？你应该知道我对你的感情。”

“水悦，这是现实!”

“不，我不想听，”蓝水悦哭着固执地说，“我只想和你在一起，这辈子，就只有你!”

“水悦!”他大喊一声，无可奈何地低头，不愿面对。

蓝水悦却含着眼泪，微笑着说：“我还会来看你的，也会等你出狱，然后和你一起去父母坟上祭扫。”

“你不要再来了，我不会再见你。”黎景明别过脸，不愿看她，放下电话转身离去，提前结束探视。

蓝水悦看着他决绝的背影，心里委屈极了，不知该如何扭转这个局面，曾经，他与她约定，不管生活多么艰苦，令人不满，都要以大无畏的姿势携手寻路，只要能在一起，不管脚下是长河落日，还是大漠孤烟，哪里有对方，哪里就是安息地。而今，听他怂恿彼此言弃，蓝水悦感到很讽刺，即便将他的话再用理智去剖析，也不见得能助自己昂然前行。

人们说的所谓的幸福真理，她并不相信，固执的女子难以在一桩情缘中巧妙地转换角色和规则，只会用最圣洁的仪式供奉于感情的祭坛。不管风云如何让人失望，她始终是那个为他坚守的女子，默默等待他来真爱。

而后，黎景明说到做到，每次探监都不愿出来相见，就想用行动来熄灭她的固执。直到彩纳艺术被拍卖之后，他才同意见面，希望从蓝水悦这里获得消息，很想知道，如今是谁当了这家公司的主人。

蓝水悦清楚他的心，却故意绕弯子，关心他的生活，说自己的见闻趣事，却一直不提关于公司的事。

黎景明实在忍不住了，主动问她公司的拍卖会举行了没有。蓝水悦爽快地答：“昨天就结束了。”

他变得紧张起来，“那，那结果呢？”

“你猜？”蓝水悦笑着问。

“算了，”他泄气道，“反正肯定跟我没关系。”

“是否还跟你有关系，我也不知道。”她说，“不过，你尽可放心，公司现在相对安全，它没落入外人手里。”

“到底怎么了？”

蓝水悦笑了笑，将竞标会上发生的惊险全告诉了他。

拍卖那天，蓝水悦找了个借口混进会场，竞标时，也跟那些富人起哄举牌子，当价格飙到一个亿后，她站起来，对在场的人说，“这家公司的股权分配不清，请各位警惕陷阱！”她就希望这场拍卖会冷场。

这时，会场里情绪高涨的富豪们都犹豫了，保安以为她闹事为由，就要将人推出去。这时，有一个女声大喊“慢！”，全场肃穆，所有目光都往那个方向望去。蓝水悦一看，竟然是姚琳希，她坐着轮椅被蓝海森推进来，当众公布该公司的部分财务内容和股权分配情况。“这家公司的股权还没理清，暂时还不适合拍卖，如不想惹麻烦，最好别拍。”

此刻，喧哗声再起，富豪们面面相觑，议论纷纷。

台上的主持人频频敲响木槌，维持会场秩序，并愤怒地对姚琳希说：“这位小姐，麻烦您出去，请不要扰乱我们的工作。”接着他又开始喊价，会场的气氛很快有被代入之前的竞拍里，开始有些胆大的投资人举牌。

价格飙升到1.5亿时，拍卖场又闯进一个女人。蓝水悦并不认识她，只觉得她苍老而憔悴，不过，精气神饱满。她带来的律师递给主持人一份文件，命他马上结束拍卖，并站在高台上，当众宣读公司的债务情况，宣布拍卖结束。

听蓝水悦这么讲述，黎景明不禁说："你故事编得挺好的，让人听了很欣慰。"

"这是真的！"蓝水悦辩解道，"不信我下次可以带证人。"

"谁是彩纳艺术的新主人，你说。"

"是黎光泽的妻子，沈雅！"

黎景明愣住了，半天说不出话来，感觉难以置信。

"而且，她昨天还找了我，想让我管理公司，我说自己没经验，当不好这个经理人，她就让我监管财务，每月定期上交报表给她。"见黎景明一直瞪圆了眼，蓝水悦不解地问他，"怎么了，难道你对这个结果不满意吗？我听说她拿出全部的积蓄，还向银行借贷后，才把公司的那些债务还掉的。"

"我没想到她会这么做，"黎景明悲喜交加地说，对沈雅的融资能力疑惑不解，她一向不参加生意场上的事，她从哪里找来那么多钱。

之后听蓝水悦提到蓝海森冻结了融资账户的事，他便从中猜到了一些缘由。

公司算是渡过了险关，不管现在谁是它的真正主人，黎景明已不想去拍膝叹气。他看淡了名利，体会到自由人生的真谛，并不再像过去那样，为商场上的大起大落而伤怀感叹，为功名利禄而倾尽所有，想来，竟是如此不值，如此不堪。

蓝水悦接受了沈雅的重托，回彩纳艺术担任总监一职，肩负起公司复兴的重任。

当她再度打开公司的大门时，看到里面一片狼藉，办公器材全被搬走，办公室里满地纸片，缺损的桌椅东倒西歪，犹如当初被高利贷者洗劫一空似的，让人看着心寒。不过，她对重建很有信心，因为姚琳希肯通过姚氏集团借钱相助，至于出于什么原因，她不想去辨清。

姚琳希现在已下身瘫痪，无法远嫁付家。蓝海森打算死守于姚琳希身边，永远和她在一起。

沈雅去了美国，带黎光泽去国外治疗，尽管他待她一直不好，可她还是承认自己是他的妻子。

蓝水悦一层楼一层楼地观看破损情况，对办公耗材做整体规划。

当她来到黎景明的办公室时，发现门上锁了，怎么也打不开，找来钥匙打开门，里面的陈设已被搬走，地上杂物零落，景象破败不堪。

唯有那幅《春彼岸》完好无损地挂在墙上。画面里，那永不凋零的花朵火红娇艳，像熊熊不熄的火海一样，燃烧着永恒的希望，让人不禁感慨地嫣然一笑。